"一带一路"沿线国家语言教学与研究书系

有缺口的塔勒

〔白俄〕安德烈·米哈伊洛维奇·费多连科◎著

韩小也　辛　萌◎译

北京·旅游教育出版社

图书在版编目（CIP）数据

有缺口的塔勒 /（白俄）安德烈·米哈伊洛维奇·费多连科著；韩小也，辛萌译. -- 北京：旅游教育出版社，2022.4
（"一带一路"沿线国家语言教学与研究书系）
ISBN 978-7-5637-4401-5

Ⅰ. ①有… Ⅱ. ①安… ②韩… ③辛… Ⅲ. ①中篇小说－白俄罗斯－现代 Ⅳ. ①I511.445

中国版本图书馆CIP数据核字(2022)第061720号

"一带一路"沿线国家语言教学与研究书系

有缺口的塔勒

[白俄] 安德烈·米哈伊洛维奇·费多连科　著

韩小也　辛　萌　译

策　　划	陈卫伟
责任编辑	何　玲
出版单位	旅游教育出版社
地　　址	北京市朝阳区定福庄南里1号
邮　　编	100024
发行电话	（010）65778403　65728372　65767462（传真）
本社网址	www.tepcb.com
E - mail	tepfx@163.com
排版单位	北京旅教文化传播有限公司
印刷单位	唐山玺诚印务有限公司
经销单位	新华书店
开　　本	787毫米×1092毫米　1/16
印　　张	16.25
字　　数	200千字
版　　次	2022年4月第1版
印　　次	2022年4月第1次印刷
定　　价	56.00元

（图书如有装订差错请与发行部联系）

前言

安德烈·米哈伊洛维奇·费多连科（1964—），白俄罗斯作家，白俄罗斯作家联盟成员，《动词》文学杂志社编辑。

安德烈·费多连科1964年1月17日出生于戈梅利州莫济尔区别列佐夫卡村。从莫兹尔理工学校毕业后，曾在武装部队服役。之后毕业于明斯克文化学院（现为白俄罗斯国立文化艺术大学）。曾在《火焰》和《青年》杂志社、白俄罗斯电影制片厂工作。作品被翻译成俄文、英文、日文等多种语言。现居住在明斯克。

其主要作品有：《病史》《骚乱》《平局》《有缺口的塔勒》《阿富汗首饰盒》《切细的草料》《链》等。1995年《骚乱》一书荣获伊万·梅列日文学奖并入围杰西·吉德罗伊克文学奖（第三名）；2009年作品集《平局》获格罗布斯"金字母"奖。2012年作者凭借《链》被白俄罗斯杂志 Sexsus 评选为白俄罗斯年度作家。

2006年，《有缺口的塔勒》被拍成电视迷你剧《三枚塔勒》。

《有缺口的塔勒》是安德烈·费多连科的代表作品。在这个儿童冒险故事里，作者以鲜明的笔调、广阔的生活画面，以三枚塔勒为线索，对20世纪90年代白俄罗斯农村生活做了广泛的描写。作品中的人物形象刻画得有血有肉，具有鲜明的个性和心理特点。

故事的主人公是五个孩子：切西、米哈希、兹米特洛克、奥柯桑娜、卡佳。有的住在城市，有的住在乡村。除了他们相遇的波普拉维村之外，是什么让他们团结在一起呢？那就是——寻宝，以及孩子们对冒险、不寻常事件的渴望。所有这一切都是在一个"侦探故事"背景下发生的，其中有土匪、历史老师、村民、宝藏和1812年的战争。

　　故事的核心是孩子们在假期里试图寻找拿破仑军队的宝藏。他们手中有一张白桦树皮复制品和三枚塔勒，这就是解开谜团的关键。与孩子们并行寻找宝藏的是一群成年人。许多考验在等待着年轻的英雄们——三个男孩和两个女孩。他们最终在历史老师的帮助下找到了藏宝图。虽然所谓的宝藏就是"勃兰登堡宝藏"，一个早在1896年交通部清理和加深别列津纳河床时就被发现了的地方，但寻宝的过程帮助他们了解了自己，了解了自己的能力，又看到了他人的长处，建立了牢固的友谊，同时也让他们感受到了白俄罗斯本土词汇的力量以及自己民族最丰富的历史气息，让他们爱上了自己的土地，懂得了母语是无价之宝。这个故事也被收录在白俄罗斯学校的教科书中。

编　者

目 录

第一部分　神秘的硬币 ………………………………………………… 001

第 1 节　奥柯桑娜——"恐怖分子" ……………………………………… 002
第 2 节　卡　佳 ……………………………………………………………… 006
第 3 节　在班主任办公室 …………………………………………………… 011
第 4 节　塔　勒 ……………………………………………………………… 016
第 5 节　谜团初现 …………………………………………………………… 021
第 6 节　讲点历史 …………………………………………………………… 026
第 7 节　再讲一点历史 ……………………………………………………… 030
第 8 节　奶　奶 ……………………………………………………………… 033
第 9 节　庭　院 ……………………………………………………………… 036
第 10 节　切　西 ……………………………………………………………… 039
第 11 节　米哈希来了 ………………………………………………………… 043
第 12 节　米哈希 ……………………………………………………………… 046

第二部分　波普拉维 ……………………………………………………… 053

第 13 节　窝　棚 ……………………………………………………………… 054
第 14 节　地质学家和马卡尔爷爷 ………………………………………… 059

第 15 节	库尔特	064
第 16 节	拿破仑军队的军官	068
第 17 节	一切都会相遇！	070
第 18 节	童话故事	074
第 19 节	计　划	077
第 20 节	夏　天	082
第 21 节	间　谍	085
第 22 节	复　仇	088
第 23 节	陷　阱	091
第 24 节	柴棚之夜	095
第 25 节	竞争者	099
第 26 节	兹米特洛克和切西的单独行动	102
第 27 节	女老师	105
第 28 节	在城里	110
第 29 节	因涉嫌被带走	113
第 30 节	调查实验	116
第 31 节	我们都有什么？	122

第三部分　一个意想不到的盟友·······125

第 32 节	铃　声	126
第 33 节	在卡佳家	129
第 34 节	日记里的一页	132
第 35 节	档案馆馆长	134
第 36 节	文　章	137
第 37 节	塞　瓦	140
第 38 节	丢失硬币	145
第 39 节	鲍里斯·格里高利耶维奇	148

第 40 节　西方小区的住宅 …………………………………… 151
第 41 节　奥柯桑娜的故事 …………………………………… 154
第 42 节　第三枚塔勒 ………………………………………… 158
第 43 节　新谜团 ……………………………………………… 160

第四部分　远　足 …………………………………………… 165

第 44 节　在水上 ……………………………………………… 166
第 45 节　半　岛 ……………………………………………… 168
第 46 节　夜　晚 ……………………………………………… 174
第 47 节　马卡尔爷爷 ………………………………………… 177
第 48 节　小　偷 ……………………………………………… 179
第 49 节　鱼　汤 ……………………………………………… 183
第 50 节　一个词 ……………………………………………… 186
第 51 节　关于母语的益处 …………………………………… 189
第 52 节　气　愤 ……………………………………………… 193
第 53 节　警　告 ……………………………………………… 195
第 54 节　见　面 ……………………………………………… 198
第 55 节　之前故事续 ………………………………………… 201
第 56 节　米哈希的和解 ……………………………………… 204
第 57 节　老师的说法 ………………………………………… 207
第 58 节　奥柯桑娜的诡计 …………………………………… 210
第 59 节　切西的秘密 ………………………………………… 213

第五部分　宝　藏 …………………………………………… 215

第 60 节　老师的错误 ………………………………………… 216
第 61 节　地块边界附近的树桩 ……………………………… 219

第 62 节	同时在村里	224
第 63 节	片　警	226
第 64 节	迷路了	229
第 65 节	奥柯桑娜遇险	233
第 66 节	最终成功	235
第 67 节	田野上	237
第 68 节	相　遇	240
第 69 节	意外的援助	246
第 70 节	没有任何结局的最后一节	249

第一部分
神秘的硬币

第1节
奥柯桑娜——"恐怖分子"

父亲扫了一眼燃气灶上方小橱柜里的时钟,把茶杯推到一边,杯里的茶还没喝完。

"奇怪,"他嘟囔了一句,"我一直在想,少点什么呢?原来是电话一直没响。都想不起来哪天晚上会没人打电话,没人找我……是不是电话坏了?"

坐在对面喝着茶的奥柯桑娜耸了耸肩。父亲走到了门厅里,很快又回来了。他一手拿着电话,另一只手里是从插座上拔下来的带插头的电源线。

"奥柯桑娜,"父亲皱了皱眉头,怀疑地注视着女儿(他近视)说,"这都是什么意思?你为什么把电话拔下来?"

"啊,我擦插座旁边角落里的灰尘了……也许不小心碰到了电源线,它就掉下来了……"

父亲戴上了眼镜,但即使是这个时候,透过镜片,他的目光也没有改变,仍然眯着眼怀疑地看着女儿。

"我已经不相信你说的话了。你又干了什么?"

"什么都没干。"

"在学校呢?"

"也没干什么。"

"今天你和班主任说了吗?告诉他明天你不去上课,因为我们要去奶奶家了吗?"

"你冷静点,我……和班主任说了。"

"他给你假了?"

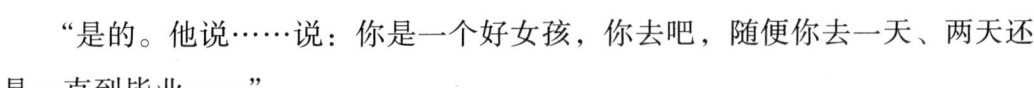

"是的。他说……说：你是一个好女孩，你去吧，随便你去一天、两天还是一直到毕业……"

父亲没听完就挥了一下拿着电源线的手。

"不，这里似乎有点问题……我这就亲自给他家打电话问问他。"说完父亲就出去了。

奥柯桑娜叹了口气。唉，又开始了！大人为什么这么热衷于真相，而且一定要弄清真相呢？如果每个人都说出相同的真相，那还叫什么生活？……"奥柯桑娜，是你把电话拔下来的吗？""是的，是我拔的。""为什么？！""因为班主任要打电话给你，叫你明天去学校。""去干什么？！""说说我的所作所为……"呸！真相实在是枯燥又无聊……

奥柯桑娜坐到了桌旁，桌子下面放着准备明天用的两大购物袋东西。手边新塑料袋哗啦哗啦的声音是那么令人愉快。奶奶看见这些礼物一定会非常高兴——色彩鲜艳的夏季睡袍、漂亮轻巧的中国拖鞋……很奇怪：奶奶有自己的房子，自己的菜园，而他们还从明斯克给她带黄瓜、西红柿和草莓……难道奶奶没吃过这些东西吗？那菜园还有什么用？或是五月这些东西还没有成熟？……

她的思绪被父亲打断了，他打完电话又回到厨房里。

"你给我从桌子下面出来！"他以异于平常的声调命令道。

奥柯桑娜很听话，坐到凳子上，低下头，看见前天弄破的右膝盖上有一块黑色的结痂，试图用指甲把它抠下来。

"你一分钟骗了我三次。"父亲开始拉长了声音说，"你拔了电话还不承认。你没向班主任请假。没说明天我要被叫去学校……还有什么纸条？！"他再也无法克制自己，喊了起来。

硬痂抠了下来，奥柯桑娜没抬头，抚摸着那个地方淡粉色的疤痕。

"我等你说话呢。别再抠你的膝盖了！"

"纸条？"奥柯桑娜蓝色的眼睛无辜地望着父亲，"你说的是什么纸条？

"别装了！怎么，还有好几个纸条吗？就是你放到外语老师班级日志里的纸条！"

"啊，这……那干吗说难听的话侮辱人？"

"谁啊？纸条还是老师？"

"老师。"

"她怎么说难听的话侮辱你了？"

"是这样的。全班同学都没背下来生词，她就开始给每个人都打两分，而且对别人什么也没说，唯独给我打分的时候对我说：别人我不知道，反正你，奥柯桑娜·图申斯卡娅，需要白天黑夜不停地背！"

"那又怎么了？她说得对啊！"

"你怎么不明白呢？这就是说，我比谁都差吗？我知道她不喜欢我。总找我碴。她总要加一句：别人我不知道，你……"

"什么乱七八糟的。"父亲把手掌放在脸颊上，好像突然牙开始疼了似的。

"是的，她认为我最差，"小姑娘固执地重复说，"因为我长得不漂亮。因为我父亲……"她想说"穷"，但是，瞄了父亲一眼，觉得他很可怜，"不富有……因为我没有母亲……"

老师是不能这样说话的。父亲不再揉搓脸颊，他走到了窗台前，用手指敲了敲，看着窗外。

"什么乱七八糟的……这和丑有什么关系，和比别人差有什么关系……"他背对着女儿嘟囔了一句。他的声音里已经没有丝毫的严厉，只有不知所措，"你根本就不是最差的……那然后呢？老师这么说你，那你说什么了？"

"我就在纸条上写了：如果您还总说'别人我不知道，反正你……'的话，明天您的儿子就会被绑架。您将不得不为他支付100万美元赎金。然后署了名——无名。"

父亲的牙好像又开始疼了，咂了一下舌头，揉了揉太阳穴。

"无名……如果她拿着这张纸条去报警呢？"

"不，她吓坏了，然后就马上去找她儿子了。她儿子在我们学校一年级上学。你知道她多担心她儿子吗？"奥柯桑娜好像想起了什么，马上来了精神，"每次午休时，她都会拉着他的手把他领到老师办公室，在那儿给他吃东西……"

"你先等一下，先把纸条的事说完。"

"好吧，我写完了，然后午休时卡佳故意叫了她一声，她一转身，我迅速把纸条放在了班级日志里。"

"都是阴谋家……好吧，"父亲说，"就是你生气了并以这种方式报复了她。但是，如果所有不富裕的、所有没有母亲的人，还有，所有长得不漂亮的人都开始写这样的纸条呢？那会是什么情形？"

在不知所措的时候，父亲总是用诸如"那如果每个人都开始这样做呢？"这样的说法来搪塞。

"那她为什么要说难听的话侮辱人？"奥柯桑娜又回到了一开始。

和这样的"逻辑"纠缠没有意义。父亲屈服了。

"好吧，明天再说……太晚了，快去睡觉。"

"班主任都说什么了？"奥柯桑娜好奇地问。

"让我去找她。所以必须早起，去车站的路上我们顺便去一趟学校。"

奥柯桑娜非常满意她能如此轻松地逃过一劫，她去了"厅里"（他们住的是一居室，没厅）并打开了电视。

父亲还在厨房里抽烟，抽了很久。他想起前妻——奥柯桑娜的母亲，曾和她一起生活，后来离婚了……但无论如何，他对她的回忆还是充满了爱意，并感激她给自己留下了一个女儿——这个最有"创意"又爱惹祸、不听话并且，当然，也是世界上最好最可爱的女儿。

第2节
卡 佳

早上九点整,把房子委托给邻居照看后,他们便出了家门。

这是一个静谧的小院,院子里已经能提前感受到夏天将至的气息,小院周围环绕着五层高的楼房,院里长满了栗子树和垂柳。在奶奶们监视下的沙箱里,小孩子们正忙着玩耍。街上传来都市生活的喧嚣。院子浓荫庇护,阳光刚刚照到旁边楼房高层的窗户,但很暖和,甚至还有些闷热。

"你在大厅等着我,小心包,"父亲叮嘱说,"我尽快。别再弄出什么惊险的事……现在你得想想怎么才能准时到车站。"

"我们要在奶奶那住很久吗?"

"就住一夜,明天就回来。"

学校里很安静,刚刚开始上课。大厅很空旷,声音都在回荡,像放假时一样。父亲把包放在看门人的桌旁,拜托在桌前坐着看报纸的女人照看:

"帮忙看一下包,同时也看一下她。"他指了指女儿说。

他去了走廊尽头的班主任办公室。

奥柯桑娜在大厅里徘徊,在一个贴着课程表的背板前站了一会儿,又走到一面狭长的镜子前,镜子固定在更衣室对面的柱子上,更衣室里的衣架都是空的。

她开始认真而挑剔地从头到脚审视自己。审视并没有让自己的心情变好。最令人不悦的是,脸部以下——一切都好,一切都正常:微微擦破的双腿既匀称又结实、带绿色条纹的白色运动鞋、绿色的小袜子、及膝的绿色短裤。右裤腿儿底部有一行文字:"San-Francicko",绿色的T恤衫上也是相同的文字，不过都是大写字母……可再往上……蒜头鼻子、像农村人一样的圆脸上长满了雀斑——五月阳光留下的痕迹……头上是稻草色的头发，头顶的头发像男孩儿的一样打着旋，却拿这些旋没有任何办法——随你怎么梳——除非湿的时候……哪都不像父亲，全都像母亲和外婆！……不，有猫一样瞳孔的灵动有神的蓝色眼睛——像父亲。如果可以留着自己的眼睛，而借用一下卡佳的鼻子……不是一直借，只是去农村这两天借一下，然后就还给她。脸颊最好也借用卡佳的，头发呢……头发尤其要借卡佳的，因为她的头发是班里最漂亮的……

然而，无论是脸颊，还是鼻子和头发，女孩已经习惯了，现在甚至开始可怜它们了。好吧，别害怕，她不会把你们换成更好的，就这样吧。毕竟是自己的。

想起好朋友卡佳，奥柯桑娜突然想见她了。

她朝值班室走去：

"打扰一下，要不您一个人看一下这些包，"奥柯桑娜害羞地垂下眼睛，并补充说，"我要去一下厕所。"

"当然，当然可以，孩子。"看门的阿姨亲切地回答，被孩子的直率所打动。

奥柯桑娜像子弹一样飞到了二楼，在她的五年级 A 班门口停了下来。一边走一边还要随便想点理由好让卡佳从教室里被放出来。啊，舌头到时候自己就卷出来了，它自己会想出怎么说——这又不是第一次了。她敲了敲门，把头探了进去，确认一下今天她们班到底是不是在这儿上课。

女孩看见了自己的同学和手里拿着教鞭的历史老师鲍里斯·格里高利耶维奇，老师站在一张挂在黑板上展开的五颜六色的世界地图旁边。她走了进去，静静地站在门口。

同学们笑了起来，和往常类似的情况一样——任何意外引发的惊喜都会引爆整个灰暗无聊的课堂。

"您请坐，奥柯桑娜，以后别再迟到了。"善良的鲍里斯·格里高利耶维奇说。他对所有人，甚至对他们，五年级学生，也都以"您"相称。

"我……不是来上课的,鲍里斯·格里高利耶维奇,"奥柯桑娜开始说,"我……是来告别的。我要和父亲去农村了。而且,可能,我们就永远留在那里了……"

全班都静了下来。老师手中的教鞭也停住了,教鞭尖尖的顶端定在了地图上北美洲的位置。

"是吗?但是……到暑假就剩屈指可数的几天了!不完成学业您之后怎么办啊?"

奥柯桑娜叹了口气,摊开双手并垂下了眼睑说,这种严肃的事情可不是她能决定的。

"怎么办,可惜,可惜。"老师嘟囔着。奥柯桑娜比班里任何同学历史学得都好,并且是他最喜欢的学生。而且,他是学历史的,还认识奥柯桑娜的父亲(学考古的),他们还是好朋友。

"鲍里斯·格里高利耶维奇,能让卡佳出来两分钟吗?我需要和她说点事。"

"可以,当然,去吧,卡特琳娜①!"卡佳从桌子后面走出来时,他还在自言自语地重复说,"可惜,可惜……"

全班同学还在沉默着,好像每个人都麻木了。有那么一刹那,奥柯桑娜都忘了这全是她虚构的。她自己都开始感到很舍不得永远离开这间教室……其实大家都很爱她!她也从未怀疑过。为了确信这一点,采取这样原始的、无辜的欺骗是值得的……

在走廊里,她抓住了卡佳的手,她俩沿着楼梯往下走。在一层和二层之间的平台上,有一个整面墙的大窗户,她们停了下来。从这里可以看到整个大厅,因此,如果父亲从班主任那里出来,她们可以立即往下跑。奥柯桑娜坐到了低矮、不舒服的窗台上,她的朋友也坐了下来。

"你真要走吗?"

卡佳睁着她洋娃娃一样的眼睛看着奥柯桑娜。她们从幼儿园就认识,但

---

① 卡佳的大名。

通常每次她都会被奥柯桑娜的谎言所欺骗。而且这些谎言越愚蠢、越不可思议、越不像是真的，不知为什么，卡佳就越愿意相信。

"我们暂时只是去考察一下，"奥柯桑娜深深叹了口气，拿这个该死的舌头什么办法也没有，"看看奶奶接不接受我们……甚至我们还可能不得不四处为家。"

"那你们明斯克的房子怎么办？"

"很可能会卖掉。"

"为什么以前你没跟我说过？"

"不能说。父亲不让。"

在这之前，她们之间没有任何秘密。没有对方她们一天都活不了，她们坐同一张桌子，一起做功课，去彼此家里做客……这可好，真没想到！

"你会给我写信吗？"奥柯桑娜问。

"我会的……每天都写。你呢？"

容易相信人的天真的洋娃娃般的卡佳看着她的朋友，这种眼神让奥柯桑娜感到很羞愧。但是舌头并没有停下来。而且，奥柯桑娜此时头脑中有了个念头，现在正是检验卡佳是否真的爱她的最佳时机。

"我甚至都不知道，我能否写信给你。"她承认说，"我当然会尽可能给你写，但是时间可能不够。也许还得辍学并找个工作。"

"那你会工作吗？"

"我能学会。要看什么工作……当桌子上一块面包都没有的时候，什么都能学会。"

她们俩沉默了一会儿，惊讶于成年人生活的残酷，第一次如此近距离地接近这样的生活。

"等等！"卡佳突然把手伸进校服围裙侧面的口袋里，掏出一个扁圆形的东西，类似于苏联的金属卢布，只是稍大一点。

"你拿着吧……等你忘了我的时候，看看这个就能想起我。而当迫不得已……当桌子上一块面包也没有的时候，你就把它卖了。"

深受感动的奥柯桑娜拿过硬币，感到掌心有一种既凉爽又愉悦的沉重。

她用手指划过硬币不均匀的边缘，揉搓并抚摸着硬币上凸起的图案。

硬币是旧的，呈现出暗淡的白色，而边缘，有些发绿。真想马上把它用沙子清洗一下，然后好好看看它。

"别担心，拿着吧，"卡佳劝她说，"爸爸把他的收藏都送给我了。"

"是吗？！"奥柯桑娜都开始羡慕了，"这是什么啊，银的吗？"

"当然是银的。也许是铂金的。旧硬币都是银的，或是金的，或是铂金的。"

奥柯桑娜无法不相信。伊戈尔·瓦连金诺维奇（卡佳的父亲）收藏各种各样的硬币，当然，卡佳在这方面怎么也比她更了解。硬币保存在玻璃下面一个专门的小盒子里，每个硬币都放在单独的小方格中。但是伊戈尔·瓦连金诺维奇自从辞去工厂工程师的职位后，就开始，像有一次卡佳所说的那样，"赚真正的钱"了，对他的藏品完全不再感兴趣——他只是没有足够的时间。有时，即使没有得到允许，卡佳和奥柯桑娜也会拿出小盒子玩里面的硬币。

但是，卡佳送给她的这种硬币，奥柯桑娜在收藏品里从未见过。

第3节
在班主任办公室

班主任安德烈·阿达莫维奇，无论是外表，还是年龄，都比奥柯桑娜的父亲年轻。不知为什么，他总为自己的年轻感到羞耻，因此，无论是和学生还是和家长在一起，他说话时总是试图表现得很严厉，甚至气鼓鼓地。在他看来，他的严厉和怒气会赢得更多的尊重。

安德烈·阿达莫维奇坐在桌旁，头发剪得很短，面色红润，脸剃得油光可鉴，身穿深红色外套和雪白衬衫，没系领带，看上去更像银行业务员或股票经纪人，而不是老师。他正在用细嫩的手指转动着一支削得尖尖的铅笔。谈话时，他不看奥柯桑娜的父亲，而是望着窗外。

父亲不自在地坐在离桌子最远的椅子上。他不时摘下眼镜，像犯了错似的小心翼翼地在镜片上哈着气，用手帕擦拭着，然后再次把眼镜卡在鼻子上。他没想到班主任如此严厉，谈话如此令人不愉快。

"好吧，外语老师马上就猜到了谁会写这样的纸条，"班主任说，"所以才没报警，而是来找我。虽然不难想象她有多痛苦。您会问为什么马上就怀疑到了您的女儿吧？"班主任继续说，尽管父亲什么也没问。"我会告诉您。除了奥柯桑娜，班里根本没人会想出这样的事。谁会把流浪猫带到学校并在几何课上放出来？奥柯桑娜·图申斯卡娅。谁会想出将钓鱼线从黑板一直拉到最后边的书桌？植物学老师撞到了钓鱼线，毁了昂贵的发型。不仅如此，她还由于受到惊吓无法上课。是谁把系着橡皮筋的别针插在粉笔盒里，而数学老师打开盒子时，别针噼里啪啦地在他的手里乱跳？碰上这样的，就算一个有钢铁般神经的人可能也会心肌梗死，更不用说一位身体本来就不好的老教师了……还有，对不起，您的女儿一直在撒……说得委婉些，就是不说真话。上学迟到或没完成功课，她就会带着无罪无辜的表情报告说，你们院子里发生了地震、洪水、火灾、强盗入室抢劫，还说你们家来了加拿大的客人，说她的父亲，也就是您，前往巴西进行考古考察，把她独自一人留在家里……"

"我不是想为自己的女儿辩护，"父亲咳嗽了几声，大胆地加入了对话，"但是想象力通常是所有正常健康的孩子所固有的……"

"尤其是给老师写纸条说他们的孩子会遭到绑架的'想象'。或是致电学校说，学校被放置了炸药。"

"真的？"父亲哆嗦了一下。

"您看，您几乎都没感到惊讶。幸运的是，这样的事还没有发生。但是请相信我如果真有这样的电话，——上帝保佑，不要真的有人打——首先就会想到您的女儿。"

"要不我杀了她？"父亲突然沮丧地说，不停地擦着他的眼镜片，他身下的椅子发出吱吱的声响。

"您的意思是？"班主任挑起了眉毛。

"没什么，我就是……我想说我同意您的观点。"

班主任沉默了一会儿。

"您不着急吧？"他问。

父亲看了一眼手表。到长途车出发还有时间。

"不，我在听您说，安德烈·阿达莫维奇。"

"太好了。您知道，我一直想和您，就像现在这样，在轻松的氛围中谈一谈，但不知为什么，一直没有机会……我知道，也许这个话题对您来说并不愉快，"班主任用手指碰了碰铅笔的笔尖，"但您也必须理解我：我不是路人，我是教师，因此对您女儿的行为和教育也应担负一定的责任。但是，如果我突然触及您个人生活中任何微妙的东西，您完全有权利不回答……"

"您请说。我认真地听您说呢。"

"您和妻子——奥柯桑娜的母亲离婚多久了？"

"五年了。"

"我明白了……也就是说，实际上从一年级开始，这么多年她一直都缺少女性的关怀……"

父亲身下的椅子又开始吱吱地响起来，好似在抱怨。

"往往不完整家庭的孩子，要不就是缺少关注，要不就是过度关注，被过度地心疼和娇惯，"安德烈·阿达莫维奇继续高谈阔论着，没有注意到对方脸上表情的变化，从负罪、礼貌变得越来越阴郁，"换句话说，这些孩子通常都是被宠爱的，至少可以这么说……"

"那您将我的女儿归为哪种类型？"

"我们现在就是要弄清楚。如果我没记错的话，您是考古工作者吧？"

"您没记错。学考古的，历史学副博士。"

"您能简要讲一下您每天的日程吗？"

"好，通常的日程就是……早上醒来、做早操、洗个澡、准备早餐、叫醒奥柯桑娜、给她收拾上学用的东西、去科学院……这些您感兴趣吗？"父亲突然问。

"当然！您继续说！"

"在科学院的实验室工作，弄展品，或是在档案馆或在教研室……晚上5点或6点回家，那时奥柯桑娜已经在家里了，或是在散步或是和朋友一起。"

"明白了，或是散步，或是和朋友一起……你们周末怎么过？"

"就是，通常和其他人一样……秋天，我们出城去采蘑菇；冬天，我们去滑雪，去切柳斯金采夫公园；春天，去植物园，去我母亲——奥柯桑娜奶奶那，在别列津诺区……"

"今天你们就准备去那里？"

"是的。"

"请问，您的前妻现在在哪儿？"

"就在这，明斯克。她现在有自己的家庭和孩子。"

"奥柯桑娜和她见面吗？"

"我不禁止女儿做这件事。"父亲忧郁地回答说。

"这我懂；我的意思是，奥柯桑娜经常去他们那里吗？"

"很少。她不喜欢去。"

父亲本人也越来越不喜欢这种类似于"审问"的"教学法"。但是他必须坚持着回答。奥柯桑娜有错吗？有。班主任是否有权弄清学生的家庭问题，以便以后更好地教育她呢？有，甚至有义务这样做。

"那夏天你们是怎么过的呢？"安德烈·阿达莫维奇追问道。

"夏天？"父亲揉了揉额头，"夏天，这个，情况是这样的：我必须和大学生一起出去考察，每年至少要去一次，就是考古发掘，因此每年夏天女儿都和奶奶一起住。"

"明白了。这样，现在的情况已经勾画出来了，"班主任把铅笔转了过来，钝的那头朝上，"夏天，也就是父母与孩子之间沟通的最佳季节，您女儿的暑假是独自一人度过的。另一方面，"他把铅笔钝的那头转为朝下，"奶奶在某种程度上给了孩子母亲所不能给予的女性的爱抚和同情……"

父亲的耐心已完全耗尽。

"安德烈·阿达莫维奇，"他站起来果断地宣布，"我尊重您的教学实践，并保证会予以注意。但暂且先让一切都像从前一样保持不变吧。让我的女儿做她自己，我会按照我认为合适的方式教育她。顺便说一句，外语老师没有告诉您奥柯桑娜为什么会给她写纸条吗？"

"没有。"班主任凝视着父亲，仿佛他是第一次见到他，甚至惊讶地把铅笔扔在了桌子上，这支铅笔在他整个"说教式"谈话过程中从未离开过他的手。

"这很不好。让有些老师比学生更多受一些'教育'也无妨吧……那么，如果您允许，我可以走了吗？"

这时铃声响了。父亲向班主任点头告辞，走出了办公室。

历史老师鲍里斯·格里高利耶维奇正巧从楼上下来，腋下夹着班级日志和教鞭。父亲停下来等他。突然门开了，班主任也走进了走廊。

"啊！"鲍里斯·格里高利耶维奇看见了朋友，大叫起来。"斯塔西，发生什么事了？你们要去哪儿？是不是你妈妈怎么了？"他焦急地问道。

"没什么事，"父亲很吃惊，"我们只是决定出去过个周末，去看看母亲。"

"怎么……过周末？刚才奥柯桑娜来到课堂上，说你们要永远离开明斯克了，她要辍学了……"

听到这一切的班主任盯着惊慌、瞬间满脸通红的父亲，"这就是您培育出的果实！"这位模范教师毫不掩饰地说道。

第4节
塔 勒

去车站的路上父亲一句话也没说。

奥柯桑娜也内疚地沉默着。通常她都会得到宽恕,但现在她感觉到,她不知不觉地越过了那一条无形的界线,这条线将儿童游戏与带有自己规则的成人生活截然区分开来。她打破了这些规则,从充满臆想和幻想的、只有自己能理解的快乐世界步入了成年人的世界,那里的一切是如此现实,如此平庸,而且如果老实说,甚至是危险的……

周末到来前的站台上嘈杂又拥挤,但等了不一会儿,她就和父亲坐到了柔软舒适的车厢最前排的"伊卡路斯"①座椅上,这时奥柯桑娜似乎忘记了自己的内疚感并把脸贴到车窗玻璃上。毕竟,前面还有路。

父亲环顾了一下周围,看看邻座是否能听见,然后小声说:

"你让我怎么和你说呢?我怎么能相信你哪怕一点点?我在班主任那为你辩护,替你求情,但现在我后悔了。而且我现在相信他说的话。我相信你确实是班上最差的、最娇生惯养的、最讨厌的人。所以现在我要认真想想,奶奶是否需要你这个孙女?夏天还要不要把你留在乡下?"

"那我去哪儿?"奥柯桑娜有些被这熟悉的、没有丝毫好的预兆的语气吓到了,她转过身来对父亲说。

"没有哪个考察是我必须要去的。整个夏天我们就一起在闷热的城市里闲待着吧。"

---

① 匈牙利客车公司,专业生产城市客车、城际客车和特种客车。

女儿沉默了一会儿，然后小声问：

"爸爸，告诉我，您是想让我变成不是我本来的样子吗？"

"当然！我希望我的女儿谦虚、有礼貌、总能说实话，不要不停地给我带来各种惊喜……"

"但是我就从来没想过让自己的父亲变成另一个样子。"她的声音突然开始颤抖，眼泪从眼睛里涌了出来。

父亲咳嗽起来。过了好像有一分钟。

"奥柯桑娜，"他把手放在女儿的肩膀上，但奥柯桑娜躲开了，"哎呀，你怎么哭了……好了，快把眼泪擦干，别人在看着我们呢……"

"让他们看吧！"

"给，拿着手帕……好了，想不想和好啊？都是我的错……我理解你，我理解你所有的谎言，但问题是其他人未必都能理解……而你必须考虑到这一点……好吧，和好了？"

奥柯桑娜什么都没说，心里盘算了一下怎样更好——再心疼自己一会儿，再哭一会儿，装作生气和受委屈的样子，或者还是搪塞过去，看看窗外，看看乘客，再问父亲一些各种各样的问题？第二种做法会更有意思一些。

她用手帕擦了擦眼睛和脸颊，咧了咧嘴，朝父亲伸出小拇指。他们一直都是这样和好的。

"但你得保证以后不说谎，不给老师写纸条，在家不拔电话线……"

"再也不会了！"奥柯桑娜发自内心地回答并立即转向车窗，因为长途车发出剧烈的隆隆声并开始启动了。

这样，这场不愉快就算过去了。似乎根本没发生过。一切都留在了身后，一切都被遗忘了。现在，只需要听一听周围的声音，看一看周围的景物就好了。

他们飞驰着，明斯克的房屋和街道、有轨和无轨电车，以及车站里的人们都在他们的身后渐渐远去了……长途车终于驶出了城市圈，仿佛进入了另一个世界。映入眼中的只有一种颜色——奥柯桑娜最喜欢的绿。路边满是树木、田野、林间空地、小灌木林，真正的五月艳绿的海洋！

要是坐在火车的包厢里驰骋，那就更好了，像在一个小公寓里一样。因为包厢里可以去车厢连接处、可以睡觉、可以去厕所，不管你做什么，车都一直走着。可以爬到上铺，把头伸出车窗外，让冷风拂面，让带着好闻煤烟味儿的强风令自己窒息。那有一张小桌子，可以把煮鸡蛋、炸鸡、西红柿摆在上面，一边吮吸香浓的鸡腿，一边向前行驶。

长途车里很闷，棚顶的天窗还打不开，还有吃奶的婴儿（除了吃奶的、包得严严实实的婴儿外，没人喜欢在炎热的夏天坐郊区长途汽车）。唯一的安慰就是可以坐着，也可以按下扶手上的按钮，放倒椅背躺着。

不，长途车也没那么差。你坐在或躺在高处什么都看得见。而且长途车给人的感觉似乎行驶得比火车快。车里还很安静。所有人都在打着瞌睡，父亲也一样儿，连眼镜都忘了摘，在那磕着头，看着就好笑。

如果再想象一下，她和父亲真的要永远离开了，再也看不到自己钟爱的城市、小院、自己的小家、街角的食品店，再也见不到学校和同学……那会是一种什么样的感受？

因为这个想法，奥柯桑娜甚至颤抖了一下。好在这一切都不是真实的。好在后天他们就回来了，她会马上给卡佳打个电话，或者直接就去她家做客……

想起卡佳，奥柯桑娜也想起了她送的礼物。她迅速把手插进口袋里，又插进另一个口袋里——硬币没了。空的！这些可恶的浅口袋，东西总是掉出去！但是她哪儿都没坐。在学校大厅里等父亲时，她是站着的。到车站是走着去的。就在这里是坐着的，在长途车上……

女孩弯下身，仔细看了脚下的地板。然后，她把脸颊紧贴在温暖的车厢壁上，试图在长途车的座椅和车厢壁之间狭窄的缝隙中发现点什么。没有。由于绝望，她又要哭了。她怎么对朋友说？还没出城就把她的礼物丢了……唉，为什么不把硬币紧紧握在手里，或者放在包里呢？！

同时，奥柯桑娜的手还在她的周围和身下机械地摸索着……在这呢！硬币就静静地躺在那里，奥柯桑娜一直在硬币上坐着。

"你折腾什么呢？"父亲用昏昏欲睡的声音问。

"爸爸,"奥柯桑娜拉了他一下,找到了硬币她很开心,所以希望和爸爸分享她的喜悦,"爸爸,求你先别睡!你看看我这有什么。这是银的吗?"

父亲习惯了和古董打交道,他小心翼翼地用两根手指把硬币夹了过来。昏睡的表情突然从他脸上消失了。他摘下眼镜,然后像拿放大镜一样,让它与眼睛保持一定的距离,仔细地观察了硬币的两面。

"这是卡佳给你的?"

似乎没有比回答"是的,是卡佳"更简单的了。但这样回答很没意思。

"我在学校后面的一片空地捡到的。还是春天的时候,挖坑种树的时候,我就……"

"真的?奥柯桑娜,你保证过再也不撒谎的。"

小姑娘在座椅上扭了两下。

"好吧,是卡佳给我的。"她老老实实地承认了。

"这多好。也许以后你自己也会相信,说实话更容易、更简单,并且更有益处。至于硬币……当然我也不是古币收藏家,但我可以告诉你一些事情。"

"这是银的吗?"奥柯桑娜又问了一遍,在她看来,这是她最想知道的,也是最重要的。

"不,可能不是。这很可能是假的。因为在白俄罗斯境内已知的这样的真的硬币只有八枚。相反假的却有很多。我可以肯定地说,这是塔勒。"

"塔勒?"

"16至19世纪欧洲面值最大的银币。在你面前的就是16世纪最早的一批塔勒之一,即所谓的'西班牙塔勒'或'帕塔贡'。"

"帕塔贡?"奥柯桑娜不由自主地皱了皱眉,"这么难听的词……"

"没有什么词是不好听的。也许,我们的某些词也不符合西班牙人的喜好……但是,"父亲清醒过来说,"那些不雅的、粗俗的词当然是难听的。"

奥柯桑娜趁父亲没有看她的工夫,会意地笑了笑。在他眼里她还是一个小女孩……

"所以呢,"父亲沉浸在自己的讲述中,什么都没发现,继续说着,"这是西班牙铸造的塔勒。你看见边缘上的'NISP...'了吗?而正面的这个花纹，是大力神赫拉克勒斯的标志。看见了吗？两个交叉的权杖，因此在白俄罗斯，这样的塔勒被称为'十字币'……"

奥柯桑娜感到很失望。硬币竟然是假的。而对于与古钱学相关的所有其他事情，这个小姑娘的兴趣就小多了。

"你看，切尔文！"她打断了父亲，指了指窗外。

还真是，长途车正好行驶到了一个站台旁，旁边就是一栋漂亮的一层建筑，上面写着"长途车站"。

"停车20分钟！"驾驶员对着喇叭说。

第 5 节
谜团初现

在切尔文,奥柯桑娜突然耍起了脾气。父亲从袋子里拿出香肠三明治,递给女儿一个。

"我不能干吃。我想喝水。而且我想吃热的东西,哪怕是白菜馅的馅饼,或者羊肉饼,或者比萨饼。"

他不得不赶快把三明治嚼完,然后好去车站的小吃部。

他还没走远,奥柯桑娜就从长途车的车门踏板上跳了下去。她环顾了四周,嚯,四辆城际长途车,除了他们的,还有一辆"拉斯"和两辆"巴斯"……她绕着所有长途车走了一圈,看了看车上的所有标牌。还干点什么呢?跟着其他乘客,她穿过车站广场来到了一个带棚的小集市。

她在一排一排的摊位之间闲逛着,呼吸着蔬菜和水果的气味;像在明斯克,在自己家里时一样,她又对这一切感到很奇怪:这些东西都是从哪里来的呢?那些香蕉、各种樱桃、橙子、柠檬很清楚,是从南方运来的。但是,那些老太太一看就是当地的白俄罗斯人,现在是五月,她们从哪儿弄来的新鲜黄瓜甚至西红柿呢?大棚里的?还是她们在大城市的市场上从那些南方人那里买的,然后在这里转手再卖掉?

"黄瓜多少钱?"她郑重其事地问道。

那是一个有些驼背的老太太,系着黑头巾,长脸,满脸的皱纹和毛疣,看上去就像童话《长鼻子小矮人》中凶恶的女巫。老太太恶狠狠地看了她一眼,什么都没说,只是不知为什么把装黄瓜的筐往自己那边拽了拽。

"想买黄瓜吗,孩子?"邻排摊位的一个老太太搭话说,也是个驼背的老太太，而且也系着黑头巾，但一点也不吓人。而且声音很友善，"那你有零钱吗，没有吧？"

"没有……我是孤儿，"奥柯桑娜脱口而出，"我已经两天没吃东西了。"她叹着气补充说。

"我的孩子……给，尽情吃吧。"老太太从桶里挑了一根最漂亮、最好的黄瓜，在围裙上擦了擦，递给了女孩。

一个穿着白衬衣，留着像班主任安德烈·阿达莫维奇一样短发的年轻人在旁边买樱桃。听见奥柯桑娜说她是孤儿，他好奇地看了看她，眼神并不友善。

咔哧咔哧地嚼着甜丝丝的黄瓜，奥柯桑娜走出了市场。她走到了站台尽头的书报亭，开始看那些杂志的封面。突然，她感觉有人在背后看着她。她转过身，离她三步远，那个陌生的"班主任"站在那，手里拿着一个纸袋，正把樱桃一个接一个送进嘴里，核儿吐在脚下，静静地看着她。她不喜欢这样的眼神。她转过身，面朝书报亭。

"小姑娘，吃樱桃吗？"那个男人走近了一些，用一种令人不愉快的、嘶哑的声音说。这种声音之所以令人不快，可能是因为它属于一个对奥柯桑娜而言不讨人喜欢的陌生的成年男人。不仅是声音，还有他的头发和衣服，所有他的一切都令她不快。

"不想。"她回答道。

不巧的是，旁边一个人也没有。

"你真是孤儿吗？"这个人还在纠缠，"那你住哪儿啊？"

奥柯桑娜一直沉默着，表明她丝毫没有与他进行友好对话的愿望。

"那你想坐车吗？去明斯克？"

"不想。"

"没准你想呢？你再考虑考虑。就坐那辆漂亮的进口车。"那人指着一辆深蓝色的挤在市场旁边的奥迪。

奥柯桑娜哼了一声。他太小看她了吧？她从上一年级就知道，要离像他这样的人远一点：不要回答问题，自己也不问任何问题，不和这样的人一起进电梯，甚至单元门……她可能比他更了解各种女孩被引诱或被绑架的故事，把她们带到某个地方，然后就永远消失了。在学校里还有专门的课，课上也给她们女生讲述这些并且教她们如何提防陌生人。

奥柯桑娜吃完黄瓜，把尾巴扔进了垃圾桶。然后，斜眼看着陌生人，从口袋里掏出塔勒，开始用硬币侧面刮报亭里涂成紫色的柜台，表明自己并不怕任何人，所以她可以旁若无人地做她想做的事。柜台上已经被人留下了一个标记，用斯拉夫语字母刮出来的"ай лав ю"（我爱你）。

"小姑娘，你怎么乱刻？！"报亭的人喊了一声，"赶快离开这儿！"

奥柯桑娜很不情愿地听着，向后退了一步，把硬币紧紧地握在拳头里。

这时，深蓝色奥迪侧面的车窗落了下来，伸出一个戴着墨镜的秃头，朝着那个陌生男人大喊：

"塞瓦！还要等你多久？"

但是，塞瓦看到硬币，似乎呆住了。他都没有朝那个喊声回头，甚至忘了吐樱桃核儿。当他最后开始说话时，都噎住了，并开始剧烈地往外吐。

"从哪儿弄的……你的这个？！"他声音里带着某种恐惧地问道，一边清着嗓子，一边往女孩跟前靠。

"从那儿啊。"奥柯桑娜傲慢地回答道。

塞瓦舔了舔嘴唇。

"你把这个东西卖给我吧……或者至少让我看看。我给你，如果你愿意，……5美元！"他开始在口袋里翻来翻去，眼睛一直盯着小女孩，"想要5美元吗？"

"不想要。"

"10美元呢？"实际上他手里是一张10美元的纸币。

"不想要。"

"20呢？20块真正的美国票子！"

"不想要。"

塞瓦沉默了一会儿。然后眯起眼睛，从牙缝里挤出了几个字：

"看得出，你不是不要，你是想要很多啊……"

秃头没等到他的朋友，于是从车里爬了出来，走到报亭前。他又矮又胖，戴着圆圆的墨镜，光秃秃的头像鼓一样。

"这里怎么回事？"

塞瓦没说话，把他领到旁边的报亭后面。他们说的话奥柯桑娜听得一清二楚：

"我发誓……她拿的……是塔勒！"

"不可能！"秃头大声说，"哪里来的？你怎么能看出来？你拿在手里看了吗？"

"没有……但我的视力没有问题……"

奥柯桑娜的视力和听力当然也没问题，但塞瓦开始小声说，几乎是在耳语。然后秃头也开始了耳语。

但是奥柯桑娜听到的已经足够了。

天哪！原来是这么回事！原来这不是一个普通的硬币！他们那么震惊！给20美元……如果她开始讨价还价，要更多，他们显然会给得更多……他们要这枚硬币有什么用？他们是收藏家？但父亲说这是假的……万一是他弄错了呢？这是一个真正的塔勒呢？这不会是白俄罗斯幸存下来的那八个塔勒之一吧？

发生的事情让奥柯桑娜感到兴奋，她后悔没有听父亲说完。没关系，还得走一个小时，这回她会更加专心地听，并详细地问问他有关这枚硬币的一切！

奥柯桑娜赶紧朝长途车走去。路上她转过身看到两个陌生人一声不吭，带着不达目的不罢休的表情跟在她身后。她甚至有点害怕。但长途车离得很近。

长途车前，父亲拿着一瓶百事可乐和几个纸包在踱着步。他不知所措地左顾右盼，寻找着他的女儿。

就在塞瓦刚要把沉重的手掌放在女孩肩膀上时，父亲发现了她。

"你去哪儿闲逛了？！车都要开了！"

塞瓦和那个秃头僵住了。原来这个女孩根本不是无家可归，也不是本地的。

奥柯桑娜坐在自己靠窗的座位上，吃着白菜馅儿的热馅饼，喝着可口的冰镇百事可乐。感觉在这里已经绝对安全了，这个小姑娘趁父亲没注意，向她偶遇的"熟人"伸了伸舌头。他们站在车窗对面，激动地向对方证明着什么，对她幼稚的蔑视根本没有做出任何反应。

当长途车开动的时候，奥柯桑娜看见塞瓦和秃头冲向了自己深蓝色的小奥迪。

第6节
讲点历史

车窗外又开始飘过春天大自然绿色的画面。太阳时而躲在稀疏的浅灰色云层里，时而从云层后快活地窥视着，仿佛在玩捉迷藏的游戏。引擎在单调地嗡嗡响着。父亲又准备打盹儿，他当然不知道车站里奥柯桑娜曾经历了怎样的有惊无险。

但奥柯桑娜却坚持要从他那里了解有关这枚神秘硬币的所有知识。

"告诉他关于车站里那些人的事吗？"她想，"不，最好以后……一旦开始，要说的就多了：发生了什么事、怎么发生的、为什么发生……那就不得不说有关'孤儿'的事，还有黄瓜，再说塞瓦听说'孤儿'之后看她的眼神……"

"爸爸，别再睡了！"奥柯桑娜拽了一下他的袖子，"我准备好继续听了。就是关于塔勒的。"

"好吧，"父亲精神了，打了个哈欠，"你把它给我……"

奥柯桑娜把硬币递给他。父亲把硬币放在手掌上，好像在掂量着重量。

"好吧，我很高兴你突然对古钱学开始感兴趣了。你热爱历史，而从某种意义上说，古钱学是历史的一部分。"他说，"而且，这样的话，你的时间就少了，就不会去干一些傻事了……"

奥柯桑娜垂下了眼睛。这次，她没想辩驳或生气。

"你知道，我的专业首先是建筑学、考古学，对钱币，我是个小学者。但是，这段历史是很清晰的，每个对古代感兴趣的人都了解。顺便说一句，"他突然想起来，"等我们回明斯克，你去找卡佳的父亲伊戈尔·瓦连金诺维奇！详细问问他。"

"他早就对硬币不感兴趣了,"奥柯桑娜说,"所有的收藏都送给了卡佳。"

"那你问你们的历史老师,鲍里斯·格里高利耶维奇。他才能给你讲得比我更有趣,也更详细。我记得,年轻那会儿上大学的时候,他和一个朋友就被这段传说深深吸引,接连好几天都没有从档案馆里钻出来!"

"你是说这是一个传说吗?"

"嗯,对。这个和钱币相关的故事既古老又神秘……流传到我们今天,其中的真实可能也就剩下一半了。另一半就是各种猜测、推测和可信度不高的巧合……所以,鲍里斯·格里高利耶维奇和他的朋友曾经一直在档案馆、图书馆和地方史博物馆里寻找各种文件,从古钱学书籍里复印各种钱币,并向其他大城市的档案馆和博物馆查询,甚至,你都想象不到,还向巴黎的档案馆和博物馆查询过!"

"那他们找什么呢?"

"就是拿破仑入侵时埋藏的那些宝藏。但最有趣的是,他们就是在我们现在要去的地方寻找的,在波普拉维。"

"在我们波普拉维?!就是奶奶住的地方?"

"你想象一下。塔勒和这个故事就是在这里被捆绑在一起的。可这又有什么好惊讶的呢?法国军队从莫斯科撤退时,正好在这个三角区内被俄国人困住,这个三角区的中心就是我们的波普拉维。它位于托洛钦、霍洛佩尼奇和鲍里索夫之间。然后法国人就开始渡别列津纳河,当然,不是所有人都在一个地方渡河,而要看哪里可以过、哪里更方便……但是先等等:我最好还是从头讲起,一步一步地,否则我自己就混了。只是你别打断我。"

可是,奥柯桑娜还是做不到不打断爸爸:

"难道现在还有埋藏的宝藏吗?"

"以前有、现在也有、将来还会有,"父亲平静地回答,仿佛是在说着什么平常的事情,"就仅仅在白俄罗斯,埋藏在地里、水里和沼泽地里的宝藏,我们找到的也许就千分之一。任何报纸上都可以读到,每年我们都会发现十

来个大型宝藏和许多零散的硬币。"

"真的？！"奥柯桑娜简直不敢相信，"我以为这些珍宝很久以前就被找到并挖出来了，而书本和电影里都是人们臆想出来，为了吸引人的啊！"

"我们的土地，女儿，不需要任何其他东西。它会把对其有害的东西扔出去、排出去：石头、金属、珍宝……另外，这些珍宝可不是每个人都能得到的。比如我，就一次也没遇到过，虽然我是考古学家，我挖掘了那么多地方！甚至有时就算知道宝藏大致的埋藏地点，也得找好几年，而且最后还是徒劳；也有可能完全是偶然的，有人在自己家的菜园里松土，就能碰上一罐子黄金，这种事时有发生。据统计，宝藏要么是被偶然发现的，要么就是被儿童发现的。"

父亲看了看奥柯桑娜，然后笑了。

"不相信吗？"他问，"你就看那个鲍里斯·格里高利耶维奇吧。他和朋友制订了一个计划，制作了一些地图，自己到波普拉维很多次，测量了一些东西，在地里挖了很久……什么都没找到！"

"那为什么鲍里斯·格里高利耶维奇都是一个人到这里来，而不是和那个朋友？可能就是宝物不想落到他的手里，要是朋友来，说不定一下子就找到了！"

"不，朋友来不了。他从小就残疾，走路都挂着拐杖……顺便说一句，他现在就在那个档案馆工作，他上大学时就整天在那里坐着。"

奥柯桑娜突然感到很高兴。还好，鲍里斯·格里高利耶维奇和他的朋友一直都没找到宝藏。

她朝车窗外看了一眼。长途车正开过一条小河行驶在一座桥上。小河的一头先是隐藏在藤蔓丛中，然后越过桥下的沥青，沿着平坦的绿色田野蜿蜒地奔跑着，田野的那边是一片森林。

听完父亲的故事后，现在奥柯桑娜用完全不同的眼神看着这一切。现在，无论是这条小河，还是田野和森林，以及他们走过的所有土地，给她的感觉都像是保险箱。这些保险箱时不时就会向偶遇的大人和孩子们敞开箱门……孩子，那就也包括她，奥柯桑娜！

这时奥柯桑娜的眼里突然呈现出一个夜晚：破碎的月光隐在云层里、猫头鹰凄惨的叫声、低沉的说话声、脚踩干树枝的噼啪声、铁锹碰撞到东西的声音、表面上了蜡的被生锈铁丝缠着的坛子、金币在微弱月光下发出的光泽……

整个夏天就在前面，塔勒紧紧地攥在手里，它有望解开一个古老的秘密。

奥柯桑娜的心在甜蜜、快乐，还有稍许不平静地跳动着。

充满着谜团、谜底和惊险的全部生活就在前方！

第 7 节
再讲一点历史

"所以，我告诉你——"父亲开始说。他的声音有点像鲍里斯·格里高利耶维奇，老师开始给他们这些学生讲学校教学大纲之外的各种历史片段时，就是这样的声音。他们通常就用这种轻柔的、信任的声音和亲密的朋友们分享一些珍贵的东西，就像他们正在揭开自己的某种秘密一样。

"从 13 世纪到 18 世纪，我们白俄罗斯曾经是一个强大的独立国家，即大公国，当时的主要语言是白俄罗斯语，那时我们有自己的法律和军队。但令人吃惊的是，我们起初没有自己的钱币，如果不算重量不到一克的小银币迪纳厄斯的话。直到后来才发行格罗德诺铸造的自己的塔勒。最早使用的都是外国进口的硬币，当时几乎所有的西欧国家都向大公国出售过硬币先令、杜卡特，还有迪拉姆，即所谓的'捷克便士'。到了 16 世纪，对于大公国来说是最艰难的时期。利沃和俄国人的尼亚战争开始了，断断续续持续了近 25 年之久。同时，我们还要与瑞典人和克里米亚的鞑靼人斗争。一开始我们占有优势，但敌人的数量要多得多。再加上战争掏空了国库。据当时统治公国的奥古斯特二世芝吉蒙特回忆，他的母亲那不勒斯公主博纳·斯福尔扎借给了西班牙国王菲利普大量的杜卡特，由于她的离世，债务也就一直没有还。自然，芝吉蒙特就向西班牙国王索要这笔钱。国王还清了债务，但其中有一部分就是用你手里这样的西班牙铸造的塔勒支付的。"

"这回明白它们是从哪来的了。"奥柯桑娜说，"我还以为我们以前只有沙皇俄国的钱币呢。我和卡佳看那些收藏品的时候，我还以为那都是外国钱币呢。毕竟西班牙离白俄罗斯那么远！"

"女儿,白俄罗斯完全不像很多人——不仅是孩子,习惯认为的那样,那么穷,那么普通,"父亲说,这次不知什么原因,父亲的声音里带着悲伤,"但是你继续听我说。一年后,所有西班牙铸造的硬币都从人们手中被购买了回去,开始被用作生产自己的大公国钱币的原料。这是这个故事的第一部分,是真实的那部分,这部分每个古钱学家都可以证实。"

"好吧,那接下来呢?第二部分呢?"

"接下来就是各种传说了。其中流传最广的,顺便说一句,我最早还是从鲍里斯·格里高利耶维奇那里听到的,就是和我们波普拉维相关的这个故事。当然,他们无法一个不落地把那些塔勒都买回去,有人把硬币偷偷藏了起来。他们为什么要保留这些硬币,既然用这些硬币什么也买不了,就不得而知了,但事实就是事实:当时,在维尔诺有一个特鲁谢克世家,这个家族的所有人都是狂热的收藏家,来自这个世家的一个贵族突然对这些稀有的西班牙铸造的塔勒产生了浓厚的兴趣并宣称,他将为每一个真的塔勒支付不菲的钱,于是很快他就从公国各地收购了大约一百枚这种硬币。众所周知,只有八枚真硬币。这里应该补充一点,特鲁谢克家族根本不富有,而是正好相反。这个家族的代表以爱国和收集各种古董著称,他们认为这些古董能让人们铭记公国从前的伟大。而最负盛名的还是他们都是狂热的赌徒、决斗者和酒鬼,一句话,都是'心胸宽广'之人……

"18世纪末,年轻的贵族卡齐米尔·特鲁什卡接管了家族财产。他继承的是一座荒废的、破旧不堪的房屋,房子里是各种沾满灰土的破旧东西,还有几万平方米沙荒地和大约二十个穷困潦倒的农奴家庭,再加上祖先'宽广心胸'的所有特质。和自己的父亲、祖父和曾祖父当年如出一辙,这位年轻的贵族酷爱葡萄酒、打牌、聚众娱乐,有事没事总会抄起一把军刀或手枪,到1812年,最终败光了所有财产,赌掉了庄园,背负了上千卢布的债务。这个赌徒为了躲避债务,逃到了战场,加入了拿破仑军队的一个团,并参加了法国人对莫斯科的远征。从那时起,他就销声匿迹了……"

"那塔勒呢?"心不在焉地听着这些故事的铺垫,奥柯桑娜迫不及待地打断了他,"那些塔勒后来怎么样了?"

"这些我也会说的。这样，到了19世纪中叶，在特鲁谢克家族倒塌庄园的遗址上发现了一个宝藏，其中除了其他硬币以外，就有五枚西班牙铸造的塔勒。人们拟了一份清单，然后将所有宝藏都送到圣彼得堡，那时白俄罗斯已经是俄罗斯的一部分……"

"那另外三个塔勒呢？"奥柯桑娜还在不依不饶地问着自己的问题。

但是父亲看着车窗外，突然想起来：

"不，女儿，先这样吧，咱们准备下车吧！下次再讲！"

窗外映入眼帘的是一个四四方方的翠绿的别墅、漂亮的小屋和最早的村舍。长途车驶进了郊区别墅村波普拉维。

第8节 奶奶

父亲让司机在村子边上的一个农舍附近停一下。

奥柯桑娜和父亲从车上下来的时候,奶奶已经急匆匆地朝他们迎面赶来。奶奶一点也没变老,很轻快,光着脚,系着白色的小方巾,穿着她喜欢的干净的围裙。奥柯桑娜每年夏天都会看见她穿这条围裙,不知为什么,总也穿不坏。

奶奶拥抱了孙女。奥柯桑娜感到了一股久违的、宜人的乡村鲜草气息。

"我一直在等你们来!"奶奶用年轻而柔和的声音快速地说个不停,快乐的皱纹布满她富有表情的脸,"主人也一直等着呢,整个早上都在给自己洗澡!"

她终于放开了奥柯桑娜,吻了她的父亲。他们朝家门口走去。街道的尽头有一辆车。奶奶看了一眼孙女,突然叫了起来:

"奥柯桑娜,你怎么了?"

奥柯桑娜没回答。她直勾勾地盯着熟悉的深蓝色奥迪。奥迪飞快地朝他们开过来,到了房子附近,放慢了速度,变得安静了一些。透过驾驶室的深色玻璃,奥柯桑娜看见了她的"切尔文"熟人。

"你是不是病了?!"奶奶惊慌地摸了摸她的额头。

"真是,"父亲也慌了,"脸色都变白了……"

驶过房屋,汽车又加速朝城里方向疾驰而去,转过弯消失了。

"没有,没事的,"奥柯桑娜说着,移开了奶奶的手,"就是长途车上有点晕车……"

"你们吃饭了吗？是不是饿着肚子坐车的？"

"早餐我们吃了，"父亲回答，"在长途车上也吃了一口。可能真的是晕车，车上很闷。奥柯桑娜，你头疼吗？"

"没什么大不了的，没事了！"

奥柯桑娜确信，这辆车是专门跟着长途车的，想盯着她奥柯桑娜，看看她会去哪儿。现在奥柯桑娜轻松了。汽车没停下来。那这事就没什么好想的了！他们走了，让他们走吧。她也没什么好害怕的，她对他们做什么坏事了吗？是因为没卖给他们塔勒吗？他们最好别指望。她自己还想要呢。

在一个整洁的长满鲜嫩绿草的小院子里，父亲把他的包放在一条长凳上，上面是一株芬芳的白色丁香花，他对奶奶说：

"妈，给我们拿条毛巾。坐了一路车，我们洗洗脸，洗干净了再进屋。"

"还真是，我这就去拿！"奶奶冲进了屋子。

在院子的角落，篱笆墙的门口，有一口低矮的带辘轳的水井，父亲摇上来一桶水，把洗手盆倒满，洗手盆就挂在水井旁边的柱子上。奥柯桑娜洗了脸。冰冷的水一下子就消除了旅途的疲劳。她的双手和脸庞都凉凉的，真奇怪，浑身都散发着刚割下的青草的气息。

奶奶拿着一条雪白的毛巾走出来。

"爸爸！"奥柯桑娜喊了起来，竟然都忘了擦脸，"爸爸，那只猫在吃草！"

篱笆下一只老橘猫嗅着，并小心翼翼地用侧牙把草咬下来，很享受地咀嚼着。

"它病了，这是给自己治病呢，"奶奶解释说，"它在我这成主人了。"

"它是哪来的啊？"奥柯桑娜问，"去年夏天还没有。"

"马卡尔带来的，愿上帝保佑它可别生病。它什么事都能帮我。这只猫虽然老了，可你看，它已经在这住习惯了。"

"它叫什么名字？"

"我就叫它'主人'。"

奶奶一个人住，五年前就守寡了。奥柯桑娜对爷爷的印象只有一点点。

她记得，爷爷很善良，外表和父亲很像，就是个子矮，当然，比父亲年岁大。那时爷爷和奶奶住在另一个村子，很远，在戈梅利州。奥柯桑娜从父亲的讲述中还得知，后来从不远的切尔诺贝利来了辐射。那个村子里的人都被迁走了，给了他们钱——补偿金。至于新的住处，给了他们几个选择，其中就有明斯克。但提到城市，老年人连听都不想听。他们只需要哪怕是补丁大小的一块地。父亲把所有的微薄积蓄都添到了老人同样微薄的补偿金里，于是就在波普拉维买了这栋村舍。奥柯桑娜还记得，母亲对此大骂不止，朝父亲大喊大叫……后来爷爷就病了，在博罗夫利亚尼的医院住了一段时间，就去世了。

奶奶在这里习惯了。在明斯克，她冬天也去住过几天，她总是坐立不安，觉得无聊，总想起过去住的那个村庄和现在这个新的村庄波普拉维，想着她不在的时候那里的鸡和猪怎么样了（邻居马卡尔代为照顾它们）……但是，夏天奥柯桑娜的到来给她带来了多少快乐啊！对这个唯一的孙女，她什么都舍得。

"我可以摸摸主人吗？"奥柯桑娜问。

"摸吧，它很干净。虽然老了。"

奥柯桑娜蹲在猫的旁边，抚摸着它，实际上是抚摸着它干净柔软的毛。猫不理会她，只是眯着眼吃草。

"它也一直在等着你们来。你们来能住多久？很久吗？"奶奶问父亲，父亲已经洗完了脸，奶奶把毛巾递给了他。

"我们明天晚上就走。"

"那也好，至少可以住一宿。进屋吧，到桌旁坐下说！"

第9节 庭院

　　午饭吃的鱼汤。用最新鲜的鱼做的最地道的汤。盘子上方飘着香味，闻得奥柯桑娜直流口水。在漂着一层金色透明油脂的鱼汤里，漂浮着香菜和莳萝小小的黄叶。

　　"虽然是炉子煮出来的，但鱼是新鲜的，"奶奶看到亲人们喜欢她做的饭菜，心满意足地说，"是马卡尔爷爷早晨送来的。"

　　"我看马卡尔爷爷已经成我们家的人了。"父亲说。

　　"要不我一个人怎么办啊？一个人很艰难，就算有分身之术，这么多事也忙不过来……"

　　父亲什么也没说。奥柯桑娜大口喝着香喷喷的鱼汤，都忘了咬面包吃。每当捞到大块的鱼，她就把鱼刺吮吸干净，然后给坐在桌子下发出满意的呼噜声的主人。它能感觉到，奶奶因为亲人到来很高兴，所以它也以自己的方式快乐着。

　　"你好像瘦了，"奶奶对奥柯桑娜说，"没有母亲，也没人照顾你……"

　　"我？瘦了？正相反，胖了！"

　　听了这些话，父亲默不作声，静静地吃着饭，似乎所有这些都与他无关，一直看着盘子。

　　奥柯桑娜发现：奶奶一直试图将话题引到，就像她说的，男人没有妻子，一个人很难。对她，奥柯桑娜而言，就是没有妈妈。其实并不！那有什么！她和父亲不需要任何人！她，奥柯桑娜已经大了，几乎所有的家务自己都可以做。

"那你，宝贝孙女，什么时候能来多住些日子？"

"过一周，放假以后，"父亲替奥柯桑娜回答了，"到时候我送她来。"

"能多住些日子？"

"得看我考察什么时候回来。她可以在这待一个月，也可能一个半月。"

"你看，要是家里有个女主人，"奶奶这话好像是在自言自语，"家也得有人照顾。你如果去考察，那家留给谁照顾？"

"我们不需要什么女主人！"奥柯桑娜忍不住插话说。

"好，你吃好了吗？"父亲严厉地说，"那就去院子里散散步吧。"

他们不希望奥柯桑娜听到他们成年人的谈话，而且她也没必要，但她很感兴趣。奥柯桑娜从桌子后面走出来，说了句："谢谢。"

下午四点。太阳和早晨的完全一样，在云层里时隐时现。不过也只有在农村，才能感受到真正的夏天。这里的空气里散发着泥土的气息，花草的芳香……搭建的凉台前，整个花圃里都是鲜花。房子后面，在围墙和篱笆之间，还有一个花圃，里面是刚长出来的酸模。奥柯桑娜虽然不饿，但还是蹲下来，开始把最小的浅绿色叶子放进嘴里，微微带些酸味，特别好吃。她一直吃到倒了牙为止。一群鸡在旁边不慌不忙地漫步，斜眼看着奥柯桑娜，也啄着酸模，似乎在戏弄她。

奥柯桑娜爬上篱笆，仔细看了一下这条熟悉的街道。那么多各式各样的小房子！比去年还要多。每个庭院都从四面围起来。那么多条不同的街道、小巷和死胡同！一条柏油马路把波普拉维从中间截开。奶奶的房屋所在的这部分称为"洼地"，因为柏油马路的这一侧，所有的小巷、房屋和菜园都越来越低，直到别列津纳河边。可从这里却看不到河流。而河那边有个地方，是一块草地，当地的说法叫波普拉夫（"漂浮"），草地后面是一片沼泽。

而村子里柏油马路的另一边，相反，所有地方都爬得越来越高。而过了村子最边上的别墅，就是森林了。

这就是他们的波普拉维。你根本弄不懂，这是村子，是市郊，还是个别墅镇子。

如果说就在去年，奥柯桑娜对周围这些地方还是完全漠不关心，那么现

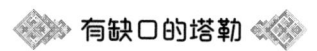

在，她口袋里塔勒的故事总是在头脑中挥之不去。白俄罗斯得有多少个这样的村镇！每个村镇都有自己的过去，有它们自己的可能尚未解开的秘密。父亲可是说过，仅在我们白俄罗斯，每年就发现大约十个大的宝藏。这些珍宝不是藏在一处，而是遍布白俄罗斯，而总有人能找到它们！

奥柯桑娜从篱笆上跳了下来，又仔细观察了一遍塔勒。它为什么这么坑洼不平呢？而边缘上的这个深深的小缺口到底意味着什么呢？还是只是个裂缝，或是凹痕？不，看起来好像用锉刀锉过，或用锋利的刀削过。一定不能忘了问问父亲。晚上就问！晚上父亲一定能把这个古老神秘的故事讲完。他和奶奶到底有多少秘密要说啊？

奥柯桑娜走进虽然很小，但却明亮舒适的凉台。去年夏天，屋里闷热的时候，奶奶就让她睡在角落里的沙发上。床垫里塞满了芬芳的干草，枕头里是柔软的羽毛。那时她在这里睡得多香啊！沙发旁边的床头柜也还是那个。

奥柯桑娜打开床头柜的两扇门儿。葵花子油、糖、一包茶、一碗鸡蛋……

突然，奥柯桑娜头脑中出现一个念头，可以试试用葵花子油清洗一下塔勒。没准清洗后上面会出现一些什么，有什么神秘的符号可以揭示宝藏的埋藏地点呢？那就太棒了。

奥柯桑娜用牙把已经开封的瓶盖咬开，在手指上滴了一点油，然后把硬币擦了一下。什么都没有，没出现任何符号。只是手指上留下一个蓝色的污迹，而硬币本身似乎变亮了一些。可能是葵花子油太少了？奥柯桑娜使劲把瓶子倾斜过来，直接把油倒在塔勒上面。没有，还是没有任何变化。可是现在，硬币有一股油的味道，在兜里怎么放呢？

奥柯桑娜手头没找到任何合适的东西，便匆匆用全新的白色手帕把塔勒擦了一遍。手帕上立刻出现一块蓝色的油污，几乎和塔勒的轮廓完全一样。你看，又得挨父亲训……

奥柯桑娜决定："我就说，我把手帕忘在长途车上了，然后等放假的时候，再想办法把它洗掉。"

她偷偷朝门口看了一眼，走到沙发前，把皱巴巴的脏手帕塞到了床垫的最下面。

第10节
切 西

犯了这个"罪过"之后,奥柯桑娜也不想进屋了,免得父亲和奶奶透过她的眼神猜出来。她把塔勒放进口袋里,其实塔勒也确实洗干净了一些,清除了一点古老的斑痕和现代的葵花子油,奥柯桑娜再次跑到了院子里。

"克秀哈!①"她突然听到了一个愉快的声音,"奥柯桑娜,你什么时候来的?"

在篱笆外面的街上,站着一个男孩儿,和她同龄,正透过木板的缝隙往里看。是切西。浅色头发,皮肤晒得黝黑,甚至感觉他在这没见面的一年时间里成熟了很多。他赤着脚,穿着牛仔短裤,长长的衬衫敞着怀儿,前大襟在肚子上系着(按照农村"成年人"的时尚)。

奥柯桑娜不敢相信自己的耳朵。难道这就是去年夏天那个让她惧怕、爱打架、厚颜无耻的小流氓切西吗?那时他挡着路不让她过、揪她头发,还戏弄她是"没长耳朵的克秀哈",他们在别列津纳河岸边不远处游泳的时候,他扎到水里,在水下抓住她的脚并把她往深处拖……有一次还用自制手枪在她背后放了一枪,差点把她吓死,奶奶为此还去和他的父母吵过架。可现在,你看:彬彬有礼的,声音里还透着愉悦!

其实,见到熟悉的面孔,奥柯桑娜自己也很高兴。一年时间,被淡忘的不只是这些。再加上不管怎么说,她也是这里的客人,而切西是当地人,那

---

① 克秀哈是克谢尼娅的昵称。而奥柯桑娜是克谢尼娅派生出来的独立的名字。在实际生活中,克谢尼娅常被称作奥柯桑娜。

就是主人。做客的时候，人们总是在不知不觉中努力地隐藏自己不可爱的一面。

"你不用害怕，过来！"切西叫她说。

"我没怕啊。"

奥柯桑娜走到了街上，以防万一，她没有关上身后的篱笆墙门，而是站在门口。

"不用害怕，"切西重复说道，"你是要来住一夏天吗？像去年一样？"

"住啥一夏天，还有整整一星期才放假……"奥柯桑娜更加仔细地看了看他，拍了下手，不由自主地学着奶奶的语气，激动地说，"天哪，你这是怎么了？！"

切西一边的脸颊肿得鼓了起来，好像嘴里含着一块巨大的圆形棒棒糖。

"啊，这是……"切西尴尬地垂下了眼睑，"都快好了！一开始比这还厉害呢。"他吹嘘道。

"你又打架了？"

"没有，被黄蜂蜇了。它们在阁楼上筑了巢，我盯着它们，然后爬了上去，然后就……"

"你弄它们干吗？"

"干吗是什么意思？不是采蜂蜜吗？"

奥柯桑娜惊讶地凝视着他，可能他是在开玩笑吧？然后大笑起来：

"黄蜂？蜂蜜？哎呀，你这个农村的，（差点说出"这种傻瓜"）难道你不知道黄蜂从来没有蜂蜜吗！"

"我以前不知道啊，"切西谦虚地承认道，"我以为，既然它们看起来像蜜蜂，并且筑巢，那肯定应该有蜂窝……"

奥柯桑娜突然发现他脸红了。还有就是，他看着她说话时，总是试图转过身，不让她看到红肿的脸。难道是感到羞涩吗？

"奥柯桑娜，"切西看了看周围，然后低下头，用大脚趾抠了抠沙子。"奥柯桑娜，"他说得很快，"我向你道歉……就是，为以前所有的事。我再不会把你往水里浸了……"

变得可真快！他怎么了呢？

"那，好吧，看你能不能做到。"奥柯桑娜开玩笑似的用手指指了指他，以示威胁。

"那你不生气了是吗？奥柯桑娜，你想今年夏天和我成为好朋友吗？"

"怎么成好朋友？"

"就是，总在一起……我会带你去看捞欧鳊鱼的漩涡，还有钓鱼的窝棚……不，我是想说，我会领你看可以采到坚果的地方，想采多少就采多少……"

"等一下，什么窝棚？"

"不，没有。什么窝棚都没有。我的意思是说，可以弄一个。"切西为自己说漏嘴感到很沮丧，于是就开始更正。

"我会什么事情都问你，然后让你都领我去看，也包括你说的窝棚。"奥柯桑娜心里想。她对成为好朋友的建议感到受宠若惊，那是很令人愉快的，但是毕竟……

毕竟她还是个小女孩。她惊讶地感到自己对这个顺从、礼貌甚至卑微的切西的兴趣远不如之前那个高傲自大的切西。如果他不请求原谅的话，她可能也不会想要折磨他一下。

"我夏天不能到这里来。"她遗憾地叹了口气说道。

"怎么会不能呢？为什么？"

"父亲会被派去考察。去那个……去巴西。他带我一起去。"

切西甚至忘记了红肿的脸颊。他全神贯注地看着奥柯桑娜，表情既好笑又痛苦。

"那去多久？"他提问的声音里带着一丝希望，"要不，哪怕是夏末的时候你能来？"

"不，可能来不了。我们在巴西那要待很长时间。"

"那你自己想去吗？"切西问。

"当然想啊！那儿可有意思啦……首先，可以坐整整十个小时的飞机。其次，那里有海洋、各种鳄鱼、丛林、棕榈树、椰子……"

"我们这里难道没意思吗?"切西想为自己家乡的这些地方鸣不平。
"你对比一下吧!鳄鱼和你们的欧鳊鱼,椰子和你们的坚果……"
切西被彻底打败了。他还想用窝棚吸引她……窝棚和巴西!……他皱起了眉头。同时,眼里开始出现从前的那种高傲和独立……

第11节
米哈希来了

"那你就去吧。"切西很不友好地看着她，皱着眉头说。

"我肯定要去……"

"去吧，去吧……"

切西满脑子都是对刚才的委屈进行报复。奥柯桑娜开心过后，已经开始同情他了。正当她准备承认去巴西的事完全是她瞎说的，而且她自己也不知道为什么要臆想出所有这些东西时，切西突然冲到篱笆墙的门口，挡住了奥柯桑娜回到院子里的退路。

"你想不想我这就给你看看你的巴西……"

奥柯桑娜还没来得及躲闪，切西一下子用两个指头夹住了她的鼻子，并开始往上拽。

由于猝不及防，奥柯桑娜瞬间感到窒息。而且很疼很难受！……但片刻之后，她试图逃脱，结果带有坚硬的沟槽的运动鞋底不经意踩到了切西光着的脚上。他"啊"了一声，放开了她的鼻子。出于愤怒，奥柯桑娜又重复了一遍刚才的方法，不过这次是故意的。

"你干什么？！"切西大喊，并弯腰抓住了自己的脚。

他的姿势一看就是骗人的，所以不能不抓住机会赢得最后的胜利。奥柯桑娜朝他的肩膀轻轻地推了一把。切西失去了平衡，跌倒了，但马上又跳了起来：

"你等等！"

一看他马上就要疯狂地报复，奥柯桑娜没有坐以待毙。还没等切西把膝盖上的沙子抖落掉,她已经坐在了高高的篱笆墙上面了。幸好穿运动鞋往光滑的木板上爬很容易,鞋底不打滑。奥柯桑娜像猫一样,从上面警觉地盯着切西,只要他有什么可疑动作,她随时准备跳进能救命的院子里去。

"啊!"她突然大叫了一声,并抓住了口袋,试图抓住从口袋里掉下去的硬币。

但为时已晚!硬币掉进了篱笆墙下的草丛中。转眼硬币已经在切西手里了。只是不知为什么,在把硬币藏起来之前,他抓了抓自己的口袋,然后把手伸了进去……

"有个洞。"他惊讶地说道。

"切西克[①],还给我!"奥柯桑娜乞求道。

"这回还有什么说的。"

"还给我,这是别人的硬币!"

"知道,是别人的。因为不是你的,而是我的。"

"切西克,你听我说,你如果愿意,我可以向你承认,我和你撒谎了。"

"啊哈……我愿意。"

"那你会还给我吗?"

"会。"

"你发誓!"

"好吧,我发誓。"

"去巴西的事我是骗你的……我哪儿都不去,我会来这里,来波普拉维。而且我也会和你成为好朋友,像你希望的那样……"

"竟然会这样吗?那,只能是,暑假你来时再说。"

于是切西平静地吹着口哨,转过身去,背朝着奥柯桑娜,很显然,要走。

奥柯桑娜脑海里闪过一个念头,必须采取极端措施——叫父亲来帮她(尽管她本人一直认为向父母抱怨是最不得已时才做的事)。

"还给我!你答应我了!"她绝望地大喊着。

---

① 切西的昵称。

"我又没让你承认撒谎。"切西竟然停了下来,"那好吧。我发誓的时候也撒谎了。而去巴西的事是你撒谎了。我们扯平了。公平合理。你能撒谎,我为什么不能?"

奥柯桑娜完全没有想到他会这么狠。她抽泣着。一边擦眼泪,一边用余光看他,切西似乎有些茫然不知所措。

"你哭什么,奥柯桑娜!你凭什么认为我应该把自己的硬币给你?"

"不,硬币是我的!"小姑娘哭着喊道,"你要这个硬币只是觉得有趣,而对我来说……你根本不懂!……"

"什么乱七八糟的。这是我的硬币!我说的是真的。这是我昨天在菜园里捡到的……你一推我,我就倒了,硬币就掉到口袋里的小洞里去了,你抢过去,然后爬到篱笆上去……但是正如你所看到的,没成功,硬币又回到了它的主人这里。"切西说得眉飞色舞。

"你不感到羞耻吗?"

"感到羞耻的应该是你。你和我胡诌八扯了一个巴西童话,踩了我的脚,还想将我的硬币据为己有,竟然说我应该感到羞耻……"

奥柯桑娜什么都没说,凝视着街道的尽头。那个骑自行车的人好像很熟悉……是的,果真如此,是米哈希,他很快就朝他们这里骑了过来!好了,现在没有父亲的帮助也可以搞定了……米哈希任何时候都一定不会让她受欺负的。而且父亲很喜欢他,奶奶也喜欢他,总让他照看和保护奥柯桑娜。米哈希的父母就是戈梅丽那个村子出生,奶奶也是从那个村子出来的,发生核辐射以后他们也搬到波普拉维来了,所以就经常走动,像亲人一样。

"米哈希!"奥柯桑娜挥着手高兴地大喊,让他骑得更快点。

米哈希把自行车放到柏油路的路肩上,然后朝他们走过来。他是个黑眼睛、瘦高个(他只比奥柯桑娜和切西大一岁)、表情严肃的少年,穿着一双球鞋,运动裤挽到膝盖,黑色背心,左胸上印着"白俄罗斯"。

第 12 节
米哈希

"切西,你好!……奥柯桑娜,你什么时候来的?"

"他抢了我的硬币!"奥柯桑娜没回答,眼泪汪汪地向他告状说,"还不想还给我!"

"她说谎。"切西说,站在那一动没动。

"硬币?"

米哈希转过身面朝着他,走到他跟前,几乎要挨上了。他比切西高一头。但切西也没害怕。他只是因为觉得不公正,脸色略微有些发白,该怎么站着还是怎么站着。

"米沙①,如果你想打架,那就来吧。"他小声说,"但是我没抢她任何东西。我口袋里有一个硬币,硬币从一个小洞掉了出去,奥柯桑娜抓了过去,然后自己没拿住,掉了……现在和我磨叽:把它还给我!"

米哈希握紧了拳头,站在那,不知道谁说得对。他了解切西,他是不会随便乱说的。这时,奥柯桑娜从篱笆上爬了下来,胆子也大了起来,站到了米哈希的身后。

"别信他,米沙!塔勒是我从明斯克带来的!"

"胡说,是我昨天在菜园里捡到的!"

"那你给我看看,切西。"米哈希命令道。

切西很不情愿地把攥着硬币的手掌展开。突然他的脸色变了。他迅速地

---

① 米哈希的小名。

闻了一下硬币。

"见鬼……好像有葵花子油的味道……而且我的颜色要深一些……边缘也不一样，缺口在另一个方向……"

"奥柯桑娜！"院子里传来父亲的声音。

趁着切西惊慌失措之际，奥柯桑娜立即从他的手掌上抓过塔勒，并藏在了口袋里：

"米沙，非常感谢你！我得赶快回去了……你帮了我大忙！你都无法想象这是什么硬币……你要愿意，今晚过来，我父亲会给你讲……"她踮起脚尖儿，在米哈希的耳朵旁边窃窃私语了一番，然后钻进了篱笆墙的门。

"那我的那枚在哪儿？"切西惊慌地重复着，翻遍了所有的口袋，"我又不是梦到的！"

"等一下咱们走吧。奥柯桑娜的奶奶在那看着呢，看我们在她家房子附近转悠。"

米哈希抬起自行车，俩男孩子拐进了直通洼地的小巷。切西的家就住那，离别列津纳河不远。

"现在，"米哈希一只手推着自行车说，"你详细地讲讲事情的来龙去脉吧。"

"就昨天……"切西还在翻着口袋，仔细看着自己周围，目光似乎还在寻找硬币，"我父亲正在给土豆培土。你知道，就在那片地，紧靠河边立着纪念碑的那片吧？我牵着马辔头，你知道，特别热，又有牛虻和蚊子，马也不想走，直尥蹶子……"

"可你和我讲你的马干什么？说硬币的事。"

"好吧，然后在培土的木犁蹚过的地方，在新翻出的土里就有一个东西闪闪发光……我一边走一边把它捡起来并放在了口袋里，甚至都没有仔细看，没时间。"

"那晚上呢？"

"什么？"

"晚上仔细看硬币了吗？"

"我都把它忘了，米哈希！快被那匹马累死了，都快走不动了。然后还有那些该死的黄蜂，"切西碰了碰他的脸颊，"那种剧烈的疼痛，能让你忘记世间的一切……"

"简单说，就是你把硬币弄丢了。"

"看来是这样。"切西内疚地垂下了头。

"你再回忆回忆，昨天你都在哪坐过或者躺过？"

"哪都没去啊！我就爬到阁楼上去捅了这些黄蜂的窝，然后马上就睡觉了。尽管……"切西回想起来，但他感到难以启齿，就是今天他还被奥柯桑娜推倒了，"没有，哪都没坐也没躺过。"

"有洞就得缝上啊，笨蛋，"米哈希责备说，"你是怎么想到把硬币放在有洞的口袋里的呢？而且为什么硬币没有马上掉出来？你不是光着脚吗？"

"光脚……"切西突然停了下来，圆圆的眼睛看着他的朋友。

"对啊。如果硬币掉出来，就会砸到你的脚上。难道你没感觉到吗？"

"等等！完全正确！"切西欣喜地挥手拍了一下米哈希的肩膀，"我想起来了，口袋里根本没有洞，因为穿的压根儿不是短裤！我穿的是贴身衬裤！晚上我睡觉的时候，妈妈把衬裤洗了，给我放了条短裤。现在我想起来了：昨天穿的衬衫就是这件，可是裤子……"切西无法平静下来。

"你整整半天都不知道穿的不是那条裤子？"

"等你筋疲力尽时，我看看你什么样！何况还有黄蜂……"

"好吧，别再说黄蜂了。你的贴身衬裤现在在哪儿？"

"可能我妈已经洗过了。挂起来晾呢。"

"我说的不是衬裤！"米哈希被激怒了，"我要你的衬裤干吗？硬币在哪里？也许你母亲在拧衣服的时候把它弄丢了？"

"其实，我还真没想到。"切西害怕了。一个小时的时间两次失去硬币，这简直让他难以承受。

"上来！"米哈希命令道。

他骑上自行车就跑，切西跟着跑了几步，然后抓住车把跳到了大梁上。小巷直通下面。几分钟后，他俩已经飞奔进了切西家的院子。

院子中间放着一个大洗衣盆，冒着滚滚蒸汽，散发着洗衣粉的气味。母亲弯着腰，卖力地洗着衣服；她手里的洗衣皂在瓦楞搓衣板上划来划去。院子尽头拴在两棵梨树之间的所有绳子几乎都挂满了冲洗过的衣服。洗衣盆旁边只剩下一小堆衣服。他俩冲过去。太惊喜了！贴身衬裤就在那！硬币也还在后裤兜里。

切西自豪地将其递给了他的朋友：

"你是不是不相信我说的话？"

母亲惊讶地看着他们。然后，她开始像往常一样疲倦地抱怨：

"跟你说过多少次了：洗衣服之前先检查一下口袋……如果你们找的东西浸透了怎么办？"

"不，这个东西浸不透！"切西很高兴地向母亲展示了硬币。

"你最好帮我干点活，你这个懒汉，总比一天到晚四处瞎逛好……哪怕把洗过的衣服拿到河边冲干净，或者帮我拧干了。"硬币没有给母亲留下任何印象。

米哈希不知如何是好，怎么这么说，整天瞎逛，这不公平。村里可能已经没有像切西这样不躲避家务活并总是帮助母亲的孩子了。

"给我吧，我去冲洗！"他说干就干。

"算了吧，去玩儿吧。等你干的工夫，我自己干得更快。别再去捅黄蜂窝了！"

"你妈怎么让你干这么多活儿？"他们离开的时候，米哈希问道，"我在家干的活儿都没有你一半多。"

"不，她只不过就那么一说，"切西回答说，"她挺好的。"

他们穿过院子，拐到柴棚后面，棚子是从草地那边紧贴着房子建的，然后躺在柔软的嫩草上。

从这里可以看到河边的洼地和美丽宽阔的别列津纳河，低矮的这一河岸长满了赤杨和柳树。正是在这个地方，河水流速不快，形成了一个平滑的河湾。别墅的菜园差不多一直延续到别列津纳河边。而在旁边一点低矮的丘陵上，可以看见一个纪念碑：这是一座普通的立式的花岗岩石碑，四面被混凝土柱子包围着，柱子间由下垂的铁链连接起来。在石碑上，他俩知道，刻着涂着金漆的题词：

  缅怀卫国战争的俄罗斯士兵
  缅怀伟大的卫国战争的苏联士兵
  光荣属于所有英雄！

再往前走一点，在河湾的那边，低矮的河岸逐渐开始升高，但还不是那么又高又陡。就在那里，在最陡峭的河岸上，他们的窝棚就安全地隐藏在橡树和赤杨的叶子里，在离地面很高的交织在一起的粗大树枝间……

切西又仔细观察着他的硬币。

"我就是在那里找到的。"他指着纪念碑的方向，"不，你看哈，米哈希，和奥柯桑娜的一模一样！所以我们弄混了就不足为奇了。只是我硬币上的凹口不一样，更深一些……我很想知道为什么，奥柯桑娜如此珍视这个……她怎么叫的来着？"

"塔勒。"

"都已经乞求我了：切西克，切西克，还给我吧……"

"你什么时候学会脸红的？"米哈希嘲笑地眯着眼睛问。

"那只不过是脸颊发痒。"切西的脸更红了，"要是你被黄蜂蜇了，我看你会不会这样……啊！"他想了起来，"你最好说说你和她窃窃私语什么了？"

"我没和她窃窃私语。"

"那就是她和你，有什么区别？她在你耳边说什么了？"

米哈希神秘地微笑着，沉默不语，好像正在为他现在可能会说，也可能不会说的话增添着神秘色彩。

"别忘了，硬币可是我的。"切西提醒道。

"好的。奥柯桑娜和我窃窃私语说的是，在咱们波普拉维埋藏着宝藏。而找到宝藏的谜底就在硬币里。"

切西半信半疑地哼了一声。他期待的是完全不同的内容，而他说的却是什么宝藏。这些都是书和电影里骗小孩儿的。如果这不是从米哈希,而是从其他人那里听到的,那他一定会嘲笑他。但米哈希是他最好的朋友,而且比他大。

"你是认真的吗?"切西问,稍稍起身枕在胳膊肘上。

"奥柯桑娜是从她父亲那里知道的,你别忘了,她父亲是著名的历史学家、考古学家,不会像寓言故事那样骗人的。"

"还有细节吗?什么宝藏?这和硬币有什么关系?"

"我懂的也不比你多多少。你也听到了:奥柯桑娜说,今天晚上她父亲会讲这个故事。我去听听,然后我们再考虑这件事。"

"为什么你一个人去?"

"因为就叫了我一个人。要不我们搭伴儿去,我、你和兹米特尔?"

"对,还有兹米特尔!我们应该一起去。要么我们三个去,要么……要么我把这枚硬币投进别列津纳河。"切西坚决地说。

第二部分
波普拉维

第13节
窝 棚

窝棚在大约五米高的地方，隐藏在橡树和粗大的赤杨树冠的树枝之中，这些树和谐地生长在陡峭的河岸上。河水静静地向下流淌着，时而打着漩，这时波浪溅到岸上，舔着黄沙，冲刷着原本已经裸露折断的树根。

搭建窝棚的地方是大约一个月前切西偶然发现的。

那时正值四月末，周围的草木都已泛绿，太阳烤得厉害。鱼，大多是拟鲤，从黑洞洞的深坑里游到水面，在靠近河岸窃窃私语的水草中、浅滩里产卵，那里有足够的食物，又很温暖，甚至还可以扇动着鱼鳍慵懒地打个盹儿。

鱼不怎么爱上钩。切西和米哈希拖着一个带破洞的旧渔网在浅水里网了一上午鱼，然后就在岸边游泳，试图空手在浑水里抓一条拟鲤……他们又累又冷，懒得把这个又湿又重的渔网带回家。如果这样的天气一直持续着，明天还会想来捕鱼。可尽管渔网又旧又有破洞，他们也不敢就这么把它扔在岸边的灌木丛里。切西往上看了一眼，顺着一棵歪赤杨的树干爬了上去。这棵树很粗，下面没有树枝。他一直爬到浓密的树冠里，把渔网藏到了里面。

"哎，米哈希！"上面传来他的声音，"在这里可以在树枝间搭一个窝棚！"

米哈希爬上去感受了一下，他也无法掩饰自己的赞美：

"太棒了！树枝本身长得就像窝棚一样。从这里看什么都一目了然。而从下面，切西，虽然只有两步之遥，都看不见你！"

于是他们大胆地把渔网留在了"窝棚"里，第二天他俩过来时没空着手。

他们拖过来几个木箱，这些木箱是他们在村里商店后面荒地上的垃圾堆里发现的。另外，还有一卷软铝线、一把锤子、一些钉子和一块油毛毡。

那天他们没顾上捕鱼。热火朝天地干了一天。把木板铺到较低的平行的树枝上，用铝线把它们绑紧，就有了"地板"，再把油毛毡拖上去，这是很好的"天花板"。只有"墙壁"的木板不够了。没关系，以后还有很多日子，就像商店附近没人要的木头箱子一样多。

米哈希和切西的第三个朋友兹米特洛克①也从附近的城市别列津诺来过周末。他的父母在村里有一座别墅，别墅不在河边的洼地，而是靠近森林。他俩总是愿意接受兹米特洛克入伙，因为他虽然是城里人，但不高傲自大，也因为他"有求必应"，总是同意他俩的观点并听从他们的意见，无论是年长的米哈希，还是年幼的切西。

现在每个周末，他们三个都一起来装备窝棚。这个最需要严格保守的秘密把他们三人紧紧连在一起。并且这个窝棚越来越有住宅的样子了，甚至很舒适（他们这么觉得）。

"墙壁"也有了，是用那些箱子的木板做的。他们又把柔软的干苔藓堆在"地板"上。窝棚里面很大，很宽敞，够他们三个人住，还有剩余空间。可以躺着，甚至整个人可以站起来。当然，高个子的米哈希必须弯着点腰。他们在一个角落的"墙壁"上固定了两个架子，上面摆放了各种家居用品（没有家居用品叫什么住处）：钓鱼竿，装鱼钩的盒子，配重锡块，用沙子打磨过的、侧面仍有烟熏痕迹的小锅，一只水壶，盛盐、胡椒粉、月桂叶的罐子，火柴，一把折叠小刀，甚至很粗的石蜡蜡烛。另一个架子上是武器：猎刀、自制手枪（把铜管固定在木枪托上，末端铆上）。墙角的架子下面有米哈希的父亲送给他们的褪色的远足背包、渔网、钓竿摇轮、高筒橡胶靴子。

窝棚还有一个"门"——叶子浓密的橡树枝。它能把入口完全挡住。树枝有弹性：你把它推开，就可以爬进窝棚，然后它就会回弹，"门"则关闭，你就已经在窝棚里了。这里特棒。河水在下面流淌，溅到河岸上。从一侧可

---

① 兹米特尔的昵称。

以看到一条路、切西家的房子和菜园，还有不远处的其他房屋和菜园、山冈上的纪念碑。你能看到一切，但没人能看到你。甚至没有人会猜到，你像鸟兽一样住在这些树上。最有趣的是，在下雨的时候（只是别有闪电，在橡树下面遇到闪电很危险），你安静地坐在窝棚里，雨滴拍打着油毛毡和树叶，这里干爽又温暖，而你已经被整个世界所遗忘，仿佛与世隔绝……

很快，窝棚变成了"司令部"。不论年长的米哈希，还是年幼的切西和兹米特洛克，都同时既是列兵，也是司令部的首长。因为暑假马上就要到来了，需要思考并通过一项行动计划。计划很简单：不能整个夏天都这么瞎转悠，昂着头吹吹口哨、游游泳、晒晒太阳再钓钓鱼。第一，会很无聊；第二，十一二岁的年纪，也该懂得金钱在一个人的生命中占据的不是最次要的位置了。成为一个有钱人也是不错的事。特别是如果这些钱不是父母的，而是你自己的。你可以把钱花在你想要的任何东西上，而无须征得任何人的允许。

三个好朋友聚在窝棚"司令部"里。米哈希甚至还随身带了一个笔记本和一支铅笔头儿，好把最有意思的、最主要的、最现实、最可行的建议记下来。每个人都应该就这个话题做发言：如何在夏天赚钱和致富？

兹米特洛克是第一个发言的。米哈希写道：

1. 兹米特洛克。洗车，最好是进口车，在别列津诺附近的加油站。兹米特洛克已尝试过。优点：如果幸运，一次最多可以赚10美元。缺点：需要洗得又快又仔细，而且要忍受侮辱，讨好每个人。竞争对手：有当地的，也有城里的，从别列津诺来的外人他们根本不让靠近。兹米特洛克被抢走了铁桶，还挨了一耳光，并被威胁如果再见到他，就把一桶肥皂水倒在他的头上。

"然后你就什么都没赚到？"米哈希问道。

"没洗几辆……给一个人把沃尔沃洗得锃亮，没给钱。第二个给了点零钱，还不值一块肥皂的钱。一共就洗了两辆车。"

"我们这儿哪有那些进口车和有钱人！"切西搭话说，"地方太小，如果是在明斯克，就可以大显身手！"

米哈希在下面做了标记：洗车，迫不得已的情况下。

切西提出了自己认为最可靠的方案。

"我们采摘蘑菇、浆果、坚果和捕鱼，然后拿到城里的市场上去卖。把钱放在一起，夏天过完平均分配。"

"浆果成熟最早也得一个月以后，"米哈希回答说，"天这么干燥，会不会有蘑菇还不知道，坚果在初秋才出现，鱼也不是每次都可以捕到。顺便说一句，城里的市场上鱼到处都是。"

"那我就不知道了。"

米哈希记下：2. 切西的办法。优点：可靠。缺点：辛苦、无趣、钱少。

"我建议这样，"米哈希说，"你们发现了没有：最近这整整一个月，总有明斯克人到马卡尔爷爷家里来。马卡尔爷爷说他们都是地质学家。两个男的。他们把车停在他家的院子里，有时还在他家过夜。他们难道不需要帮手吗？"

"他们都做什么？"兹米特洛克问。

"总在河边，在纪念碑附近的草地上走来走去，测量着什么东西，然后在记事本上记下来……最近，他们甚至开始在村民的菜园里走，还来过我们家。他们向主人解释说，他们需要从我们这个地方不同地块上取土和采水样……"

"明白了，找石油呢。"切西插话说。

"也许是石油，也许其他矿藏。他们有一个看起来像探雷器一样的东西——末端带一个金属弧的棍子。我建议去找他们并提议为他们工作：给他们递东西、拿卷尺、握固定杆……我们当中哪怕有一个人被接受了，那也好啊。不接受也没关系，我们也不会损失什么，但试一试还是可以的。"

"做一个随时响应被差使的小孩儿？"切西做了个鬼脸。

"那你就去洗车吧。"

"洗车。你是你自己的主人，想洗就洗，不想洗就不洗，可干这活儿你得像狗一样来回跑，没有任何自由……但是，跑就跑吧。我同意。只是必须付美元，工资日结。"切西说。

"这是理所当然的。这些人显然不是穷人。另外，他们经常回明斯克，但这边的工作还得做。他们可以在这段时间给我们分配工作，给我们布置任务，比如，测量土地、取土采样。"

"就这么定了，记下来。"

"这是第三点。"米哈希记了下来并大声读道，"优点：一天结束可以拿到现金。缺点：不知他们是否需要助手？"

"如果库尔特没有捷足先登的话，"兹米特洛克说，他总是话不多，但擅于行动，"你们都忘了库尔特吧？"

提起"库尔特"这个词，三个人同时皱了皱眉。这是马卡尔爷爷的孙子，他在别列津诺住，也在那里上学，像兹米特洛克一样，休息的时候就到农村他爷爷这里来。他给这三个朋友带来了太多不愉快，尤其是把他们搅进了一件事，回忆起这件事他们现在仍然感到羞愧。

米哈希用铅笔尖挠了挠后脑勺。

"对，这家伙到处见缝插针……但他毕竟是城里人，而我和切西是当地人，我们住在这，无论如何我们比他了解得更多。"

"没事，"兹米特洛克说，"过一个星期就放假了，他也会来他爷爷这里。地质学家住在他们家，他们肯定会接受他。他们为什么需要我们这些不熟悉的人？"

"因此，需要努力超过他。所以，第四点，"米哈希总结说，"得努力在哪儿找点钱。在商店、加油站、长途车站，尤其是在市里的车站和街道上仔细看看。这主要涉及你，兹米特洛克。"

"嗯，想得太美了，"切西嘲讽地笑了笑，"那儿的马路上正躺着一个钱包，在焦急地等着我们呢。"

"如果有人丢钱，那就需要有人捡到这些钱，"米哈希平静地回答，"记下来，也算个选项。"

切西和兹米特洛克没有任何理由反对这一逻辑。

第 14 节
地质学家和马卡尔爷爷

"现需要在日记里记上：第五点，寻找珍宝，"切西玩着硬币说道，"虽然不太可信，说实话。"

他和米哈希躺在柴棚后面的草地上，沐浴在和煦的阳光里，懒洋洋地看着草地、河流，看着矗立着纪念碑的山冈。

"晚上我们就知道了，到底是什么宝藏，"米哈希打了个哈欠，"无论如何，宝藏，这可不是开玩笑的。你找到什么，都是你的，马上你就有钱了。这和你洗车和卖蓝莓可完全不一样。"

"离晚上还远呢……现在干什么？要不我们去一趟窝棚？"切西建议说。

米哈希没有回答，转过头听了听。院子里传来母亲的声音，然后就听到了脚步声，兹米特洛克从柴棚后面走了出来，和往常一样，严肃、干净、头发修剪得很整齐、穿着熨烫平整的裤子和擦过的皮鞋。

"原来你们在这里。我已经去窝棚里找过你们了。你们好！"他握了握他俩的手，好像分开了不是整整一周，而只是几个小时而已。

他也在旁边躺了下来。

"你什么时候来的？"米哈希问。

"刚到，下午的长途车。"

"有什么新闻吗？"切西和米哈希互相眨了眨眼，"钱包的事有什么消息？找到了吗？"

"没有。"兹米特洛克认真地回答道。

"你是不是没好好找啊？"

"好好找了……你们呢？"

"也没什么特别的，"切西把硬币扔起来，然后用两个手掌在空中"啪"地把它接住，"晚上你就知道了。"

"怎么，地质学家要接受我们去工作吗？"兹米特洛克心不在焉地问。

"你为什么会这么认为？"

"只是我今天看见他们了。从车站回来的时候看见的，他们的车就停在马卡尔爷爷的院子里。"

切西和米哈希好像是听到了什么命令似的，不约而同地跳了起来。

"他什么都不说！跟没事似的往这一躺！……"

"我怎么知道你们想听什么？你们住在这里，什么都看得见，我以为你们早就已经去过他们那了……顺便说一句，沃瓦·库尔特和我是坐同一辆长途车来的。"

切西吹了声口哨说：

"好吧，那就不用去了。没用了！"

"不，那也去，去一趟咱们又不会失去什么。"

米哈希想起了那辆自行车，他本来想去院子，但切西阻止了他：

"从菜园穿过去更近。"

他们一个跟着一个踩着别人家狭窄的犁沟，越过菜园的边界，绕过篱笆和围挡。很快就走上了一条与切西住的小巷平行的小巷。

马卡尔爷爷家的院子四周围着"栅栏"（钉在柱子上的金属网）。透过这样的"栅栏"，一切都一目了然。

院子里停着一辆深蓝色的进口车。马卡尔爷爷和其中一位身穿白色衬衫的高个子地质学家在车的周围徘徊。他向马卡尔爷爷解释着什么，踢了一下轮子，用手掌从上方拍了拍驾驶室。马卡尔爷爷对每句话都点头表示同意，脸上现出时而惊讶、时而赞同、时而敬重的表情。

另一位地质学家戴着棒球帽和墨镜，裸露着上身，坐在靠墙的一条翻过来的半腐烂的旧船上。船一半已经沉入地下，对马卡尔爷爷来说，它就是个长凳。地质学家伸开双臂，晒着太阳。

小伙子们停在低矮的院门旁边，开始窃窃私语，推推搡搡，不敢进院。他们被看见了。马卡尔爷爷脸上立刻收回了谦恭的表情，脸色变得很冷酷，甚至很生气。他像年轻人一样，轻快地走过来，脚上穿着一双防水油布靴子。马卡尔爷爷穿着这双靴子走过冬天的雪地、夏天的炎热和春秋两季的泥泞。他走到了大门前。仔细看过每个人，然后说：

"啊，少先队员啊，你们这是自己送上门来了？"

他很清瘦，但动作敏捷，说话时总是捻着花白稀疏的长须和抽烟熏得发红的小胡子。

"我本来还想去找你们呢，你们自己就来了。"

小伙子们相互看了看。怎么回事？他自己想找他们，为什么？难道是地质学家们让他找帮手，于是他就想起了他们，决定做件好事？但是他为什么这么生气？通常，他喜欢和他们开玩笑，和他们像成年人一样聊天，他们还为此感到骄傲。可不是嘛，连马尔卡爷爷这个村里最好的渔民都关注他们，从来不会赶他们走。甚至有一次他心情好的时候，还悄悄告诉他们，在哪可以用普通的草地蚂蚱做诱饵、用铁丝（不用浮子和锡块）钓到圆腹雅罗鱼，他们还真的在那个地方钓到了五条，并喝上了真正的鱼汤……今天发生什么事了呢？可能是库尔特来说什么坏话了？这事他轻车熟路……

"少先队员们，为什么不说话？"马卡尔爷爷追问道。

他以前就称他们为"少先队员"，但声音完全不同，而且开着玩笑。他们还从未见过他这么严肃。

他们不知道该说什么，也不知道他们错在哪里，米哈希还是决定坚持用早先他们之间固定的语调。

"我们不是少先队员，马卡尔爷爷，"他兴高采烈地说，坦然地看着他，"现在已经没有少先队员了。"

"看得出来。"

"我们不是少先队员，我们是童子军！"切西赞同朋友的意见。其实，他本人并不真正知道什么是童子军，只是偶然从年长的同伴那里听到过，似乎有这么一个像以前少先队那样的国际儿童组织。

"看得出来。"马卡尔爷爷捻着胡须又说了一遍,"少先队没了,所以就没人管,为所欲为了。有少先队员的时候,没人会干你们干的事。这很不好。"

"我们干了什么?!"

"你们自己知道。所以才来的。"

"我们什么都不知道!"

"昨天在悬崖那儿你们把我的'电视'给拖走了。想吃鱼是吗?鱼你们可以拿走,我把鱼给谁都不吝惜,可'电视'必须放回去啊。那可是全新的'电视',日本鱼线做的,市场上最少也值150个'绿票子'①。"他指责说。

原来是这么回事!他怎么想的呢?村子里从来没有人会艳羡别人的东西,不要说渔具,就连鱼竿都不会有人拿,更不用说什么"日本电视"了。

"我们没拿。"切西闷闷不乐地说。

"那它在哪儿?成年人谁需要它,每个人都有自己的。除了你们,没别人。"

"可是无论昨天还是前天,我们都没去过悬崖附近啊!"

"你们在说谎,不知羞耻!你们每天都在那里转悠,我看得见。你们自己送回来,"他警告说,"否则你们会更倒霉。我暂时不会告诉你们父母,如果不送回来,我就告诉他们。"

"您可能是没绑好吧?"兹米特尔彬彬有礼地加入了谈话,没有考虑到自己的点评会冒犯最好的渔民。

马卡尔爷爷用鼻子哼了一声,甚至认为没有必要回答这样的话。

"发生了什么事,马卡洛维奇②?"正在翻过来的船凳上晒太阳的地质学家大喊了一声,"有麻烦吗?"他站了起来,挥了挥双臂,做了做操,然后不慌不忙走到大门口。他透过墨镜盯着小伙子们。

"您看,'电视'被热夫基克③们给偷走了,"马卡尔爷爷抱怨说,"还不

---

① 指美元。
② 马卡尔爷爷的昵称。
③ 白俄罗斯神话中的一个矮小的老人,四肢瘦弱,长着长长的脖子和红色的胡须,为河流守护神。

承认。"

"承认什么呢，如果我们根本没看见您的……"米哈希差点就说出了"破"，"您的电视！"

"什么？！"地质学家立刻勃然大怒，开始找院门的门闩，"偷电视？这不是流氓吗？那报警吧？"

小伙子们已经准备好要跑了。但是马卡尔爷爷抓住了地质学家的手。

"干吗马上报警？都是自己人，我们会弄清楚的。但是，您别以为是播放电影的那种电视！'电视'，这是那种小网子，捕鱼的那种渔网，一米半左右，两米……"

"啊，渔网啊。"地质学家立刻消了火。

"下面有一个配重块儿，一种金属杆，"马卡尔爷爷仓促地解释道，"而上面是浮子，核桃木制成的棍子……这个网子立在水里，鱼就会被缠在上面，所以我们就称其为'电视'……"

第15节
库尔特

这就是所谓的找到了工作,小伙子们很扫兴,默默地转过身,开始沿着街道游荡。

这时,房门"啪"的一声关上了,沃瓦·库尔特从里面跳了出来,跑到了大门口。

"小伙子们,等等!"

他们停了下来。

有点脚掌内翻的库尔特跑到了他们跟前。他一边跑还一边咀嚼着什么。他个子矮小,一头黑发,但和他爷爷一样,动作快,麻利。一双狡黠的眼睛深陷在眼窝里,转来转去,眨个不停。"库尔特""小矮个儿"是一个词,这个外号,毫无疑问,是他亲爷爷马卡尔给孙子起的。有一次在河边他请求这些小孩说:"你们接受我的沃维克①,让他和你们一起玩儿吧!否则他这个小矮个儿,总是一个人,谁都不和他交朋友。"就这样大家就开始叫他库尔特。当然,他没有被大家接受。也许马卡尔爷爷是在为这事报复,这样那样的"电视"都是他想出来的。

"你好!我和你已经见过了,我叫兹米特尔……"

米哈希和切西很不情愿地和他打了招呼。

"你爷爷怎么回事,没事干闲的吗?"切西说,"谁需要他的'电视'?"

库尔特眨了眨眼,不知为什么朝大门口转过身去。地质学家还站在那,

---

① 沃瓦的昵称。

抽着烟。而马卡尔爷爷又回到了车跟前。

"小伙子们，这和我有什么关系？"库尔特像宣誓一样把手放在自己心脏的位置，"我刚来，兹米特洛克可以证明！"

但是从表情看，库尔特好像不仅知道命运多舛的"电视"的事，而且还知道其他一些事情……

"这是不是你干的？"切西怀疑地看着他，问道。

"你在说什么？"

"和你爷爷编造说，好像我们对他的'电视'多眼红一样。"

"谁稀得说，"库尔特生气了，"我再说一遍，我刚来。"

"你看着办吧！"

"你离我们远点吧，沃瓦。"

他们再次转身准备离开。

"哎呀，你们啊，"库尔特对着他们的后背说，"我正要……算了吧！我，可能，会去工作。在地质学家那。不信吗？"

谁都没回头。

"你们也需要挣钱，"库尔特突然说，"如果你们对我好点，我可以去请求地质学家，他们会让你们也去工作。"

切西和米哈希同时不知说什么好了。他们凝视着兹米特洛克这个安静的沉默者！在和他一起乘长途车的时候，他肯定把他们的计划说出去了！

"这还叫什么秘密？"切西对着兹米特洛克的脸嘘了一声，"走吧，我们回去吧。"

库尔特需要的就是这个。吊起了他们的胃口，又不要他们，就让他们不顺利。

"他们答应每天给 10 美元。"库尔特炫耀道，并朝脚底下吐了一口。

小伙子们似乎麻木了。这样的数字甚至使他们片刻间忘记了兹米特洛克的背叛。不管怎么说，每天 10 美元是一笔好钱。

"你在撒谎。"切西说。

"我？！你们问那个光头……哎呀，我是想说问卓拉叔叔。卓拉叔叔！"

他转身大喊道，"别扔！"

他冲到大门口，小心翼翼地从地质学家的手中拿过烟头，拉长声音说："卓拉叔叔，他们不相信您会每天付给我10美元。"

"我会的。"地质学家证实说。

"他们也是到您这里来应聘的，"库尔特虔诚地看着地质学家，嘻嘻笑着说，"可是，来晚了！"

地质学家突然表现出了兴趣。

"是真的吗？你们想帮我们吗？"

"我们是想过。但现在想不想有什么区别呢？"米哈希回答说。

"为什么啊。没准儿你们也会找到事做。过一个星期，等你们放假了，就过来吧。我们整个夏天都会在这里。"

和库尔特这个阴险狠毒、阿谀奉承、只要看一眼就觉得恶心的人一起工作？尽管每人"每天10美元"还在耳边挥之不去，无论这有多么诱人，小伙子们都清楚地知道，他们不会再来找地质学家了。

"顺便问一下，这座纪念碑附近是谁家的菜园？"地质学家问。

"怎么了？"切西反问道，"是我家的。"

"没什么。从那里也需要取土采样。"

地质学家打了个哈欠。

"那我们说好了？一个星期后，我等你们。"然后就慢吞吞回院子里晒太阳去了。

库尔特跟着他跑了过去。最后，就剩这几个小伙子了。米哈希和切西再也忍不住了，朝满脸通红、惊慌失措的兹米特洛克猛冲过去。

"这个小矮个儿是怎么知道我们要挣钱的？"

"他怎么知道我们要请求去地质学家那里工作？"

"你们自己去问他。"

"就算有关地质学家的事他自己可以猜到……但是他是从哪里知道我们'要挣钱'的呢？"

"朋友们，你们可以不相信我，"兹米特洛克平静地说，"可以不和我好。

但是在长途车上，我对他一个字也没说。就只说了'你好，你好'，仅此而已。"

"那还是说了！'你好'已经是两个字了！"

"不要吹毛求疵。对，我还想说，你们愿意怎么想就怎么想吧！"兹米特洛克挥了挥手。

"好。这事我们会弄清楚的……"米哈希看了一眼太阳，它正慢慢落到远处河边的森林背后，"现在我们去吃晚饭，晚上还要去奥柯桑娜家会合。"

第16节
拿破仑军队的军官

街道淹没在初降的夜幕里。从河边的洼地吹来徐徐的微风。瞎眼蠓像一小团乌云一样悬在小伙子们、奥柯桑娜和她父亲的头上。这些顽固的吸血飞虫既不怕风又不怕黑。他们挥舞着丁香树枝驱赶蚊虫,还有用"烟熏",就是一堆点着了的抹布和干燥的牛粪。之所以称为"烟熏",是因为与其说是点着了,还不如说冒烟,烟冒出来并把这些吸血昆虫熏得迷迷糊糊。

父亲和奥柯桑娜坐在篱笆旁的小长凳上。切西、米哈希和兹米特洛克在对面坐成个半圆,就坐在草地上。中间闪烁着稀稀拉拉小火星的"烟熏"在冒着烟。父亲不时用细树枝搅动着。

刚才,父亲不得不给小伙子们简短地重复了一遍奥柯桑娜已经知道的内容:关于大公国、关于西班牙铸造的塔勒、关于放荡的贵族特鲁什卡和他家族收藏的硬币……

"你们一定还不了解我们别列津纳河附近山丘上的纪念碑,"父亲用细树枝指了指河流的方向,"这不过是一个象征,只是对在我们这个地方发生的所有战争中牺牲的士兵所表达的纪念:1812年的拿破仑战争、第一次世界大战、国内战争、第二次世界大战……而实际上士兵们的埋葬地是分散在各地的。例如,第一个墓地,还是拿破仑军队撤退那个时候出现的,差不多就在现在切西家菜园的位置,也可能再往高处一些,也可能就在我们现在坐的这个地方。"

切西颤抖了一下。一些最大胆的猜测让他有点晕头转向。他听着,都忘了驱赶瞎眼蠓,仔细听着每个字。手里抓着在自家菜园里捡到的塔勒。

"当时是怎么埋葬的呢?"父亲不慌不忙地讲着,"一般都是大伙儿一块儿,红军和白军、苏联士兵和纳粹分子都埋在一个地方，在坟墓上统一放一个十字架。所有人，每个人都惧怕死亡，每个人，在梁赞、莫济尔或巴黎的某个地方，都有人在等待着他，并为他祈祷……这就是这段历史。在与拿破仑的战争结束之后不久，沙皇颁布了两项法令。根据法令，各地政府必须收集敌军遗弃的弹药、武器和其他战利品。所有这些都不是免费的。例如，一门大炮的价格50卢布，一杆枪5卢布，冷兵器如军刀、砍刀更便宜……收集军队装备当然比武器更复杂，都被人抢光了。战后很长一段时间，白俄罗斯农民穿的靴子和戴的帽子都是那些加入伟大的拿破仑战争的欧洲军队的。在他们撤退途经的村庄里，自然也包括我们的波普拉维，很长时间都没人买铁，当地的铁匠用军刀和阔剑制造刀和镰刀，用铠甲做煎锅、杯子……上面刻有兵团番号的纽扣，在法国入侵之后的一百年间，一直装饰着白俄罗斯人的斯维塔袍和羊皮大衣。"

"人们寻找战利品的时候，"他继续讲，"挖到一些过去匆匆掩埋的坟墓，就重新埋葬了那些遗骸，埋到其他地方了，还进行了庄严的祈祷……地方政府官员也都例行出席。在波普拉维曾经发掘出一个坟墓，在里面发现了三名俄罗斯士兵和一名法国军官的遗体。当地的目击者证实说：1812年秋天，就在村庄附近，在森林的边上，人们碰到了一个受伤的法国人，浑身冻伤，失去了知觉，缠着女人的围巾，身上连撕成碎片的制服都没有，而是一些破布。法国人被抬到了最近的一个木屋，大家试着救他，但没用。伤者一动不动，在严寒中流了很多血。到了晚上，波普拉维来了一个俄罗斯车队。炮架上还拉着三名死去的士兵。那天晚上，法国人悄无声息地死了，一句话也没说。黎明时分，车队继续前进，留下了那三名死去的士兵。于是当地农民就把他们和法国人一起埋葬了。

"战后，在挖掘这个坟墓的过程中，人们找到了一块发绿的小铜板，上面隐约可以辨认出'Anri—B……n ingeir……'，两个西班牙铸造的塔勒，还有一块普通的白桦树皮，塔勒就包在里面。尽管白桦树皮由于时间久远已经变黑，有点破裂，但还是保留了下来。上面可以看到一些手绘的线条。但最主要的以至于后来竟引发了轩然大波的是，上面清晰地、用刀深深刻着拉丁字母'C—L—A—D'——宝藏。字的上方有一个小十字架。"

第 17 节
一切都会相遇！

"农民们为什么没有把这些东西据为己有呢？"切西大叫道，兴奋地舔了舔嘴唇，"当时，就是他们抓到这个受伤的法国人的时候？"

"从倒霉的法国人那儿？"奥柯桑娜耸耸肩，不知是由于傍晚的寒冷，还是出于对法国人的怜悯。

"就是，一个人穿着如此破旧的衣服，他身上会有什么值钱的东西？"父亲确认说，"可能就没想过要从穷人身上找到值钱的东西。也可能是找的时候良心发现了吧，人都快死了。"

"那什么时候把他们重新安葬的？"米哈希插话问，"挖掘坟墓时没有人想拿走硬币吗？"

"农民可能也想拿了，怎么说也是白银的啊。但是，让后来的寻宝者感到喜忧参半的是，在挖掘过程中，一个叫帕尼亚托夫斯基的人一直都在场。他是当地警察局的官员，是沙皇和祖国的忠实仆人。他，当然，不能容忍一丝一毫的俄罗斯财富从国库流失。两枚硬币、一块铜板、一块白桦树皮，甚至是从制服上幸存下来的一对纽扣都被仔细地包裹起来，并附上详细的说明——什么情况下以及何时被发现的——然后送到了圣彼得堡……"

父亲在"烟熏"里放了一块树皮，吹了吹，想让它着起来并多冒点烟。天色已经完全暗了下来，只有家家户户的窗户还亮着，像地标一样，让人辨清这条街道。父亲脱下外套，披在了奥柯桑娜的肩膀上。

"继续讲吧，爸爸！"奥柯桑娜迫不及待地请求说。

"好吧，后来事情继续发展下去。这块桦树皮上面的裂缝和折痕很像一张地形图，再加上神秘的'宝藏'这个词和小十字架……法国人是个工程师，因此他了解地形并在桦树皮上标记出了某个地理路线。人们翻来覆去仔细观察又研究了这块桦树皮，没有任何结果。作为地形图，白桦树皮上没有标出与某个地方相关联的地标——某棵树木、河流、石头……作为普通地图，也没有指示地理方向——哪边是北，哪边是南。一句话，这块桦树皮你可以随意旋转。人们就开始猜测，揭开这个谜底的钥匙会不会是这两个硬币呢？实际上，硬币的边缘是用刀子切过的；毫无疑问，它们与白桦树皮有着某种联系。人们就开始研究硬币，将一面和另一面贴到树皮上……还是没结果！什么也没弄清楚，什么也没研究出来。然后他们就去研究刻有兵团番号的纽扣，突然发现一个巧合，这正是白俄罗斯贵族特鲁什卡入伍的那个团，而且硬币也是来自他们家族的收藏！"

"但是硬币是八枚啊！"奥柯桑娜很快就算好了。"在庄园废墟中发现了五个，两个在军官那里，那另一个在哪儿呢？"

"一语中的，"父亲夸奖道，"原因在于，法国军官身上不是两枚硬币，而是所有三枚。硬币是怎么到他手里的，不得而知，但事实就是事实。然后，借助于这三个塔勒，他给他的'地图'——白桦树皮设置了密码。因此，必须以相应的方式才能破解这个'地图'。这就像积木拼词游戏，少一个这个词都拼不出来。"

"最后……没找到吗？"切西咽了一口唾沫，"第三枚硬币？"

"没有。尽管找了很多年，挖遍了整个区，问遍了当地人……不止一次挖掘了坟墓，偷偷地，夜里。而法国人仿佛是在报复他在这个世界所受的折磨，从另一个世界嘲笑着这些还活着的人：'找吧，找吧！这就是我留给你们的谜！'还在革命前，就曾经悬赏，谁发现并将第三枚塔勒交给国家，会得到可观的奖励。于是就出现了很多假币。但是，它们很容易被识破：造假者不知道，真的塔勒上有用刀子在边缘上削出的缺口。顺便说一句，奥柯桑娜的塔勒，可能，正是那些革命前的假币之一。"

"不可能。"奥柯桑娜为她的好友鸣不平，"伊戈尔·瓦连金诺维奇不会收藏假硬币的。"

"可能……这就是整个故事。"没想到父亲这么快就讲完了,天彻底黑了下来,蚊虫也吃饱了,"烟熏"也灭了……

"全讲完了?"切西和米哈希不约而同地大声问道。

"总是这样!"奥柯桑娜甚至因为沮丧从父亲身旁坐到了长凳的边上,"你就是再讲一遍,也不是所有问题都能解决的!"

父亲很惊讶:

"说实话,这就是我所知道的全部。"

"不,不是全部!"奥柯桑娜抗议道,"还有一些你知道的东西,而我们还不知道!"

"那你们问吧,我会尽力回答。"

切西和米哈希开始窃窃私语。

"您说,这两个硬币和白桦树皮现在在哪里?"兹米特洛克突然问。

父亲笑了起来。

"啊,原来想问这个!你们自己,就是说,决定尝试一下?好吧,尝试一下吧……只是你们要知道,这对你们来说并不容易,请提前做好准备以应对可能的失望……"

"最好你教教我们,给我们建议一下,首先要做什么?"奥柯桑娜问。

"首先,回到明斯克时,向卡佳的父亲了解一下,他的这个塔勒是从哪里来的,是不是假的。然后,据我所知,我们波普拉维,在学校的地方史历史角有白桦树皮的复制品……"

"我们这?这里?"米哈希不相信。

"你们这里或是市里的地方史博物馆。那里所有工作人员都知道这个故事。"

"那硬币呢?"

"应该也有硬币的复制品。因为,战争之前,这两个塔勒和白桦树皮的精确复制品已经从圣彼得堡转移到了我们的明斯克档案馆。当然,那时真的白桦树皮已经没有了。但复制品从明斯克发到了所有提出需求的地方史博物馆。"

"难道一切竟会这么简单吗？"切西很惊讶。

"如果很简单，这个秘密早就被揭开了，"父亲指出，"因此，过了一年又一年，一个十年又一个十年……一切都像轮子一样周而复始地转着：最重要的东西——第三枚硬币不见了。是受伤的法国人在哪里弄丢了，还是藏了起来，无人知晓……"

"我知道！它就在我的口袋里！"切西几乎抑制不住要喊出来。在整个讲故事的过程中，他很想炫耀自己的发现。但是每次他都感觉到了抓在自己胳膊肘上的米哈希坚硬而又坚定的手掌。"别说话"——好像是在命令他。

"最起码，你们在学校或地方史博物馆找不到的时候，我可以给你们以下建议。"父亲继续说道，"我已经和奥柯桑娜讲过，明斯克档案馆的负责人是奥柯桑娜的历史老师鲍里斯·格里高利耶维奇的熟人。我可以给他打个电话或写个便条，奥柯桑娜就可以进入博物馆，她可以看所有的东西，并且必要时可以把复制品拍下来。"

"那能不能把硬币临时借出来？"奥柯桑娜问。

"可能不行……可能只能看看，而且是在负责人的监督之下……对了！"父亲突然反应过来，"我忘了说，真正的塔勒只剩一个了。第二个在战争中消失了，只留下了复制品。"

"怎么……丢了？！"

"是的，就是丢了。在被占领期间和那之后，我们博物馆丢了不少东西。你们都看见了，"父亲最后说道，"你们的困难在哪呢？就算发生最不可思议的事情：奥柯桑娜手里拿的是真的塔勒，第二枚在档案馆里，但还是缺第三个。"

这一刻，切西和米哈希几乎无法抑制内心的喜悦而要唱起来、喊起来或跳起来。

现在他们终于了解了一切。

第18节
童话故事

突然有人在黑暗中咳嗽了一声,然后传来了这样的声音:

"您是在讲童话故事吗,伊万诺维奇?"

奥柯桑娜惊讶地尖叫了一声。小伙子们也跳了起来。

篱笆墙里闪出一个身影,走到了他们跟前。看清后,每个人都松了一口气。原来是马卡尔爷爷。他是如何做到小心翼翼地靠近他们,又没让任何人听到的呢?而且这么无声地站了多久,并听了整个故事呢?他的目的是什么呢?

"您干吗吓唬孩子们?"父亲不满地说。

"孩子们?这还是从前的孩子……"

马卡尔爷爷斜眼看着小伙子们。显然,他想说"电视"被盗的事。但他什么也没说。他蹲下来,在熄灭了的"烟熏"里找到了一块树皮,吹了半天,终于吹出了火花,点着了烟。在烟的红火炭的映照下,他深陷的眼睛奇怪地闪了一下。

奥柯桑娜倚在了父亲的身上。

"我都听到了,"马卡尔爷爷说,喘着粗气吸着廉价香烟冒出的烟,"这些都是童话故事……干吗要往小孩子的头脑里塞这些东西?最好让他们干点正事,帮父母干点活儿……这更有好处,而且不会到处瞎晃悠。"

"童话故事?"父亲反问道,"鲍里索夫那就有这样一个男孩儿,和这些孩子一样,有一次发现了一只鸟往窝里叼一个闪光的东西。结果在鸟巢里堆着一堆16世纪的硬币,都是普鲁士、波兰和俄罗斯的。另一个这样的男孩——来自新格鲁多克附近——用铁锹挖土,不经意碰到了17世纪波兰立陶宛硬币的宝藏。这就是您说的童话故事。"

"所以就像鼹鼠一样在我们这里挖来挖去,又有什么用呢?只能是让土地不得安生……你看现在都不长庄稼了,我们的土地。"

"您在说什么,马卡尔爷爷!"奥柯桑娜也加入了谈话,"正好相反!土地里不需要异物,它会把各种石头、铁都排挤掉……对吧,爸爸?"

但是,显然,父亲真的不想和不请自来的客人发生争执。他无奈地确认说:

"是真的……就这样吧,女儿,该睡觉了。"他从长凳上站了起来。

"乱动土地是一种罪过。"马卡尔爷爷还在固执己见,"每年夏天他们都又挖又翻,他们在挖什么,在找什么?人们总是不知足,总觉得拥有的东西还不够……而且我认为,要是我们的土地里有什么东西,他们早就找到了。我理解得对吧?"

没有人回答他的问题。

"伊万诺维奇!"突然马卡尔爷爷转向了父亲,"我知道您在生我的气,不想和我说话。您更关注这些孩子,而我,就是说,什么都不懂,老朽了,活糊涂了……是这样吗?"

"不,不是这样的。"父亲回答说,"您要是不静静地站在篱笆旁,而是走过来听就好了……可是您非要这么听!"

"您还是在生我的气,"马卡尔爷爷又说了一遍,"可为什么呢?给您母亲把篱笆弄好了吗?弄好了。帮她劈柴了吗?帮了。鱼和蘑菇也给她送了……"

"我对此深表敬意,"父亲干巴巴地回答道,"我对您只是一件事有点生气:您做了所有这一切,然后就向全村人夸耀,您有多好多好。"

"那还能怎么样?"马卡尔爷爷真的很惊讶,"我老了,所以就喜欢说话。伊万诺维奇,您有一天也会变老,而他们,这些孩子……到时候您就会看到,会不会愿意听您说。"

"晚安,"父亲说,"走吧,奥柯桑娜。"

有缺口的塔勒

父亲进了院子。

切西冲了过去,在大门口抓住了奥柯桑娜的手,并小声说:

"明天你到街上来……我们领你看看那个窝棚。第三枚硬币在我们这里!"

第19节 计划

这一天天气很好。

洁净湛蓝的天空中没有一丝阴暗。太阳已经升得很高,草地上、树干上、树叶上还有露水。草地上犹如无数星星的露滴在阳光里闪闪发光。河岸边灌木丛旁的洼地里,还弥漫着没有退去的蓝色夜雾。

安静、平缓、睡眼惺忪的别列津纳河的河水在岸上溅起水花,带来河水早晨的清新。时远时近地传来轻轻的声响:扑!通!扑!通!好像有人在往水里扔着小石头,这是正在捕猎昆虫的小鱼。笨拙的瞎眼蠓像灰色的小云团盘旋在水面上,在早晨的阳光下欢喜,甚至毫不怀疑它们即将成为别人的盘中餐……

切西和奥柯桑娜走到悬崖上,在赤杨和橡树下停了下来。

"现在你仔细看看。"切西说。

奥柯桑娜看了看:

"看什么?领我去看吧。你说的窝棚在哪呢?"

"我们已经到了。就在你的头上。"

"在哪?树上?这太好了……你不说我永远都猜不到。"

上面,在树冠里有什么东西开始晃动。

"那怎么爬上去啊?"奥柯桑娜问。

"沿着这个弯曲的赤杨。你想让我抱你上去吗?"切西红着脸建议说。

奥柯桑娜生气地眨了眨眼睛:

"不用!"

她像小猫一样,抱着被腿磨光滑了的树干,瞬间就已经在上面了,钻进了树叶里。

切西的欢快心情由于这一句气哼哼的"不用"突然蒸发了。早晨本来是如此美好！一个晚上肿胀也没了，两侧的脸颊已经一样了。他本可以在奥柯桑娜面前不再感到羞耻。他甚至为她准备了一份礼物，礼物用厚纸包裹在他衬衫的前胸口袋里……可她却来了一句："不用！"

切西笨拙地，试图努力让前胸不挨赤杨，跟着奥柯桑娜爬了上去。

两个朋友已经在这里了。兹米特洛克躺在柔软的苔藓垫子上，撑着头，透过叶子的缝隙心不在焉地看着初升的太阳。米哈希正全神贯注地忙着什么。他跪在架子旁边的角落里，仔细观察摆弄着各种生活用品。

"好像有陌生人来过这里，"他对奥柯桑娜和切西说，也没有问好，"不过什么都没少……"

"我不是说了吗，我来了，"兹米特洛克回应说，"昨天，我从市里来的时候，找你们来着，就爬到窝棚上来了。"

"那好吧，"米哈希说，"你随便吧，奥柯桑娜！怎么样，你喜欢这里吗？"

"太棒了！简直太神奇了，"奥柯桑娜真的非常高兴，"很难相信我们在树上，在远离地面的高处……而你们这里还有这么多东西！……连茶壶都有。你们还在这里泡茶吗？"

"为什么在这里？我们会下去到河边，那有一个篝火堆，还有水，干燥的木头也有的是。"米哈希回答说。

他在膝盖上放了一个笔记本，掏出一支铅笔，脸上露出好像有什么重要的事的庄重的表情。

"好的，切西，奥柯桑娜，把塔勒拿过来……对，事情就是这样。奥柯桑娜，现在明白了吧？昨天切西根本没有垂涎你的硬币，他有自己的硬币，几乎一样的。他在菜园里捡到的，就是最早埋葬法国军官的那个地方。看见两枚硬币多像了吧？"

"真的是，"奥柯桑娜小声说道，"男孩子们，所以这就意味着……"

"这就意味着，宝藏就是我们的了，"切西闷闷不乐地打断了她的话，"我们弄到白桦树皮的复制品，你再向档案馆借出第三枚塔勒，就齐了。"

"就齐了！"奥柯桑娜无法掩饰自己的快乐，依次拥抱了所有的人。

切西心花怒放。

"昨晚你们为什么不说话？应该把一切都告诉父亲，"奥柯桑娜决定，"他会建议……"

他们三个猛地一震：

"稍等！"

"他们这些成年人，找了一百年，也没找到！"

"我们要是告诉他们，各种不同的考察队就会蜂拥而至，来挖掘黄金，可没人会向我们说声谢谢！"

"好的，好的。"奥柯桑娜很温和地同意了，"我什么都不……既然你们都反对，我会和你们站在一起。"

"嗯。我喜欢什么都有条理，"米哈希说，"并且清清楚楚。那我们首先记下来……第五点，主要的和基本的就是：寻找宝藏。"

"都有哪些点啊？"奥柯桑娜好奇地问，"为什么是第五点？其他四点都是什么？"

"那些都不重要，都没意思……"

米哈希现在为自己的那四个致富"方法"而感到羞愧，尤其是他自己想出来的"第四点"："太愚蠢了，我的上帝，竟然企图在大街上捡到钱！"

"奥柯桑娜，"为了掩饰自己的尴尬，米哈希严肃地转向女孩说，"我们接受你入伙。现在你已经知道窝棚在哪了，你想来就可以随时到这里来，像我们一样，你就是这里的一切的主人。但你得保证，一定守口如瓶。无论谁——父亲、奶奶或最亲密的朋友都不能知道窝棚或宝藏的事。"

"我保证。"奥柯桑娜马上就轻松地同意了。

"这也关系到你，我们的沉默者。"

兹米特洛克只是挥了挥手作为回应。似乎在说，为什么他要徒劳地证明自己，既然都不相信他没有对库尔特说什么……

"好的，我们给每个人描述一下我们的任务。今天是五月二十五日。需要好好地把这个星期的课上完。宝藏，可以说，已经在我们手里了，跑不了。

迟早我们会把它挖掘出来，这不重要。"

切西建议说：

"米哈希，要不我们这就想好如何分配？"

"当然是平分！"奥柯桑娜说，"还有卡佳。"

"哪个卡佳？！"

"我的朋友。塔勒是她送给我的，一切都是从这个塔勒开始的。"

"奥柯桑娜，你都保证了。"米哈希以和父亲完全相同的语气提醒她说，"没有任何朋友！我们将分为四份。四分之三给切西和奥柯桑娜，四分之一给我和兹米特洛克。塔勒是你们的，这样才公平。然后每个人可以自由支配自己的那一份，其中包括和卡佳怎么分。"

谁都没有反对。大家都敬重地看着米哈希。并不是总能遇到这样的人——心甘情愿地做得多、拿得少。

"那么，"米哈希说，"我们就按部就班地开始吧。奥柯桑娜，给你一个最艰巨也是最重要的任务。首先，你带着塔勒去明斯克，问清楚塔勒是哪来的。其次，你去档案馆，详细了解所有情况，如果可能，争取拿到白桦树皮的复制品。我认为复制品不会有问题，因为我们学校的博物馆里都有。最好在档案馆把他们的塔勒借出来一两周。"

"我试试看。"奥柯桑娜点了点头。

"兹米特洛克也一样。去市里的地方史博物馆，向他们要复制品。我和切西将等待你们的消息。都清楚了吗？还有谁想说什么吗？"

"我，"奥柯桑娜像在课堂上一样举起了手，"我和父亲来这里的时候，在切尔文的汽车站，有人想买我的塔勒。我……只是从口袋里把塔勒掏出来一下，被他们发现了。"

"他们是谁？"

"两个男的。一个叫塞瓦，另一个叫秃头。他们有车。而且他们跟着我们的长途车一直到村里。"

"我觉得没什么可怕的，"米哈希说，"既然这个和塔勒有关的故事这么有名，那很多人对此感兴趣就不足为奇了。尽管如此，谨慎没有坏处。从今以后，无论是你，奥柯桑娜，还是你，切西，没有必要时永远都不要把硬币拿出来。还有一件事：为了不引起怀疑，我们统一口径说：暑假给我们留了一个作业——收集有关村庄的历史资料。都清楚了？"

"清楚了。"

"那就去游泳吧！"米哈希开心地说完了，"岸边的水已经变暖了。"

他们很快爬了下来。可奥柯桑娜突然停了下来：

"不，我游不了。我忘了带泳衣。"

"你回去拿，我们等你。"

"我是忘了从明斯克带过来！我以为游泳还冷呢，所以就没带……"

切西给了她一个惊讶的表情。

"如果你想游，你就往下走，到河湾那边游，"他红着脸说，"我们不会偷看的，真的。"

"不，我下次再游。"

米哈希和兹米特洛克一边走一边脱掉衣服，冲向河边。切西落在了后边。他从口袋里拿出一件礼物，递给了奥柯桑娜：

"这是蜂蜜，给你的。"

"真的吗？"她迅速地把纸展开，看到一个深颜色的像鸡蛋一样的圆球，是一个满是琥珀色芳香蜂蜜的蜂窝。

"真的是那些黄蜂的蜜吗？"她很惊讶地问。

"是的。你还不信……不，我开玩笑的！"切西笑了起来，"这是我父亲昨天割草时在草地上发现的。这是熊蜂蜂蜜，所有蜂蜜中最美味的。"

"看来你们家所有人都对蜜蜂感兴趣啊……"

她突然想起自己长得并不漂亮，于是沉默起来。

"谢谢。"她干巴巴地说，"我回去了，还得收拾东西。一星期后见。"

"奥柯桑娜！"切西在她背后叫了一声。

女孩停了下来：

"什么？"

"没，没什么……再见！"

第20节
夏 天

最后的一个星期比以往都漫长。

夏天终于到来了！三个月：六月，七月，八月！这些词本身听起来就像带着乐感。一个夏天，你会长大整整一岁。你会带着淡淡的哀愁把教科书还回图书馆，九个月的时间你早已习惯了它们。把日记和一打写满听写和作文的笔记本藏在旧箱子里。假期的第一天，你会穿上球鞋或旅游鞋，随便套上一条用旧牛仔裤改成的短裤，一件背心——所有这些都将在整个夏天陪伴着你，让你习惯它们，爱上它们。穿上这样的不怕弄脏或弄破的舒适轻便的衣服，你就可以快乐地穿越边界进入另一个国度了，它拥有一个简短的名字叫夏天。这是一个灿烂阳光之国、温暖雨润之国、遍地蘑菇之国、足球之国、垂钓捕鱼之国、坚果浆果之国、远足篝火之国、读书和初恋之国、神秘和发现之国……

米哈希和切西爬出水面，在潮湿的河岸上留下了几行又深又细的脚印，这些脚印立即被水淹没了。他俩倒在滚烫的沙子上。皮肤马上就出了一片丘疹。浑身一阵抽搐。

"今天……六月……三日，"切西嘴唇冻得都不听使唤了，"而奥柯桑娜……兹米特洛克都没来。"

"但是……库尔特……一天不差地出现了，"米哈希回应道，也冻得哆哆嗦嗦，"今天我看见他了，在牧场放羊呢……"

马卡尔爷爷养了一只大山羊和一只小羊羔，它们总是自己上山吃草，然后自己回家，而现在库尔特，看来，是出于"对体育的兴致"，突然心血来潮要照顾它们。

米哈希和切西早就完成了他们自己的任务。更确切地说，他们根本什么都没完成，一无所获。学校的"地方史—历史角"原来是一个带大挂锁的柜子。柜子在走廊的最尽头，从来没人注意到它。刚从大学毕业的年轻历史老师半天也没弄明白他们想让她干什么。

"我们想更详细地了解一下我们家乡的历史，"米哈希耐心地解释道，"我们在收集各种当地的历史资料……"

他们开始找开锁的钥匙。钥匙在学校的清洁工妮娜阿姨那里。打开了，柜子里堆满了满是灰尘的泛黄废纸，上面放着一个标有"当地名人"的文件夹。文件夹里是几个关于伟大的卫国战争参加者（当地出生的人）的剪报。

"这就是全部，整个博物馆吗？"切西失望地问。

女老师不知为什么生气了：

"那你们还需要什么？"

"与历史有关的更久远的东西。"

"这就是你们村庄的历史。"老师回答说，"你们还想要什么？"

妮娜阿姨也加入了谈话。她手里拿着钥匙站在旁边，等待文件夹被放回原处，她好把巨大的锁重新挂回"学校博物馆"上。

"你们可以去找伊琳娜·列奥尼多夫娜，"她建议说，"她是一位已经退休了十年的老教师。想了解历史的人，都去找她。"

他们就去找了伊琳娜·列奥尼多夫娜，她一个人住在村子尽头森林旁边的一栋房子里。老师不在家。一个女邻居解释说她去看儿子了，大约一周后会回来。

情况就这样。现在就剩一件事了——等奥柯桑娜和兹米特洛克，还有女老师伊琳娜·列奥尼多夫娜。

假期的第四天，兹米特洛克终于来了。

"一无所成，"他平静地说，"地方史博物馆不开放，关门维修。"

"维修多长时间？"

"他们自己也不知道。说时间很长。那是一个旧建筑，摇摇欲坠的，所有

的墙壁都开裂了。"

"然后你就默默地转身离开了？"

"不。我就开始请求说：放暑假给我们留了一个关于波普拉维历史的作业，需要写关于纪念碑……"

他沉默了，陷入了回忆之中。

"你别卖关子了！那他们怎么说的？"

"他们建议我去一趟你们的波普拉维学校，就是说……那里，他们说，有一个很好的学校博物馆。"

"很好，"切西冷笑了一声，"我们看到了那个博物馆……也许他们不是所有的东西都给我们看了，啊，米哈希？"

"他们为什么要对我们隐瞒一些东西？"米哈希回应道，"可能那唯一的文件夹就是全部'历史'。"

第 21 节
间 谍

乡村商店后面有片荒地。小伙子们就是在这里找到了用于布置窝棚的木箱子。更远一点的地方是类似牧场的一个小空场，其周围长满了荨麻和一撮一撮的切尔诺贝利草，中间有被牛蹄踩踏的痕迹，每天人们赶着牛从这里穿过，去那个真正的大牧场，然后再回来。

库尔特把自己的山羊也带到这里来。山羊对他这个牧羊人也是爱理不理，它们想去哪就去哪，而库尔特则是一副高高在上的样子，手里拿着鞭子，跟在它们身后吆喝着。看得出来，他这个城里的男孩，在这件事中感受到了某种浪漫。也是的，不然他还能做什么呢？他不会游泳，伙伴们也不接受他……答应让他工作的爱吹牛的地质学家们也回了明斯克。

切西、米哈希和兹米特洛克坐在商店旁边的草地上。他们喝着瓶子里温暖的芬达，讨论着库尔特和他的山羊。令人惊讶的是库尔特并不害怕。他也不惧怕可能会贴在他身上的另一个绰号比"库尔特"更恶毒和不雅得多。可从另一方面讲，他也无所谓，反正也没有人会和他交朋友。

切西甚至很可怜他。

"沃瓦！"他喊道，为了没话找话，"你已经赚了多少美元了？够买一瓶芬达了吗？"

库尔特挥了挥并甩了一下鞭子（至少还是学到了一些东西）。他平静地回答：

"等地质学家来了，我就能赚钱了。到时候可不只是够买芬达的。我不觉得喝上你们的芬达有多幸福！"

"他们什么时候来？等山羊在荒地上吹口哨的时候吗？"切西还是没有冷静下来。

"别招惹他。"米哈希说。

库尔特眯起了眼睛说：

"当你们找到自己的珍宝时，他们就来了！他们这些寻宝人……正在寻找那块白桦树皮，还有什么塔勒……你们最好把'电视'还回去！"他看了看四周，迅速朝菜园走去，远离这是非之地。

米哈希和切西甚至都被芬达噎住了。

"见鬼去吧，兹米特洛克，这怎么理解？"米哈希一边清着嗓子，一边抓住了兹米特洛克干净的衬衫领子。

"放开，"兹米特洛克强硬地请求道，"所以……现在你们听着，我告诉你们：如果你们再不信任我，那就只能剩下你们两个了。"

"吓死我了！"

切西突然奇怪地把头转了过来，带着责备的口气说：

"一切都清楚了……这和他没有任何关系。都是你自己的错。"

米哈希窒息了：

"我？！"

"是你。您总是喜欢有条理，喜欢把什么都一条一条记下来……这不，被猜到了吧？"

一分钟没人说话。然后米哈希低下头，晃了晃前额的一绺头发。

"笔记本，"他沮丧地挤出几个字，"该死的日记……赶快去窝棚！"

窝棚里，似乎什么都没人动过，还和小伙子们最后一次离开时一样。但是米哈希对这里的一切比别人更能"分辨"出来，他立即冲向了角落。

"笔记本被打开过……鱼竿摇轮没了，还有猎刀……其余的东西都在。"

"还好，至少没有犯傻把硬币也留在这。"兹米特洛克说。

切西提醒说：

"现在知道他从哪里知道我们想要致富……还有我们会去找地质学家想给他们做助手了吧……"

"但是等等——那就是，关于这个窝棚他早就知道了？"

现在到了兹米特洛克脸红的时候了：

"这是我的错，朋友们。"他忏悔地低下了头，好像要把自己的头置于一把看不见的利剑之下，"我从城里来了之后，一直在找你们，于是就爬进了窝棚……而库尔特跟踪我来着。"

米哈希挥了挥笔记本：

"干吗总是在战斗结束后挥拳头吹牛……现在这已经不重要了。重要的是，你不是叛徒，也不是夸夸其谈的人，像我们以前想的那样。"

反正每个人内心都感到厌恶。就是因为有陌生人踏足过这里，窝棚本身似乎已经不只属于他们，被亵渎了……即便库尔特什么都没拿，那也还是令人讨厌的。这是光天化日下的"入室盗窃"……这太不男人了，太不嫌害臊了。

切西第一个打破了令人压抑的沉默：

"最令人难受的是，我们无法向任何人证明任何东西。那我们就去找马卡尔爷爷评评理。库尔特会说，我没看见你们的窝棚，而'电视'就是你们偷的！"

第 22 节
复　仇

米哈希"噢"地一下子站了起来，仔细观察了窝棚的四壁，然后用手摸了一遍窝棚棚顶的油毛毡。

"我替你感到可惜，朋友……现在我们再也不能把任何有价值的东西藏在这里了……所以，朋友们，我们得这么做。只是你们得帮帮我。我想钻进马卡尔爷爷的柴棚里'审查'一下。他所有的渔具都在柴棚里，我知道，连鱼钩他都不会放在屋里。如果幸运的话，我就能找到那把刀和那个鱼竿摇轮。最主要的是，我要努力找到这个带破洞的日本'电视'。那我就不怕了，我就去他家，把这些东西往他脚底下一扔。"

"那我们怎么帮你？"切西问。

"你们就一直盯着库尔特和马卡尔爷爷。我们需要找到一个他们不在家的时间，哪怕只有一个小时……"

"好的！"

两天后的傍晚，机会来了。

米哈希正帮他父亲搭建夏天的厨房。他父亲是一个开朗、坚强、务实的人，切尔诺贝利事件发生后，他被迫和家人一起离开戈梅利地区的家乡时，似乎一点也没沮丧。在这里，在新的地方，他很快就习惯了，爱上了这里的自然风光、别列津纳河和当地的人们，没过多久就安顿下来了，像农民一样认认真真地做着一切。他特别喜欢在院子里建各种东西。他总是习惯一个人操办，甚至似乎对帮手干的活儿都会吃醋。因此，米哈希总是有大把的自由时间。

有时，母亲会责备他说：

"儿子，你已经长大了，你得帮父亲做点事了！"

父亲坚决支持米哈希：

"有什么好帮的？让他好好学学功课，或者去踢踢球。等他长大了，有的是工作等他做呢。"然后他马上就去棚子下面了，那里放着他的各种各样的工具。

今天，傍晚的时候，父亲已经弄好了夏天厨房木墙架最下面的原木。现在，他正在削光第二层的原木，一边砍还一边快乐地"嗨嗨"。因为他已经全身心投入工作中了，鼻子里还哼着小曲。

米哈希站在一旁。他的"帮助"就是把斧头砍下来的长树脂片收在一起并堆放在劈柴垛里。

切西和兹米特洛克跑进院子。他们和朋友的父亲很熟，根本不怕他。米哈希朝他们走去。

"马卡尔爷爷和库尔特晚上要去钓鱼！"切西气喘吁吁地说，"现在马卡尔爷爷在小桥那给小船堵塞缝隙……"

"而库尔特正在荒地上挖虫子。"兹米特洛克补充道。

"那等天黑了，我们拿个手电筒，我们三个都去。"切西建议说。

"不，一个人更方便。我一个人去，现在就去，事不宜迟。爹！"米哈希叫了他父亲一声，"你一个人是不是也能弄？我们要去钓鱼！"

"当然，去吧，"父亲回答，眼睛一直盯着斧头，"这里我一个人绰绰有余。"

他用手掌拍了拍削得光滑、均匀的原木侧面，欣赏了一下，然后开始钉拉手，好将原木翻到另一面。

三个朋友走在街上。在进入通往马卡尔爷爷家小巷的转弯处，米哈希停了下来。

"你们就在这里，我一个人去。如果有什么事，就吹口哨。我会尽快。"

他不慌不忙地，好像一个人漫无目的地出去散步一样，东张西望着，踢着路上的小石子，朝小巷的尽头走去。朋友们看见他在大门口站了一会儿，然后迅速提起门闩，溜进了院子。

"你看！"切西突然喊了起来。

一辆深蓝色的汽车从拐角处蹿了出来。切西大声地吹了一声口哨。汽车驶近了，在小伙子们旁边踩了一脚刹车，朝马卡尔家拐去。

"怎么办？！怎么通知他？"

口哨声与引擎的噪声融在了一起。车轮下飞出的石子击打着车的底部。

"也许他们不会待很久，切西？"

"怎么不久？你看大门开了，汽车驶入了院子……完了，米哈希要是被抓住了可怎么办！"切西伤心地说。

但这还不算。看到汽车，马卡尔爷爷和他的孙子正急急忙忙从小巷的另一头，从河边往家赶。

第23节
陷 阱

米哈希还没来得及在柴棚里仔细看，就听到了引擎的轰鸣声，他冲回门口。晚了！汽车已经开到院子里了。

男孩靠在门框上，小心地往外看了一眼。就在这时，一位地质学家下了车，就是答应让他们做助手的那个。还戴着圆圆的墨镜，但是现在没戴棒球帽，所以完全是个秃顶！从光滑的仿佛抛过光的头上，好像，还反射着傍晚落日的余晖……

"一个叫塞瓦，另一个是个秃头，"奥柯桑娜的话立刻在他的脑海里浮现出来，"他们跟着我们一直到村庄！……"他们以前怎么没猜到呢？"地质学家们"一直在找什么东西……他们还问过纪念碑附近是谁家的菜园，而切西就是在那个地方发现的塔勒。

塞瓦——身材高大，穿着牛仔裤和白衬衫——摸了摸小屋门上的锁头。

"见鬼的跑哪儿去了？我们说过晚上来！"

"来得及。"秃头回答说。透过墨镜看了一眼太阳，然后坐在他最喜欢的地方——翻过来的船——凳子上。

柴棚里，眼睛适应了之后，也不算很黑。深红色的阳光透过门的缝隙，透过安装得不均匀的法蒂亚板、条状的满是窟窿的屋顶照射进来。为了不浪费时间，米哈希大胆地检查了一下柴棚：哪儿都没有第二个出口吗？

在柴棚中间，从门口到墙是一个狭长的黏土筑成的打谷场地。左边堆着干草。现在正值夏初，干草剩下的已经不多了，离地面不到一米。右边是一堵粗糙的原木墙，缝隙里长出了苔藓。墙上是一扇通往老山羊和小山羊牲口圈的小门儿。墙上靠着一架梯子。

米哈希迅速爬了上去，仔细看了看阁楼，更确切地说，是一个类似阁楼的地方：就是一排松散的细木杆。上面什么也没有，成捆的和散落的干草都没有。但是，在那个最远处的黑暗角落，似乎可以藏身。如果木杆可以承受住他的重量的话。

他爬下来，开始研究堆着干草的柴棚左侧。也是一堵没有修整过的原木造的墙壁，但不高，正好与干草的顶部齐平。如果干草再多些挨着棚顶，就可以爬上去并试着悄悄推开两块薄薄的法蒂亚板，然后跳到猪圈低矮的顶上，到了那，就自由了……但是怎么爬上去呢？太高了。

在角落里的干草上有一些白色的东西。米哈希摸了摸，枕头、被子、床单……好像还不止这些。一个念头让他不寒而栗，一旦地质学家突发奇想不在房子里过夜，而在这里呢？

打谷场地上堆放着一堆拉网、笼式张网、抄渔网……顺着墙壁，大约有二十根长长的钓竿，旁边是船桨。在钉在一张铁丝网上的钉子上挂着渔网，脚底下也是一些渔网。

院子里传来说话的声音。米哈希再次冲到半开的门口，把眼睛贴在门缝上。

"啊，亲爱的客人们！"

是马卡尔爷爷、地质学家，还有库尔特。米哈希脊背一阵发紧。我这个"审查"柴棚的时间选的！还家里谁都没有呢。切西和兹米特洛克也真行，也没预先通知我……而对他来说是要想想，怎么从这里逃出去！

"你们来对了，"马卡尔爷爷说，"都准备好了！"

"准备好什么了？"塞瓦问。

"船、网、活饵、蠕虫都准备好了……一切都是按约定进行的。"

"我都忘了。"

"我可忘不了，你们上次让我为你们安排钓鱼……"

秃头也加入进来：

"不，我们是在开玩笑。现在还顾不上钓鱼。工作很多，明天还要早起。"

"你们在我这过夜吗？"

"在你这。"

这下完了！怎么办？他们真的会在院子里就这么一直站到天黑？……难道他们一直都不进屋，至少得吃晚饭吧？

米哈希心急如焚地思考着该怎么办。就算他们进屋，从窗户里也可以看到整个院子。只要米哈希从柴棚里一探出身来，他们就会看到他。因此，需要等待黄昏的到来。用不了很久，太阳就要落山了。柴棚里已经黑了。

一只山羊在大门口咩咩地叫了起来，它要进院子。

"沃瓦，把它赶进去！"

米哈希马上忙活起来。先是跳到了通往阁楼的梯子上，然后改变了主意，爬上了铺着地质学家们铺盖的干草堆。

库尔特把门闩弄得嘎嘎作响，朝山羊吆喝了一声。不知为什么，把它们赶进去后，没有马上出去，而是站在那，仔细听着，然后才出去。

过了一会儿，米哈希已经站在门口的"观察点"了。

"爷爷，柴棚的门为什么是开着的？"库尔特大声问。

马卡尔爷爷正和塞瓦往房子里走。马卡尔爷爷停了下来：

"也许是你自己没锁吧。"

"锁了，我记得。"

"那是怎么回事，小偷进来了？"爷爷笑了起来，"那儿没什么可偷的……那你去看看，丢了什么没有。"

真烦人！……还得再马上藏起来！只是不能藏角落里，这个鼬鼠什么都会发现的！藏阁楼上？来不及了，而且也很危险……低矮的墙顶上，成团的干草垂下来，几乎一直垂到打谷场地上……米哈希稍加思索就爬到了干草下面，躺下了，像老鼠一样隐藏了起来。

但不知为什么库尔特并没有来检查。也许他感觉到一些什么或只是害怕。

"现在就厚颜无耻地出去找他们！"米哈希想，"他们会说：你这个小偷，不仅偷了'电视'，而且到别人家的柴棚里偷东西！以后怎么和伙伴们说？说害怕了，没忍住……不，忍，哪怕在这里一直躺到天亮……而且不仅仅是躺着，还要听听他们说什么。哪还会有这样的机会啊？"

但他没敢再走近门口。他拉过去一堆旧渔网，把它们堆在自己的下面。尽管不舒服，但暖和了，总比在冰冷的光溜溜的打谷场地上强。

烟草的烟从院子里飘进来。

"怎么样，你的朋友们有什么新消息？"传来秃头的声音，（原来，在这里就可以听得很清楚，不需要到门口去！）"还没有找到宝藏吗？"

"没有！如果找到了，他们会把它记录在笔记本里的。"

"真是个混蛋，一个间谍！他不仅自己读了，而且告诉了完全陌生的人！多亏没犯傻在笔记本里记下我们有两枚硬币……那就这样，让他们找去吧！"米哈希幸灾乐祸地想。

"他们不是找宝藏，是在寻找一种白桦树皮。他们写的是，可以在学校的历史角或市里的地方史博物馆里找到它。"

秃头被烟呛得直咳嗽：

"会是……喀—喀……这样吗？"

"他们就是这样写的。你们答应过要给我十美元的。"库尔特提醒说。

"十美元？这么少？"秃头嘲讽地问，"要不直接就一百吧？"

"那我就什么也不会告诉你们！"库尔特生气了。

"我是在开玩笑。你继续读他们的日记。如果有什么新的内容，马上来找我们，明白了吗？"

"明白了。给我十美元。"

"给……这是一美元。这你也得高兴，你还小呢。"

"能把烟头给我吗？"

"来吧。给，抽完吧……你小心点，别让你爷爷看见！"

第24节
柴棚之夜

天黑了,蚊子也出来了。

米哈希躺在自己的"窝"里,不时挪到门口,透过门缝往外看看。

地质学家们进屋了,库尔特在院子里闲逛。库尔特不见了,马卡尔爷爷朝柴棚走来,给山羊挤奶。得赶快回干草下面的庇护所!

如柱的奶被挤进了一个空的挤奶桶。看得出,山羊猜测柴棚里有一个陌生人,不愿意安安静静地站着。

"你别动,"马卡尔爷爷轻声对它说,"你是听到有陌生人了,不喜欢客人……我自己也不喜欢他们,但怎么办?他们给我们付钱吗?付钱。我就可以给你买面包、面粉、混合饲料……你儿子也一样。这些客人马上就走了,别害怕……找到他们需要的东西,他们就会走的……"

马卡尔爷爷出去了。可又传来了脚步声,这次是地质学家。开始准备睡觉。他们打开了手电筒。柴棚变亮了。米哈希紧张起来。他时刻准备冲出半开的门,冲进门外的一片黑暗里……

传来一声用手掌拍脸的声音。

"这些可恶的蚊子!到哪都躲不过它们……"

米哈希听出来这是塞瓦的声音。

"那你去车里。"这是秃头的声音。

"可是,这里至少可以伸展一下。坚持凑合一下吧。"

"我都没吃饱。"秃头说,"这老头儿太穷了!"

"打开一盒罐头。"

过一会儿，番茄酱小鲱鱼的香气就飘满了柴棚。罐头无疑是新鲜的。饥饿的米哈希开始流口水。秃头吃了半天，没感觉吃得很香，吧嗒着嘴，大声地从牙缝里吸出残余的食物。吃饱了，把空罐扔到了打谷场地上。

"我们活得像狗一样，"塞瓦嘟嘟囔囔地说，"睡得不像人，吃得也不像人……你要知道，我们没完没了地在明斯克和波普拉维之间来回折腾，让它们和蜘蛛都见鬼去吧！"

米哈希警觉起来。蜘蛛？哪又来了个蜘蛛？

秃头笑了起来：

"没关系，忍一忍！等挖出金子，我们就去波兰，然后走遍欧洲……在那里我们就会睡得香、吃得好，随便潇洒。"

"还得给蜘蛛吗？"

"蜘蛛？他一个残疾人要金子干吗？要说起这个，蜘蛛干什么了？我们一直干这些粗活儿，还在切尔文找到了拿着塔勒的小姑娘，而蜘蛛一直在明斯克暖暖和和、舒舒服服地坐着。"

塞瓦不同意：

"别这么说！他，可能，比我们对这事了解得更清楚。这个骗子很聪明。"

"可他的聪明对我们有什么帮助？"秃头开始愤怒起来，"如果我读了和他一样多的书，你认为我不会很聪明吗？照我看，他就是在欺骗我们，这个蜘蛛！他为什么不给我们看白桦树皮的复制品？也许所有这些塔勒对这事根本就没用，谜底都在白桦树皮上。"

"他更了解。"

"塞瓦，你听着：所有这一切我都不喜欢！我们为什么需要蜘蛛？没有他，我们也可以搞到白桦树皮的复制品。这个小矮个儿，马卡尔爷爷的孙子说过，波普拉维这里的学校都有复制品。也许有关塔勒的故事都是扯淡，也许自然界里根本就不存在塔勒。我们已经找两个月了，而且毫无结果。咱们自己试试吧，不需要蜘蛛的指示。"

"可以试试。"塞瓦表示同意。

"还有一件事：我们不要和蜘蛛说关于有塔勒的小女孩的事。弄到白桦树皮，我们再去明斯克找这个小女孩……"

"他们说的是奥柯桑娜！"米哈希在自己的庇护所里颤抖了一下。

"你怎么找到她？"

"简单。老头儿会帮忙的。他和她奶奶很熟，去一趟就能打听到她的地址。"

"这个小女孩很机灵，"塞瓦说，"如果她还是像在切尔文时一样，不愿意白给或卖给我们呢？"

"我们先要友善，礼貌地请求，给她钱。如果不行，那她可就倒霉了……"

"哎—哎，等等！"塞瓦慌了，"我们可没有这个约定！"

"不用担心，我会把这个塔勒搞到手的。"秃头说。

米哈希一动也不敢动。渔网把身体侧面磨得难受，蚊子把脸、胳膊、肩膀都叮了……他们说够了，就会睡觉吧？

"那……那些男孩子怎么处理？"塞瓦突然问道，并笑了笑，"要不真让他们来做助手？这些竞争对手也在找金子！"

"让他们自己去找吧。这样对我们更好——他们是在帮我们干活。"

"我和你说，小孩子往往很幸运……没准他们比我们先找到硬币呢。"

"让他们尽情地去找吧。找到了，他们会写在日记本上。我们通过老头儿孙子就可以知道，给他们五美元、十美元，他们就会把这枚硬币叼着给我们送来。要是不送，啊—啊！"秃头打了个哈欠，"那我们就得稍稍吓唬吓唬他们。这里离河很近，每年夏天都会有不幸发生。船可能会翻，也可能掉进漩涡里……"

塞瓦又吓了一跳：

"你可别把我扯进来！如果有什么事，我既不认识你，也不认识蜘蛛，马上就会撇清自己的！"

"不是说好了吗？一切都由我承担……啊—啊！"秃头又打了个哈欠。

俩人都不出声了。不久，秃头就打起了呼噜。塞瓦翻来覆去，低声地咒骂着蚊子。最后，也发出像猪一样的微微哨声，一起打起了呼噜。隔墙后面，山羊像人一样，把稻草弄得沙沙作响，叹着气。

米哈希爬到门口，转过身来。地质学家正睡着。他悄悄地溜进院子，外面是晴朗的月光，他顺着街道撒腿就跑。

第25节
竞争者

家里的窗户还亮着。谁都没睡：米哈希的父亲、母亲，甚至弟弟都坐在凉台上，等着他。弟弟困得直打盹儿。母亲朝儿子扑了过去：

"你知道现在几点了吗？！"

他怎么会知道？米哈希耸了耸肩膀，努力表现出很独立的样子，扮演着无辜的角色。

"你去哪了？上帝才知道我们在这里是怎样地左思右想！"

"我去钓鱼了……"

"我去找过兹米特尔，找过切西！他们已经睡着了，叫都叫不醒，说他们没有见到你！"

"真是傻瓜，就不能随便编点什么……"

"我找到了一个好地方，"米哈希说，"故意没和他们分享，决定一个人去……"

"那你钓的鱼在哪？"

"没咬钩。"

"你提前告诉我们一声这很难吗？"

父亲从凳子上站起来，打了个哈欠说：

"算了，孩子妈，你也别太生他的气了。回来了就好。"

"你什么都好！都是你把他宠坏了……"

可是，母亲还是马上就消了些气。她用手指了指：

"最后一次！"

米哈希很快脱下衣服，倒在了柔软的床上，甚至什么都不想吃。像死人一样地睡着了。

第二天，一大早朋友们就在河边见面了。他们没有爬进窝棚。这种天气，不吸收阳光是一种罪过。他们脱去了衣服，躺在沙滩上。

今天显然米哈希是主角。

"当时塞瓦问，"他不由自主地夸大了昨天笼罩在他身上的危险，"那些男孩子怎么处理？秃头拔出一把刀……一把大刀，刀刃明晃晃的，又长又锋利……"

"你怎么能看见刀？"切西打断了米哈希的话。

"我就是看到了！不相信，我可以不讲。"

"我们相信，相信！你继续讲！"

米哈希沉默了一会儿，回忆着。没有继续开发关于刀的版本：

"算了，不重要……重要的是，现在我们知道：这些地质学家和我们童子军一样，也在寻找宝藏。马卡尔爷爷、库尔特和他们都是一伙儿的，他们的头儿是一个什么蜘蛛。他们知之甚少，这个蜘蛛甚至没有给他们看白桦树皮。他们之间没有默契。地质学家只是梦想着找到黄金，他们不会和任何人分享，然后'拔腿儿'就出国了。"

兹米特洛克笑了笑：

"在找到金子之前，他们需要找到三个塔勒。而这些塔勒在我们这里。"

"可是，第一，暂时还不是全部，只有两个。第二，他们，地质学家，为了能得到奥柯桑娜的塔勒，什么都干得出来，甚至犯罪。还记得她讲过关于切尔文的'熟人'吗？必须通知她，这个我来做。"

切西站了起来并且马上说道：

"不，这个我来！"

米哈希嘲笑地盯着他说：

"你打算怎么做？你是知道她的地址还是电话号码？"

"那你知道吗？"

"我很容易就能打听到。我去她奶奶家问。我们是亲戚，尽管是远亲。你能去问吗？她啊，瞧好儿吧，她甚至都不会让你进门儿，她会记得你'去年夏天想淹死我的孙女！'的。"

切西很生气，没回答。

"那库尔特呢？"兹米特洛克提醒说，"现在可能必须销毁笔记本了……"

"正相反！"米哈希和朋友们分享了昨天他藏在柴棚的干草堆下面时想出的计划，"我们不仅不销毁，而且每天都会做记录，并将日记留在最显眼的地方！明白吗？我们可以瞎写，鱼目混珠，这样就可以让他们对这个笔记本和给他们通风报信的库尔特都不满意！"

"的确是……"

"好点子！"切西也不得不称赞这个计划，忘记了生气，"例如，我们可以写：'宝藏埋在橡树下的墓地里。'库尔特会读到……"

"不，"兹米特洛克插话说，"最好写：宝藏在别列津纳河的河底，在深水漩涡里……"

米哈希打断了他们的想象：

"好的。那就这样，明天早上我就去市里，打电话给奥柯桑娜。同时，我会问她为什么耽搁了这么长时间。你们和地质学家及库尔特周旋，像往常一样，在他们眼皮底下游泳、钓鱼……但是，注意，没有我，你们自己不要去任何地方，尽量不要和他们说话，以免不小心说漏了嘴……"

米哈希故意没有把昨天发生的所有事情都告诉朋友们。他决定到了别列津诺，给奥柯桑娜打完电话后，亲自去一趟地方史博物馆，并真话假话无所不用其极地恳求让他哪怕瞄一眼白桦树皮的复制品。秃头的话始终在他的头脑中萦绕着，他重复了两遍："也许塔勒根本什么用都没有。"第二遍："也许根本就没有什么三个塔勒。"

现在，米哈希也开始认为，这个故事的主要内容与其说是硬币，还不如说是上面有一个小十字架和拉丁语"CLAD"的白桦树皮……至少要见一次这个复制品！哪怕只是用手拿一拿！博物馆正在维修，可又能怎么样？那里不应该只有工人，还应该有工作人员，至少也得有人看着展品吧。

第26节
兹米特洛克和切西的单独行动

晚上，米哈希跑到了奥柯桑娜的奶奶家。打过了招呼，他犹豫了，想不出该怎么说。

没有想出任何好点子，只能假装吃惊：

"奥柯桑娜还没来吗？"

"还没有，米哈希卡①，她还没来，信也没有，也没有任何消息！她为什么还不来呢，早就到夏天了！"

"那您给她写封信，问问她。"

"有信到达的工夫……要是有人能打个电话就好了。"奥柯桑娜的奶奶满怀希望地看着米哈希，"只是这还得去市里预约通话，而我这里能去预约的人……"

这回行了！现在不需要为了和父母周旋而绞尽脑汁了，只需说实话就可以了。就说，加娜奶奶要他去城里给孙女打电话。

很快米哈希的口袋里就有了一张小纸条，上面写着六个数字。

"哦，孙子，谢谢你为我做这件事……"

就在他要离开时，凉台里传来了脚步声，马卡尔爷爷进来了。没想到看到米哈希，他朝他投去了一个不友好的眼神。

米哈希舌头发痒，想对老头儿说点什么恶毒的话。但是他克制住了自己。他对自己很生气，气自己的柔弱，说了声再见，就出去了。

---

① 米哈希的昵称。

"我来找你,加娜,有事……"关门的时候,他听见马卡尔爷爷说。

他是来打听地址,那奶奶一定会很惊讶的!

第二天,米哈希乘早班车去了别列津诺。

没有了指挥官,伙伴们感到很无聊。而且还变天了:阴天,晒不了太阳,也不能游泳。在街上走来走去。切西忧郁地开始诗兴大发:

我们从村庄走过

可能不是第一次。

难道,伙伴们,

就没有人会给我们一个嘴巴?

他们在空荡荡的学校附近站了一会儿。门上挂着锁头。学校的清洁工妮娜阿姨正提着一桶水从井口走过来。

切西用胳膊肘碰了碰兹米特洛克,然后小声说:

"咱们再和她要一下柜子的钥匙,再好好翻翻?"

"米哈希警告过,没有他,不要做任何事。"

"他凭什么给我下命令,米哈希?说起这事,找到硬币的是我,而不是他。他给自己争的已经太多了,到处都显他……妮娜阿姨!"切西叫道,"您能不能把校门给我们打开一下?"

"校门?"清洁工停了下来,"你们进来干吗?亏你们想得出来。走开,走开,离这远点!你们要不就是用绳子拖着都不来上学,可这大夏天的又想起来……"

在街上又逛了一会儿,他们就去了河边。

"自从知道这个库尔特总爬到这里来,"切西说,指着被树枝所隐藏的窝棚,"我自己都不想往里爬了。"

的确,他们感觉窝棚里有些阴暗、潮湿,有点不舒服。

切西今天很生气。一直以来,他总想向自己和兹米特洛克证明,他们和米哈希是平等的,他们和他拥有相同的寻找宝藏的权利。你会想,他爬进柴棚，窃听了地质学家！那只是他走运。

切西打开日记，拿起铅笔，陷入了思考。

"你准备干什么？米哈希说过……"

"少和我说米哈希！我自己就是米哈希！"并写道："在学校走廊角落里的柜子里弄到白桦树皮复制品。"

如果切西知道这个笔记会对他们所有这伙人造成什么样的危害的话，他肯定会三思而后行。但是现在他只满意地不屑一顾地笑了笑。

"让他找去吧！"

好了，再也没事干了。时间有的是，可有什么意义？

"我们去吃午饭吧，吃完饭就知道干什么了。"切西说。

兹米特洛克刚要走进自家的院子，就听到后面刺耳的口哨声。转过身，切西正喘着粗气飞奔过来。

"女老师回来了！事不宜迟，吃午饭还来得及，一旦她再去哪找不着怎么办？"

第27节
女老师

老师很瘦弱，不比男孩子们高，看上去根本不像一个乡村退休教师。

她穿着蓝色运动服、球鞋，头上是烫出的发型。但满是皱纹的脖子，因劳作和衰老造成的骨节粗大的手指，还有因生活而感到疲惫而苍白的、正严厉而又充满疑惑地看着男孩子们的眼睛，都暴露出了这个女人的真实年龄。

在前厅——小一些的房间里，切西和兹米特洛克踏在门槛上，房间整洁、明亮，不知为什么有一股医院的味道。帘式俄罗斯炉灶，粉刷过的墙壁，干净的漆木地板。家具只有床头柜、宽大的窗前放着的一张桌子和三个凳子。通常悬挂圣像的桌子上方，有两张列宁和马舍罗夫的黑白肖像。

女老师也没有邀请孩子们，自己坐在了凳子上，用拳头撑着头。

"我正在专心地听你们说话。"她用老师所独有的严厉而又亲切的声音说道。

切西似乎突然感到，他被叫到了黑板前，可他对功课一无所知。他摇了摇头，以赶走这种幻觉，并下定决心说道：

"我们听说……您可以帮助我们了解历史……"

老师很惊讶，甚至拍了一下手：

"我？！历史？！这简直难以置信！已经十年无人问津了——真有你的！学校里没人能帮助你们了解历史吗？"

"那里只有一个柜子，"不知为什么切西回答的声音像是犯了什么错误，"而柜子里是一个很薄的文件夹。"

"就是说，终于活到了这个年代。改革了。现在，就是说，你们需要找伊琳娜·列奥尼多夫娜。那是自然。那里以前可不是只有一个装着文件夹的柜子，而是一个地方史历史角，甚至以前从明斯克就有很多人到这里来，并赞不绝口……当然，现在你们需要找伊琳娜·列奥尼多夫娜！"

"可是怎么能找到这个伊琳娜·列奥尼多夫娜呢？"兹米特洛克突然脱口而出。

切西就开始咳嗽起来。女老师眯起了眼睛：

"我没听懂。"

兹米特洛克幼稚地又重复了一遍：

"那您一直说的这个伊琳娜·列奥尼多夫娜住在哪里？"

"伊琳娜·列奥尼多夫娜就是我。"老师用冰冷的声音回答。

这下全都搞砸了！切西的拳头在发痒。现在他只想做一件事：马上就出去，然后在兹米特洛克身上撒撒气。

而兹米特洛克却跟没事人似的，礼貌地纠正说：

"抱歉，伊琳娜·列奥尼多夫娜。我不是本地人，也不是您学校的学生，所以就不认识老师们。"

他们准备离开。

"等等，"女老师温和了下来，"你们还没说你们想干什么呢。"

"想找挖掘过程中发现的白桦树皮的复制品。"切西说。并且他似乎想起了什么，然后补充说，"不是要，只是看看！"

"我就知道！"老师大声说，"只有在某种实际利益面前，只有在能嗅到金钱味道的时候，才会有人对历史产生兴趣。这是什么时代，什么道德？我教了四十年书，曾经以为生活里的一切，或者许多事情我都了解，现在也许需要你们年轻人向我解释了：这个世界怎么了？"

"年轻人"不知如何是好。他们静静地站在门口。伊琳娜·列奥尼多夫娜站起来，敞开了那扇通向房屋另一半的门。

"你们请。"

小伙子们走进去便"啊"了一声。他们似乎置身于博物馆里。

沿着整面实心墙延展的全是小架子，架子上摆满了各种各样的宝贝。一个架子上是一套深色黏土制成的餐具，罐、碗、壶，完整的或边缘有缺口的，甚至只是碎片……第二个架子上是石头，大小不一，圆滑的和破碎的，灰色的、白色的、黄色的、蓝色的、破碎的截面带亮线的……第三个架子上是一束束的各种干花、草、叶子……这时候，孩子们才明白，房子里医院的气味是从哪里来的了。

在整个墙垛子上，两扇窗户之间，是一张很显眼的白俄罗斯地图。所有六个州每个州一个颜色。

女老师走到一个书架跟前，把一个厚厚的夹在书里的笔记本掏了出来。她翻了翻，然后突然抓住练习本的脊背，开始抖落。一张纸从笔记本里飞了出来，慢慢地盘旋着，滑向地板。女老师在空中灵巧地把它接住了。

"这就是你们要的白桦树皮复制品。拿去吧。而且不要记恨伊琳娜·列奥尼多夫娜。"

一切真的这么简单吗？！切西小心翼翼地，好像纸会碎裂一样，把它拿起来，并立刻目不转睛地盯着它。

"您看您，怎么能，"他喜出望外地嘟囔着，"那我们走了……我们走吧，兹米特洛克！"

他拉着自己的朋友退到门口。但是兹米特洛克出人意料地表现出了独立的一面。

"等一下，放开我。非常感谢您，伊琳娜·列奥尼多夫娜。"他说，"您可帮了我们的大忙。"

"没什么，我不会觉得可惜。你们对塔勒和白桦树皮的故事了解得很清楚吗？"

"我们了解，了解……走吧，兹米特洛克！"

"那你们就应该知道，"女老师平静地继续说道，好像没有注意到切西的不耐烦，"你们需要找齐三枚硬币。同时，我的意思是，如果你们要是认真开始研究这一'宝藏'的话。"

"我们知道，伊琳娜·列奥尼多夫娜！走吧，兹米特洛克！"

"你先等一下。请问，伊琳娜·列奥尼多夫娜，这个复制品是怎么到了您这里的？"

"这和你们无关。"女老师的声音中，寒意再次袭来。

"对不起。"兹米特洛克向后退了一步。

"其实……"伊琳娜·列奥尼多夫娜用手掌遮了一下眼睛，仿佛在回忆着很久远的事，"其实，这里没有什么大的秘密。只是不知为什么，很少有人来找我，所以既然你们来了，并且对这个感兴趣……战前，我有一个亲密的朋友。我们在师范学校一起学习。后来我们还通过信。我在这里的乡村工作，当老师，而他在明斯克档案馆工作。我第一次是从他那里听到与塔勒有关的故事，从他那里得到的白桦树皮复制品，甚至还有塔勒到底是什么样子的详细描述……"

切西和兹米特洛克异口同声地惊呼道：

"在哪里？！这个描述在哪里？"

"战争期间，所有人都牺牲了，"伊琳娜·列奥尼多夫娜回答说，"学校被烧毁了……那就不用说了，战争嘛！哪还顾得上地方历史。只有这个复制品剩了下来。"

"但您这里可是整个一个博物馆。"切西指着墙说道。

"所有这些都是战后收集的。那时候有时间，我还年轻，每年夏天我和丈夫都去旅行。我们徒步走遍了白俄罗斯。可以说，没有哪个地区没有留下我们的足迹。就比如吧……"

伊琳娜·列奥尼多夫娜从架子上取下一块普通的灰色石头：

"这是著名的米卡舍维奇[①]花岗岩。谁会想到我们拥有这种花岗岩的全部岩层？而现在半个欧洲都在购买，所有明斯克地铁站都是由它落成的……"

"对不起，"兹米特洛克打断了她，"您说和丈夫，这就是那个……您的朋友吗？"

"不，不是那个。"伊琳娜·列奥尼多夫娜简短地回答道。

"您的朋友牺牲了吗？"

[①] 白俄罗斯的一个镇，是著名的花岗岩采石场，为整个白俄罗斯提供花岗岩石材。

"比那更差。"

小伙子们交换了个眼神。

"德国人打过来的时候,他没有来得及疏散,"女老师解释说,"那时他已经成家了,他必须要养家。他在明斯克工作。战后,他作为人民公敌被逮捕,而且好像被判处了死刑……我很害怕,因为我与他非常熟识。我销毁了他的所有来信,以及我们在一起的所有照片。而在赫鲁晓夫上台后,他得到了平反。事实证明,他没有任何罪过。所以那时我感到了在以往的生命里从未有过的痛苦和羞愧。我意识到,如果有更多的像他这样的'敌人',那么人民就不需要朋友……"

年老的女教师把孩子们一直送到门口。

"我还能问一个问题吗?"切西说,"您为什么不把展品交给学校呢?让所有人都能看。"

"最后也只剩下柜子里一个灰灰土土的文件夹?不。还是这里更安全一些。我没有向任何人隐藏任何东西。你看你们想要,你们来了,就得到了你们所需要的东西。每个人都可以这样。"

第28节
在城里

与此同时，米哈希正在市邮政总局和奥柯桑娜通话。电话亭之间是隔开的。所以米哈希不用害怕，他几乎是在对着听筒大声喊着。只是努力长话短说，以免钱不够，很多时候说的和绕口令一样：

"奥柯桑娜，你好，这些人不是地质学家，而是你的'切尔文的熟人'，他们知道你的住址，你小心点并保管好塔勒，你奶奶正焦急地等着你。你什么时候来啊？我说，你什么时候来？"

奥柯桑娜的回答让他很震惊，声音轻松而乐观：

"米哈希，你告诉我奶奶，我很快就去，卡佳一康复我就去！"

"怎么又是卡佳？你难道是医生吗？"

"米哈希，你怎么能这么说？我和她一起去。"

主要是，既没时间生气，也没时间细想这些。

"你去档案馆了吗？"

"还没有……你别生气。一切都会好的。我爸爸明天要去考察，他给档案馆写了个纸条，他们会让我进去的。你们在波普拉维干什么呢？"

"奥柯桑娜！"米哈希对着话筒喊了起来，"你在说什么？什么干什么？！我专门给你打电话，就是要提醒你：看在上帝的分上，当心！你向我保证你不会随身携带硬币！"

"当然，我保证。你最主要的是别着急。我爸爸明天走，卡佳治愈之前，我和她再住几天，然后她父亲会开车把我们送到波普拉维。"

电话交谈之后，心里只剩下了迷惑、怨恨和痛苦。又是这个卡佳！不过奥柯桑娜挺好的，总是像小孩一样开心，不想弄懂任何事！

同时，米哈希也不得不承认奥柯桑娜在整个故事中起的作用。这个女孩要做的比他们所有人加在一起都多：她要把两个塔勒和一个复制品带到这里来。

米哈希从邮政总局的大楼走出来。天还是没有放晴。城市上空是阴沉低矮的乌云，雨水似乎正要开始悄悄地滴落。必须尽快把所有问题都解决了，然后回家。米哈希在辨认地方史博物馆所在街道的方向。兹米特洛克给他解释过，说离邮政总局不远。城市很小，这里几乎所有的重要建筑物都是围绕中央广场建的……不，最好不要浪费时间，需要打听一下。

附近，长途车站的长椅上，坐着几个男的，在大声地交谈，抽烟。最好不要问这样的人。广场的另一边有一个蓝色的冰激凌亭子。问亭子里的售货员是最正确的做法。

米哈希穿过圆形的镶着铺路石的广场，当他走到售货亭时，看见旁边有一个与他年龄相仿的男孩和一个女孩。这个女孩甚至看起来有点像奥柯桑娜，但是一头黑发，穿着一件蓝色连衣裙，头上戴着白色蝴蝶结。男孩个子很高，穿着运动裤、背心，脚上是一双破旧的拖鞋，显然不是他的尺码。他侧过脸很不友好地看了一眼米哈希。

这是当地的市里的小孩儿（他们穿着家居服，说明住得不远），因此米哈希走过去像城里人一样用俄语对他们说：

"你们能告诉我一下，去地方史博物馆怎么走吗？"

男孩舔了舔方形的冰激凌，再次不友好地看了一眼米哈希。

"你再回到邮政总局那个方向，第一个街角拐弯，"他说，"你会看到一个尖顶。那就是你要去的博物馆。不过现在正在维修。"

米哈希的下巴都掉了下来。他睁大双眼看着那个男孩。城里人，用纯正的白俄罗斯语，怎么都想象不出来。

"再和你说一遍？"男孩把拿着冰激凌的手放下，冰激凌在滴着，男孩问。

女孩笑了起来：

"他一看就需要翻译！你再回到邮政总局那个方向，拐过第一个街角你会看到一个尖顶。那就是博物馆。"

他们舔着冰激凌走了，好像什么也没发生。甚至没有转身看米哈希。但他却渴望从后面追上他们，和他们认识一下，然后详细问问，他们是谁，在哪上学？

然后他开始意识到为什么。就这样做个陌生人吧。如果仔细想，这有什么奇怪的呢？住在白俄罗斯的人，那肯定要说白俄罗斯语。难道他，米哈希或切西在学校不是用纯正的白俄罗斯语在课堂上回答问题的吗？还能怎么回答？而且没有人对此感到惊讶。只有出了学校大门在街上，你要是说"伙伴们，为什么要打架？""切西，你过来，告诉你一件有意思的事……"那才很可怕！奥柯桑娜是明斯克人，可是白俄罗斯语说得比他们这些农村孩子还好。

"等奥柯桑娜来了，有必要设定一个条件：我们也像这些城里孩子这样交谈，什么时候、在哪儿都说白俄罗斯语。"米哈希心想。

他甚至没有怀疑过，这个偶然的片段不久以后将成为揭开塔勒的历史之谜的最重要的东西……

第29节
因涉嫌被带走

地方史博物馆，这是一个一层的红砖建筑，完全淹没在周围的脚手架里。门上有一个写着"维修"的标牌和一把大锁。无论是脚手架上，还是周围，一个喘气的都没有。

惊讶不已的米哈希绕过建筑物。破碎的砖块、碎玻璃、凝固的水泥块和白灰在脚下嘎吱作响。这里也没有人。长满了荨麻和大赤蓟，旁边是人类留下的污秽痕迹。米哈希厌恶地皱了皱眉。

从博物馆背面的拐角出来，他突然傻眼了，然后他猛然转身回到了拐角里。

门廊附近停着地质学家的深蓝色进口汽车。秃头和塞瓦在旁边闲逛。他们抬起头，看着脚手架。

"靠这样的博物馆，"米哈希听到了早已熟悉了的塞瓦的声音，"二百年找不到宝藏也不稀奇！"

"是的，好像这种混乱还要持续很久。"秃头确认说。

米哈希的心像在柴棚时那样开始打鼓。如果他们突然也想绕过来看看，那往哪逃？后面是高高的篱笆，左边是一堵实心墙，而前面是街道，他们马上就会看到然后来追我……"每年都有不幸的事发生！"他想起了那个秃头的话，浑身一阵发凉。

但是，地质学家们显然还有其他计划。

"走吧！"塞瓦说，"现在就剩下学校了……"

"要是学校不成的话，我们还得骚扰蜘蛛！"

他们摔上车门,启动了马达。终于可以松口气了,好像走了。

"我怎么这么幸运,还能见到他们呢?不过也对,我们做的是同一件事,找的是同一个东西,走的路当然会有交叉……"米哈希擦了擦额头上的冷汗。

当他乘坐长途班车返回村里时,开始下起讨厌的小雨。整个天空覆盖着乌云,灰蒙蒙的,厚厚的。他急匆匆去了加娜奶奶家,转告她奥柯桑娜很快就会来。自己也急于尽快与朋友们见面,给他们讲最新的消息。但是雨下大了,然后就下起了倾盆大雨。大大的气泡在水坑里跳动,而且没有破裂——这是一个准确的预兆,恶劣的天气还要持续很久。

所以米哈希哪也没去,整晚都在家里坐着,读书,看电视。

而早晨,八点左右,他先是被厨房里一个陌生男性的声音吵醒,然后就是踩踏台阶沉重的脚步声。父亲在干活儿,这会是谁?米哈希跳了起来并迅速穿好衣服。刚把鞋带儿系好,门就开了,穿制服的片警走了进来,后面跟着惊慌失措的母亲。

"啊,你没睡觉啊?"片警说,这是一个结实的灰白头发男子。他在凳子上坐下,注视着米哈希,"你昨晚去哪儿了?"

"睡觉了。怎么了?"

"马卡尔爷爷告发了'电视'的事!!"一个念头闪过。

"他真的睡觉了!"母亲求情说,"我可以肯定!"

"那你朋友们呢?"

"什么朋友?"

"别装,我在问你问题!"片警提高了声音,"切西和这个城里的兹米特尔。他们晚上干什么了?"

刚刚被吓坏了的米哈希胆子开始大了起来。他有什么权力啊?母亲站着,他坐在那儿,还把声音提高了……

"您去问他们吧。"他大胆地抬起眼睛,"从前天到现在我还没见过他们。昨天我去城里了,随便谁都可以证明。"

片警站了起来说:

"跟我走吧。"

"这是怎么回事?"妈妈喊了起来,"您要带他去哪儿?我不会放他走的!"

"您可以待在家里,"片警说得很坚决,"我把他带走。我要做一个实验。"

母亲把夹克披在肩上,跳起来紧跟着他们。

第 30 节
调查实验

过了一夜,雨停了。现在空气中散发着早晨的清新。栅栏、草地、树木都湿漉漉的。沙子粘在鞋底上。但是米哈希却顾不上这些。他要像罪犯一样被带到哪去?还有可怜的母亲,跟在后面。还好,街道上空无一人。

但是学校附近已经有十几个人了。米哈希老远就认出了切西、兹米特洛克、切西的母亲、清洁工妮娜阿姨……

"夜里爬到学校里去了?"片警小声问道。

原来是这样!米哈希终于全都弄清楚了。"但暂时一句话都别说,沉默!"他命令自己。

"随你们怎么想。"

看见片警,所有人都让开了,说话的声音也静了下来。米哈希的母亲和大家打了招呼,除了切西和兹米特洛克以外,其他人都做了回应。他俩保持着沉默,眼睛盯着地面。

片警环顾了一下四周:

"全都给踩了!让他们不要靠近墙壁。现在连脚印都找不到了。"

"本来就没有任何脚印。"兹米特洛克的父亲带着挑衅的语气说。米哈希起初没有注意到他,和他儿子一样干净整洁,穿着西装,系着领带,戴着眼镜,留着胡须,一个人站在一边,仿佛什么事和他都没关系。"这样的大雨之后还有什么脚印?"

片警斜了他一眼,马上又转了回去。

"我把你们大家召集在这里,"他说,"想通知你们以下内容:今天早晨,现在就在我们中间的清洁工妮娜阿姨告诉我,晚上有人溜进了学校。就是通过门上方的那个小窗户。"片警指着离门廊两米半左右高的一个小窗户,"玻璃,一看便知,被卸下来过。目前尚不清楚室内丢了什么。现在我们就会弄清楚。"

"村里那么多孩子,"又是兹米特洛克的父亲插话说,"您为什么怀疑是我们的孩子?"

"您,这位公民,正如我所见,性子实在是太急了。什么事都得慢慢来。妮娜,"片警转向清洁工,"你说,昨天发生了什么事?"

"发生了什么事?我正提着水桶走着。他们站在学校附近,就是这几个,切西和……我不知道他们叫什么,他们请求我说:把校门给我们打开一下。"

"您呢?"

"我把他们给骂了一顿,要么,我说,连赶都赶不来,要么突然放暑假的时候要到学校来……"

米哈希气得直发抖。他可是说过,请求过他们——你们自己哪也别去!

"你呀你,这个混蛋,"切西的母亲拧了一下儿子的耳朵,"我还真的相信了!你整个晚上都在家来着。你是什么时候来的?"

"我哪儿都没去。"切西闷闷不乐地说,"我问妮娜阿姨关于学校的事,但没有爬进去。"

"我相信我的儿子,"兹米特洛克的父亲说,"我可以发誓,他无论晚上还是夜里都没有离开过一分钟。总而言之:我的儿子,还什么小窗户,什么盗窃,原则上讲,这是不可能的!"

"我也可以为我儿子发誓。"米哈希的母亲说。

"父母不能是证人,"片警严厉地说,"现在,我将向你们展示一些东西,你们自己就会确信。门上的锁是否完好无损?"片警走到门廊上,摸了摸门锁,"正如你们所见,完好无损。窗户完好无损吗?完好无损。问题来了:要是成年人产生进入学校的念头呢?毫无疑问,他首先会尝试通过门窗来做到这一点。"

"合乎逻辑!"兹米特洛克的父亲嗯了一声,"孩子们也可以尝试通过

门窗。"

"公民,您是白高兴。现在还不知道那里面,学校里面丢了什么。所以,小孩根本无法打破这样的锁,这是第一。第二,窗户很高,很宽,玻璃很大。并非每个成年人都能卸下这样的玻璃并将其拿在手里而毫发无损。然后还需要把玻璃装回去,你们再看这个小窗户:我个子很高,即使这样我也很勉强才能碰到这个小窗户的边缘,"片警微微踮起脚,也的确手指尖刚能碰到那个小窗户框,他现在想要努力证明,人就是通过那个小窗户爬进学校的,"更不用说成年人从体形上来说就根本无法从如此狭窄的窗户里挤进去了。"

"那什么意思,您觉得孩子可以够得着吗?"兹米特洛克的父亲讽刺地问,"是拖过来一个梯子吗?还是他们能跳那么高?"

"不,不是梯子。这事是这么做的,"片警说,"喂,你们三个,过来吧。"

米哈希、切西和兹米特洛克走了过去。

"你,米哈希,是最高的,弯下腰,把手扶在门框上。切西,把脚好好擦擦,擦干……就这样。爬到栏杆上,站在他的背上。你,"他指着兹米特洛克,"擦脚了吗?你看,自己都猜到了,不用教……同样,也到栏杆上去,然后到切西的背上……就是这样……怎么样?"

最高处的兹米特洛克发现自己正好和窗户是一个高度。

"下来吧。"片警命令道。

他帮兹米特洛克下来,切西自己跳了下来,米哈希直起了腰。片警一边用手帕擦着手,一边如胜利者般满意地看着所有人。

"这个埃及金字塔还说明不了任何问题!"兹米特洛克的父亲说,"我们还是不知道,我们的孩子犯了什么错误?他们根本就没去过学校,而我们却在这里进行各种实验……"

"小声点,不必着急。妮娜,把锁头打开。只是要小心点,我先进,里面应该留有脚印。"

妮娜阿姨取下了锁,把片警让进了小走廊。

"这么黑,这里的开关在哪……哦,在这儿。"

天花板下面的灯亮了。从走廊的深处散发着一种空屋子的霉味。门口附近,那扇小窗户下面,有一个满是白灰的梯子,地板上是一些报纸。

"这是我粉刷天花板来着,"妮娜阿姨开始解释怎么回事,"还没来得及打扫……"

片警环顾着四周。

"是的,这么脏的地方只有大象才能过去,而且不会留下脚印……不用说了,明白了,"片警意味深长地看了一眼小伙子们,"爬进去的那个,是先用双手抓住,身体悬着,然后就跳到了地上,出去的时候呢,是把梯子拖到了窗户下面。妮娜,检查一下,看看办公室的锁是否完好。"

清洁工沿着走廊拧着门把手。所有的门都是关着的。片警跟着她。在柜子所在的走廊尽头,妮娜阿姨"啊"了一声。

"快过来!"

柜子"博物馆"一半的玻璃被砸碎了,很可能是被踢碎的。

"好!"片警跑到柜子跟前,脚下的玻璃碎片咯吱咯吱地响着,"现在我们就做个笔录!妮娜,这个柜子里以前有什么?现在丢了什么?"

妮娜阿姨看了看被打破的洞:

"什么都没有,好像……所有废纸都还在。"

"什么废纸?"

"就是普通的纸。您可以自己看看。这里保存着各种没用的破东西。我就从这里拿报纸,遮盖地板……"

轮到片警尴尬了。他摘下帽子,用手帕擦了擦额头和鬓角。

"百思不得其解。"

"世纪大盗!"兹米特洛克的父亲嘲讽地说。

站在所有人后面的切西和米哈希交换了一个眼神。切西微微动动嘴唇,低声说道:"文件夹不见了!"米哈希把手指放在了嘴唇上。

"好了,现在您可以放我们的孩子走了吗?"米哈希的妈妈问。

"暂时还不行……米哈希!"片警叫道,"你解释一下,为什么大家都往

这里爬？他们在找什么？"

"我已经烦了！"米哈希突然大声宣布，"当着我们父母和妮娜阿姨的面，我们再和您重复一遍：我们哪都没爬！"

"看见没，他还烦了……你们没爬，证明一下。我不是清楚地在门廊上展示了是怎么爬的了吗？"

兹米特洛克和切西都受到鼓舞，向前迈了一步。但是米哈希制止了他们。

"我来。您看到走廊尽头柜子后面的那个窗户了吗？"

"对对，别忘了你在和谁说话，"片警提醒说，"是的，我看见了。"

米哈希走到了窗户跟前。

"那您告诉我，如果我们随时都可以轻而易举地通过这个窗户进到走廊里来，为什么我们要冒险，一个爬到另一个背上，大黑天的，又下雨？这个窗户离地面很低，窗户很宽……您也看得见，这里没有插销。从外面用手指按一下就足够了，窗户就会打开！"

"是的，它很容易打开，"妮娜阿姨内疚地确认说，"和班主任说过好多次了：您把这个插销插上……"

在孩子父母们嘲笑的目光下，片警不得不又一次局促不安地摘下帽子擦拭额头。兹米特洛克和切西自豪地看着他们的指挥官米哈希。

"等一下，那就是……"

"就是爬进学校的是不知道有这个窗户的外人。"兹米特洛克的父亲把片警想说的说完了。

"也许您知道是谁？"

"不，我不知道。可能，您知道，到底这个'调查实验'什么时候结束？我们的孩子和这件事无关，他们自己已经证明了。"

"好吧，"片警屈服了，"虽然一看就是有人捣乱：玻璃碎了，但既然也没丢什么东西，笔录我就不做了。您呢，"他转向妮娜阿姨说，"今天就和班主任说好，一定要把插销插上，门口上面的小窗户安个护栏。找钱把柜子的一半玻璃换上。对你们（转向小伙子们）暂时只做一个最后的口头警告！"

三个人都颤了一下：

"为什么？"

"凭什么？"

"无风不起浪，"片警的表达显得很神秘，"从现在开始我们将不得不更加密切地关注你们。我建议作为公民的父母们也这样做。"

第31节
我们都有什么？

片警的最后一句话切西的母亲最喜欢。

"好了，以后也别玩了，"她回到家对儿子说，"别想再出去了，你就像老鼠在扫帚下面一样在我跟前待着吧。"

"妈妈，你不是所有的都听到了吗！我哪都没爬！"

"那又怎样，什么你没爬？你什么事都不会落下的：你早晚会爬！水桶在那，提水去把地浇一浇……"

"浇什么地啊？晚上刚下过倾盆大雨！"

"那就去摘掉茎叶上的科罗拉多甲虫。"

因此那天切西就没有出现在窝棚里。第二天早上也没去。

米哈希和兹米特洛克检查了窝棚，看看下雨时是否漏了水。然后他们拿起钓鱼竿，脱下鞋子。坐在陡峭的河岸上，双腿晃来晃去。真好，好温暖……

米哈希对朋友们的怒气早就消了。他给兹米特洛克讲述着，他是如何去城里的。只有关于那个城里的男孩和女孩只字未提，他们母语讲得那么流利、自然、漂亮。

"我立刻就明白了，这是谁干的，"米哈希说，"看见片警带我去学校，我脑袋就嗡的一下子。秃头说过：'现在就只剩下学校了。'就是他们，这两个傻瓜，爬上去的！……但是你们为什么就坐不住呢？"他问，"我不是事先告诉过你们：没有我自己不要做任何事！"

兹米特洛克内疚地叹了一口气：

"你知道的还不是全部呢。我们在日记里写了：白桦树皮的复制品在学校走廊的柜子里。当然，库尔特肯定是看了，所以……"

"你们这'两个多事者'可真行……没法和你们一起找宝物。"

"为什么？我们也有收获。"

"例如呢？"

"得到了白桦树皮的复制品。"

鱼竿差点从米哈希手中滑落下去。

"好你个沉默者！从哪里得到的？"

"老教师伊琳娜·列奥尼多夫娜那儿。"

"那复制品在哪里？"

"在切西那儿。全都在他那儿：塔勒和复制品。我们都已经尝试过了，怎么都不行，什么都没弄懂。需要三枚硬币。"

但是，米哈希还是明显地振作了起来：

"这可真算是收获了！切西的母亲晚上会放他出来，或者他自己跑出来……到时候我们再试一次。是的！"他想起来了，"昨天片警说：'那你们证明你们没有爬吧？'你为什么要走上前去？我和切西好理解，因为我们知道走廊里的窗户。你是为什么啊？"

"我想说，我看见了一个脚印。"

"什么脚印？谁的？"

"就是，我擦脚的时候。为了爬到切西的背上。在门廊的门槛处，有一块破布，它移开了一点，下面是一双巨大的靴子的脚印。"

"那又怎么样？那里很多人都踩过啊……"

"夏天只有一个人穿靴子，"兹米特洛克很骄傲地说道，"此外，门廊上有一个雨搭，这意味着脚印是夜里留下的。"

"马卡尔爷爷！"米哈希喊道，不知为什么马上又开始朝兹米特洛克发起了火，"为什么从你嘴里必须用钳子往出夹啊！如果我不问，白桦树皮复制品和脚印的事你都不会说吧？"

"我不知道，"兹米特洛克耸耸肩，"原则上说（他有时喜欢像父亲一样

以学术的方式表达自己的想法），还为时不晚，可以去把所有事情都告诉片警。"

"你是认真的吗？"

"为什么不呢？那我们就一下子把所有人都'交出去'：马卡尔爷爷和他孙子，以及地质学家。以后就没有人会再干扰我们了。"

"你听我说。第一，不管把谁'交'出去，它本身就是一件令人恶心的事。第二，你，兹米特洛克，是个城里人，而这里有自己的一套。那么，你考虑过以后如何生活和面对这位马卡尔爷爷吗？还有，你想过怎么和片警讲了吗？没法不提到地质学家在这里所做的事情，以及关于白桦树皮，还有塔勒以及受伤的法国军官……那我们就会被认为是疯子！"

兹米特洛克内疚地挠了挠头。

"但是，如果，"米哈希继续说，"他们相信了我们，然后把地质学家逮捕了，又怎么样呢？学校里除了毫无用处的文件夹什么都没丢，他们又没有其他的犯罪，就会被释放。我们给自己树立这样的敌人，以后的事肯定少不了……"

"这些我都没想到，"兹米特洛克承认，"那现在怎么办？"

"怎么办？什么也干不了！没有奥柯桑娜，我们什么都干不了。她什么时候来，而且她在明斯克是否会弄到什么，还不得而知。"米哈希突然高兴地笑了，"因此我建议——去玩儿吧！让这些宝藏见鬼去吧！不管怎么说，现在可是夏天！我们要去踢足球、钓鱼、远足。这个世界又不是只有财宝！"

第三部分
一个意想不到的盟友

第32节
铃 声

一切都很完美。

后天,父亲就要去考察了。他给档案博物馆打了个电话,和馆长约好了。他保证奥柯桑娜可以随时去,他会为她准备好所有需要的材料和展品。

但重要的是,家里会不会让卡佳来波普拉维,虽然待的时间不会太长。7月,他们全家人将去埃及旅行,但离7月还远着呢。所以卡佳就可以和奥柯桑娜一起到村子里来。真是太棒了!

就连卡佳突然生病了也算是一件好事(尽管奥柯桑娜羞于承认这一点)。在这样的高温下,她的喉咙长满白苔,她坐在家里,喝了各种药和覆盆子汤。在她恢复之前,奥柯桑娜正好有时间去档案馆。

因此,这个女孩对和米哈希进行的电话交谈以及他有关地质学家的警告表现得很不在意。还有就是,她哪会怕谁啊!地质学家们相距遥远。尽管如此,塔勒她并没有放在家里,而是放在了卡佳那里。

父亲为这次考察也稍做了些准备。他留起了大胡子。大胡子的人会少被蚊子叮咬,也不用每天浪费时间刮胡子。门厅里的背包也越来越"膨胀"。单看外观破旧、褪色、满是火烧的黑点点就会引起关于森林、人迹罕至的沼泽和湍急的河流、帐篷、夜晚的篝火、日出和日落的遐想。

奥柯桑娜很感激父亲。最近这几天他没有给她读训诫,教她在奶奶家该怎么表现。而且他一次也没问过"寻宝"活动的进展情况。

但是奥柯桑娜还不知道,由于她的父亲,他们这些"寻宝者"为自己赢得了一个强大的盟友。一天晚上,她在卡佳那逗留了太久,她的父亲拨打了老朋友——历史老师鲍里斯·格里高利耶维奇的电话。

"太好了，找到你了，"父亲说，"鲍里斯·格里高利耶维奇，我有两个请求：一个简单，一个难，从哪个开始？"

"从难的开始吧。"老师笑了起来。

"夏天你要在哪里休假？"

"当然是加那利群岛。但坦白说，凭着我的经济状况，今年夏天我将不得不在这座城市度过。最好的情况下，也就去一趟明斯克海或德罗兹德……"

"你还记得以前几乎每个夏天你都去波普拉维吗？"

"很久以前的事了。那时候年轻，说走就走。"

"你也去回忆回忆青年时代，"父亲劝他说，"想不想去波普拉维住一段时间，哪怕是一个月？"

"好像没想过……"

"你还是想想吧。那里很多地方都很漂亮，人你也认识，他们也认识你。从某个老太太那租个半栋房子，也不需要很多钱，在明斯克花钱会更多。你没有家庭，也没有别墅。那里可以钓钓鱼，喝点酸奶，和公鸡一起醒来……"

"那怎么着，可以想想，"鲍里斯·格里高利耶维奇被强烈地吸引了，"既然你描绘得……"

"我为什么，鲍里斯，还描绘呢，我的女儿要去奶奶那儿。你知道奥柯桑娜，总是问你那些没用的问题……说实话，让我感到幸福的是，她突然对塔勒的历史产生了兴趣。你还记得吧？关于法国军官的宝藏。"

"怎么会不记得？我自己曾经也找过。只不过全是白忙活。必须将三枚硬币和一份白桦树皮复制品凑齐，但这是不可能的。"

"我知道，"父亲说，"但既然他们有兴趣，就让他们尽情地去找吧。他们——就是奥柯桑娜和另外三个当地的男孩。既然他们沉浸在这段历史中，那就让他们去寻找，去变聪明……所以，就请求你：去那里待一个月，照顾照顾奥柯桑娜，帮帮他们，指点指点。没有人会比你更能给他们指点了。"

"我想想，我想想，"鲍里斯·格里高利耶维奇重复说了两遍，"那另一个简单的请求呢？"

"你和档案博物馆现任馆长曾经是好朋友，能不能在他面前递个话，让他帮帮奥柯桑娜？她要去看各种资料和复制品。没错，我前不久给他打过电话，但再打一次加个双保险也无妨……"

鲍里斯·格里高利耶维奇突然打断了他：

"这个'简单'请求，很遗憾，比第一个更难。我们现在不仅不是什么朋友，而且甚至十五年来都没说过话。我与这个担任国家博物馆馆长，同时又不喜欢白俄罗斯历史、不承认它的独特性，允许自己嘲笑和挖苦白俄罗斯语言，称其为'讨厌方言'的人没有任何共同的东西！"

"是这样？"父亲不知所措，"我不知道，对不起。"

"而波普拉维，我一定去！"鲍里斯·格里高利耶维奇说，"我会尽我所能帮助奥柯桑娜和她的朋友们。我保证。"

和父亲告别的日子到了。一辆又老又破的拉菲克开到了楼前，里面坐着像父亲一样快乐、留着胡子的人们，背着同样大而破旧的旅行包。奥柯桑娜和父亲再次检查了冰箱是否关闭，灯是否还亮着，水龙头所有阀门是否关好……

奥柯桑娜被顺路放到了卡佳家住的那个地方。现在她将住在这里，直到她的朋友康复。

"这是电话，"告别的时候父亲递给奥柯桑娜一张记事本里撕下的纸，"如果有什么事，就给这个人打电话。"

"这是谁啊？"

"秘密，"父亲笑了笑，"你只需拨打这个电话并说：我是奥柯桑娜。"

第33节
在卡佳家

"你爸爸没告诉过你塔勒是怎么到他手里的吗?"

"没有,"卡佳回答说,"我也没问过。他最近回来很晚。他们公司遇到些麻烦。"

卡佳长得漂亮又有趣,像个洋娃娃,脖子上裹着暖和的围巾,盖着毛毯躺在沙发上。旁边有一张放着药品的茶几和一个凳子,上面放着的小型便携式笔记本的指示灯还亮着。

两个女孩各种电脑游戏玩得眼睛都疼了,录像机放的动画片也看烦了。

"我们把所有设备都关掉吧,"奥柯桑娜建议说,"只留一盏灯。"

她们就这么做了。

窗外是暮色降临的傍晚。天气阴沉,下着雨。房间里的小夜灯发出柔和的光。如果你动一动,影子也跟着在角落里和天花板上移动。只有两个女孩。一晚上,只有卡佳的妈妈到房间来过一次,很年轻,像高年级的同学。她的头发湿漉漉的,手指叉开,双手朝前伸着,等着指甲油晾干。

"啊,你们在玩啊?"她只是问了问,"好,你们玩吧……"

她出去了,然后想起了什么,又回来了。

"你感觉怎么样,卡特琳娜①?"

"我完全好了,妈妈!"

"量一下体温。"

---

① 卡佳的大名。

"刚刚量过了：三十六度九。"

"你看，还是高。你需要卧床……"

然后，她又一次小心翼翼地走了出去，用胳膊肘带上了门。卡佳不知为什么叹了口气。奥柯桑娜朝她靠了靠。

两个女孩挤在一起，都沉默着。奥柯桑娜在想着父亲：他现在在哪儿？可能还在路上。拉菲克还在什么地方黑暗的柏油路上飞奔，雨滴敲打着玻璃窗……然后她想到了卡佳。卡佳既富有又漂亮，她什么都有。父母为她什么都不吝惜。但尽管如此，她还是经常这么沉思、忧郁。而且令人惊讶的是：奥柯桑娜从未羡慕过她的富有，甚至从未想过要和她调换一下位置。

奥柯桑娜想起了波普拉维的那个傍晚，父亲讲述了法国军官受伤的故事，他们点燃了"烟熏"，而切西用奇怪的眼神看着她，第二天还请她吃了熊蜂蜂蜜。不，相对于最昂贵的电脑，最好看的录像带来说，这一切都更有趣，更温暖，更生动。

"明天我就会康复的，"卡佳安静地说道，好像猜到了她的想法，"爸爸终于可以送我们去你奶奶家了。时间过得再快点吧！"

"别！"奥柯桑娜吓坏了，"你明天可别康复！我还什么都没来得及做，也没去档案馆……你能再病一天吗？"

"好。"卡佳欣然同意。

门厅里传来说话的声音。随后卡佳的父亲走进了房间。今天他回来得很早，而且心情很好：看来公司里的事又恢复了正常。他个子很高，显得很年轻，留着不太长的胡子。他留胡须不是为了野外生活的方便，像奥柯桑娜的父亲那样，而是为了更帅气。

"还没睡啊？"他高兴地搓着手说，"为什么不开灯？你们为什么不看'Vidak'视频博主音乐节？怎么不玩电脑啊？"

还没等回答，他就坐在了沙发上，把手放在了女儿的额头上。

"你怎么样？"

"完全康复了。"

奥柯桑娜在毯子底下找到卡佳的脚，然后按了一下。但是卡佳什么都没懂。

"这样的话，明天就可以送你们了？我正好上午有时间，来得及送你们去再返回来。"

"不，伊戈尔·瓦连金诺维奇！"奥柯桑娜反对说，"卡佳还没有完全康复，让她再躺一天……"然后，趁他心情很好，问道，"伊戈尔·瓦连金诺维奇，讲一讲您是怎么得到塔勒的吧，就是您送给卡佳的那个。"

"啊，塔勒啊，"伊戈尔·瓦连金诺维奇额头皱了皱，"这个塔勒从战争年代就在我们这里了，是我父亲留给我们的，也就是卡佳的爷爷……"

"为什么你以前什么都没说过？"卡佳问。

"嗯，以前……以前你能听懂吗？而且我自己也不一定能讲清楚，这样的事以前不适合讲，对你没有好处。这怎么解释好呢？因为战争期间，你爷爷住在德国人占领的明斯克。就这一点也成了一个人的罪过。战争结束后，他被捕并死在了集中营里。在赫鲁晓夫统治时期，没错，他被彻底平反了，但无论如何，这也是'人民公敌'家庭的污点……"

"那塔勒是怎么到他手里的呢？"奥柯桑娜问。

"我父亲，也就是卡佳的爷爷，在档案馆工作，于是他就偷偷地把所有能拿的东西都拿回来了，以免落到德国人手里。后来，在一次搜查中，我妈妈告诉我，在我们家里发现了很多有价值的历史文献和展品。当然，他们都拿走了。而这个塔勒奇迹般地幸存了下来。"

"那就是说，塔勒是真的，"奥柯桑娜说，"这是三个塔勒之一……"

伊戈尔·瓦连金诺维奇先看了她一眼，然后又看了一眼卡佳。

"是的，这是三个塔勒中的一个，"他证实说，"看得出，你们是对法国军官的故事、白桦树皮和宝藏之类的很感兴趣吧？要知道，孩子们，这都是胡说八道。科学家们，后来组织了好多寻宝考察团，研究了这个故事，但最终也没有结果。"

第34节
日记里的一页

卡佳目不转睛地看着什么。

"爸爸,你再给我们讲讲爷爷的故事吧?"她轻声说。

"我能记得什么呢?我甚至一次都没见过我父亲。他被捕时,母亲怀着我。唯一剩下的……我这就拿给你们看……"

伊戈尔·瓦连金诺维奇出去了,回来时手里拿着一个小纸箱。

"就是这个,"他把纸箱放在沙发上卡佳的身边,"你们看吧,只是要小心点:这些纸都已经陈旧了,用手拿都会碎……我走了。还得给一个人打个电话……"

在纸箱的最上面放着一些信件,装在政府部门的信封里,由于时间久远已经泛黄。还单独放着一张灰色的纸,上面是打字机打出来的字:平反证明。最下面是一张照片。一个年轻人的全身相,身着考究的风衣,戴着被推到后脑勺的礼帽,脸上透着坦诚和勇敢,只有像卡佳一样的圆圆的眼睛流露出某种伤感……

奥柯桑娜把纸平展开,里面有一张照片。纸张的背面满是又小又模糊的潦草字迹。

突然,"波普拉维"一词映入了眼帘。还有一个地方也出现了。侧面还有一些日期,在页边上……

"卡佳,这是日记!"奥柯桑娜惊呼道,"日记里面的一页!"

她把纸拿到灯下。

"读啊,快读。"卡佳恳求说。

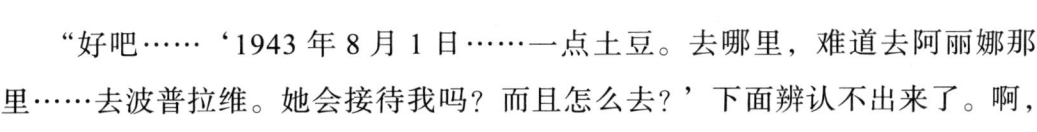

"好吧……'1943年8月1日……一点土豆。去哪里,难道去阿丽娜那里……去波普拉维。她会接待我吗?而且怎么去?'下面辨认不出来了。啊,明白了,听着!"

"三日,第九个月……塔勒很成功地……在出口处被搜查,奇迹般地没有被抓到。明天将再尝试另一个……"

"十一日,第九个月。档案馆被关闭了……德国人没顾上博物馆……没有工作,饥饿……波普拉维?"

"继续!"

"下面全都辨认不出来,"奥柯桑娜说,"只有最后一句话:'……法西斯分子像野兽一样疯狂。昨天他们开枪了……可能都是我们的人!'好吧,卡佳,现在一切都清楚了!你爷爷带出来了一个塔勒,但第二个没来得及,博物馆就关闭了。"

奥柯桑娜陷入了沉思:

"波普拉维的阿丽娜……米哈希讲过,波普拉维有一个老教师——伊琳娜,好像是,列奥尼多夫娜……阿丽娜和伊琳娜是同一个名字吗?"

但卡佳没有听。

"可能都是我们的人,"她重复了日记中的最后一句话,"'我们的人'来了……并拿走了。"

第35节
档案馆馆长

　　第二天早上，奥柯桑娜在"上城"车站从无轨电车上走了下来。

　　夜雨过后，天气转晴了。人行道、拐角处的报摊、汽车、墙壁和房屋的屋顶，一切看上去都异常地明亮清晰，就像你透过清洗干净的玻璃窗看着所有这一切。

　　奥柯桑娜很容易就在上城区的院子里找到了有着漂亮瓦顶的档案馆的建筑。但是正门关着。奥柯桑娜绕着建筑物走了一圈，看见还有一扇小窄门。她大胆地走了进去，发现这是一条长长的明亮的走廊，里面堆着一大捆一大捆的纸。寂静无声，一个人也没有。

　　奥柯桑娜在这些纸捆之间绕着穿过走廊，沿着楼梯上了二楼，在第一扇门上，她看到了一个小牌子——"馆长"。

　　奥柯桑娜敲了敲，推开了门。

　　一间不大的办公室里有一个柜子、一张桌子和三把椅子。桌子后面坐着一个瘦小的花白头发的小人儿，笨拙地写着什么，像个孩子一样挪动着笔。

　　看到奥柯桑娜，小人儿动了动，出于礼貌他好像想站起来。但不知为什么，又改变了主意。

　　"您大概是奥柯桑娜吧？"他用俄语快速地说道，咧了咧没有血色的嘴唇，貌似是在微笑，"是的，他们给我打电话了。我认识，我认识您的父亲，他是一位出色的考古学家，还有您的历史老师鲍里斯·格里高利耶维奇……"

　　从小就习惯了的奥柯桑娜（在家里她同父亲及他的朋友们讲白俄罗斯语，

但在学校和街上就需要转换）并没有感到惊讶，她可以轻松地从一种语言切换到另一种语言。

"我还知道你的朋友卡佳·列什科耶维奇。"馆长意外地补充道。

"卡佳？！您是怎么知道的？"

"我前不久在你们学校做过报告。对，给高年级学生。在老师办公室，我偶然看到了打开的五A班的日志。列什科耶维奇这个姓氏一下子就引起了我的兴趣。战前的时候，档案馆里就有一个姓这个姓的历史学家。后来他受到了迫害。他是一位才华横溢的古钱学家。而我呢，必须承认，也喜欢收集不同的硬币……我问了你们班主任安德烈·阿达莫维奇，我们一起搞清楚了，原来列什科耶维奇就是你朋友的爷爷。"

馆长说着，并且一直没有把眼睛从奥柯桑娜身上移开。显然，他在等女孩自己开始谈论卡佳和硬币收藏，可他没敢公开询问。

奥柯桑娜一直沉默着，不知为什么，她不喜欢这个健谈而无所不知的小人儿。"他让我想起什么了呢？"她回想着，但怎么也想不起来。

"您父亲走了吗？"馆长问。

"是的，昨天。"

"那您现在住在哪里？"

"我一个人住……就是，不，和卡佳一起。"奥柯桑娜决定还是不撒谎。

"就是这个卡佳·列什科耶维奇？"

"是的。"

"好吧，"馆长说，"据我了解，你们对拿破仑宝藏的故事很感兴趣？为什么呢，如果不是秘密的话？"

"放暑假给我们留了一个作业：描述一段某个纪念碑的历史。我选择了波普拉维村的纪念碑。我奶奶就住在那儿。"

"是的，我了解你们波普拉维和那座纪念碑。"馆长若有所思地说。然后，笨拙地把他瘦骨嶙峋的手拧了过来，不是拿，而是从桌子上抓起文件夹，递给了奥柯桑娜：

"这里您什么都可以找到，包括您说的纪念碑，甚至还有更多其他的信息。我不能让您把它拿走。请坐在这里，在柜子后面，"他指了指自己长桌子的另一头，"就在这里查。有笔记本和笔吗？"

"有。"

奥柯桑娜绕过桌子，在这里，柜子后面，她看到一个拐杖倚在墙上。她回忆起父亲的话："鲍里斯·格里高利耶维奇的朋友从小残疾，他走路很艰难。"

她从袋子里掏出一个笔记本和一支笔，惴惴不安地打开了文件夹。

馆长趴下去处理自己的文件。

"如果有什么不懂的，您就问。"他说，头也没抬。

第36节
文 章

　　文件夹里放着一些杂志文章的复印件，还有单独订在一起的三张纸，简要描述了别列津诺市及其周边地区的历史。

　　奥柯桑娜差点没因失望而叫出声来。桦树皮的复制品在哪儿？塔勒在哪儿？即使不是塔勒本身，那么哪怕是几张拓下来的图片也好啊！

　　但是不能违背自己的初衷。她是在完成"暑假作业"。而对于作业而言，这里的材料，的确，已经足够了。

　　奥柯桑娜开始阅读一篇文章，而且还被吸引住了。甚至还把文章的开头记了下来，好向朋友们展示：

　　"从法国入侵俄罗斯结束以来，已经过去了180年。这个话题在历史文献中已经进行了最为深入的研究。然而，有关法国人从莫斯科运走的珍宝的争议至今也并未平息。在期刊中，有关'拿破仑宝藏'的传说和其他被公认的传说一样，已经在白俄罗斯扎下了根：圣殿骑士团（法国）、印加人（南美）、英国海盗（加勒比海地区）、希姆勒的纳粹分子（施蒂里亚阿尔卑斯山），等等。有一种观点认为，珍宝是有的，它们的数量很大，而且这些珍宝需要在白俄罗斯的领土上寻找。热衷于此的人很多。多年来，有组织的团队和个人一直在塞姆廖夫斯基湖（维亚济马附近）里、在克鲁普基镇附近的湖里、在别列津纳河岸边甚至在立陶宛寻找。寻找的区域被无限扩大，但大家热情不减，不分冬夏地寻找。冒险分子也出现了。几乎所有的明斯克图书馆（包括国家图书馆）报纸里有关'拿破仑宝藏'的文章都被剪掉了。建立了很多新的团队，不断出现很多新的版本，病态的炒作花样翻新。但是没有人真正知道，到底需要什么才能成功地找到宝藏，以及应该去哪里寻找……

"如今每年夏天，还有挂着莫斯科牌照的汽车在奥尔沙湖和鲍里索夫湖附近转悠。每个人都梦想着找到黄金和白银宝藏。现在的寻找是有科学依据的。他们从每个湖泊中取一瓶水，在莫斯科用分光镜检查金和银原子的含量。哪里的含量高，那里一定是有宝藏的……"

接下来是题为《宝藏传说》的章节。其中的一个传说奥柯桑娜已经知道：和俄罗斯士兵一起埋在波普拉维的法国军官、一块发绿的铜板、两个西班牙铸造的塔勒、一块白桦树皮，上面有一个小十字架和一个词"CLAD"……

"这个谜还没有解开，"这一节最后的部分写道，"大地知道如何保守秘密。"

女孩注意到，不知为什么，文章对一件事只字未提：这两个硬币和一个白桦树皮复制品现在在哪里呢？

"请问，"她打破了沉默，"这篇文章的作者是谁？"

"我。"馆长回答说。

"可以请您……请给我展示一下您在文章中写的塔勒和白桦树皮的复制品。"

馆长并没有感到惊讶。他摊开了那双残废的小手：

"我也非常愿意展示，可是没有！"

"为什么没有？"奥柯桑娜很困惑。

"就是这样。非常、极其遗憾的是，战争期间所有东西都没了。有的烧掉了，有的丢失了，有的被德国人运走了……没了！"

"但是我父亲告诉我，战争期间只有一个塔勒丢了！第二个和桦树皮的复制品保存在档案博物馆里！"

"您父亲错了，"馆长平静地说，"您的父亲是考古学家，但他根本不了解所有细节。这些硬币、复制品、与宝藏有关的展品……很难，我告诉您，即使在档案博物馆里也很难保存这些东西。您自己已经阅读过了：所有图书馆报纸上无辜的文章都被剪掉了。"

馆长平静地说着，几乎是友好地看着奥柯桑娜。但奥柯桑娜已经毫不怀疑他在和她撒谎。他只是什么都不想给她看。他需要让尽可能少的人知道这些塔勒的存在。

第37节
塞 瓦

响起了敲门声。

"请进！"馆长说。

奥柯桑娜坐在桌子另一端的柜子后面，从那里既看不到门，也看不到进来的人。但是她从馆长脸上的表情猜到了：这是一个意想不到的和不受欢迎的客人。

"我已经说过了，你先打电话，然后再来！"馆长尖刻地说，斜眼看着奥柯桑娜。

"电话一直占线。"来人说道。

"好熟悉的声音！"奥柯桑娜小心翼翼地从柜子后面瞥了一眼，又马上缩了回去。她想躲进小角落里。这可真巧！是切尔文的"熟人"，塞瓦！

"我这里有人。"他说，仿佛在提示塞瓦，同时对奥柯桑娜说，"您还要很久吗？都记下来了吗？"

他显然是希望奥柯桑娜马上收拾收拾就走。但奥柯桑娜只是摇了摇头以做回应。她担心如果说话，塞瓦会通过声音认出她来。

馆长咂吧了一下嘴。

"好吧。您工作吧……这样的话，我和我朋友就不打扰您了。把拐杖递给我，如果不困难的话。"

他把拐杖夹在腋窝下，从桌子后面扒着出去了。他拖着一条腿，步履蹒跚地走到门口。他走路时，整个身体都在摆动，靠一只好使的手保持平衡……"他像什么呢？"奥柯桑娜头脑中又闪过这个念头。

第三部分　一个意想不到的盟友

奥柯桑娜在那里如坐针毡。突然她感觉自己听到了说话的声音。正是。馆长走到了走廊里，把门虚掩上。

奥柯桑娜站了起来，小心地踮起脚尖。"如果他们进来，就会看到我，我得想好怎么说……我会坐下，说，我的笔不知滚到哪里去了，找不到了……"

馆长和塞瓦就站在门口，所以可以听到他们说的每一个字。

"怎么回事？"馆长生气地问，"我不是禁止你们非极端情况下出现在这里吗！"

塞瓦停顿了一会儿后才回答。他好像对什么事有些不好意思。

"这就是这种极端情况……我和秃头商量了一下，然后……我们感觉，你对我们隐瞒着某些东西。"

"如果你们有这种感觉，那需要祈祷！现在是他们感觉到了！他们，你们看没看见，商量过了！"

塞瓦平和地说道：

"你别生气，蜘蛛……你也得理解理解我们。谁都不愿意当一个傻瓜。你为什么不把一切都告诉我们呢？我们像牛马一样努力工作，所有的粗活都是我们干，在波普拉维那耗着……"

"蜘蛛！"奥柯桑娜终于猜到了。馆长瘦骨嶙峋的拧着的双手、他细细的脖子上的小脑袋、走路时的左右摇摆……所有这一切真的很像她昨天和卡佳一起看的著名的迪士尼动画片里的蜘蛛。

"你们想从我这里得到什么？你们有什么不满意的？"

"白桦树皮的复制品。再给我们看看……"塞瓦内疚地咳嗽了一下，"给我们看看，用这个愚蠢的白桦树皮能干什么。"

"可能我需要拉着你们的手把你们领到波普拉维，再用鼻子把你们戳到埋藏黄金的那个一平方米的地方？傻瓜，白痴，简直就是无语！如果你们真的信任我，我也信任你们，那就让我们相互信任到底！"

"是的，我相信，我相信，你冷静一下。这都是秃头……"

但是蜘蛛很气愤：

"你们总要这个复制品干吗？是要用它替代壁纸糊墙吗？咱们现在就去办

141

公室。我桌子上有一本书，里面能有一百个这种复制品！"

"小点声，你冷静一下。你知道吧，我相信你说的每一句话。"

"如果你相信，就请转告秃头：你们俩知道的正好是你们该知道的。你们做粗活，是因为其他活儿你们不适合干。这可不是兑换处旁边站着的换零钱的人干的活儿……如果不是因为这个，"蜘蛛用拐杖敲了一下地板，"我一百年也不会需要你们的。就这样我坐在这个房间足不出户也什么事都干完了。我甚至还找到了第二枚硬币！"

"真的？！你说的是第三枚吗？第二枚——你难道忘了吗？——在小姑娘那里，就是我们在切尔文见到的那个。"

"很遗憾，正是第二枚。它属于一个叫伊戈尔·瓦连金诺维奇·列什科维奇的人的私人收藏，他目前感兴趣的不是古钱学，而是小生意。现在，拿着这个塔勒玩儿的是两个小孩儿——这个列什科维奇的女儿卡佳和她的朋友，一个考古学家的女儿，顺便说一下，就是你们在切尔文看见的那个。切尔文的塔勒和列什科维奇收藏的塔勒，很遗憾，是同一枚硬币……而且，再顺便说一句，"蜘蛛压低了声音，"你的切尔文小姑娘现在正坐在我的办公室里。"

"这里？！"塞瓦叫了一声。

"小点声，"这回已经是蜘蛛安慰他了，"她在勤奋地'工作'着。她也在寻找宝藏。显然是他父亲告诉了她一些事情。或者是她们的历史老师，我的老朋友鲍里亚[①]……"

门里奥柯桑娜的膝盖开始发抖。但仿佛被这只蜘蛛的无所不知催眠了一样，她动不了。

"但你是怎么知道的呢？"塞瓦问的正是奥柯桑娜想听的。

"一切都很简单。与你和秃头不同的是，我还有一点智慧和观察力。前不久我在这个小姑娘读书的学校做过报告。在老师办公室，在打开的学校班级日志里，我看到了列什科维奇这个姓氏，它引起了我的兴趣，是一位古钱学家。我问了他们的班主任：卡佳是谁、和谁要好、她父亲是谁……我还要了

[①] 鲍里斯的小名。

电话号码、地址。就说，我想转给他的家人一些有关他的资料……晚上我打电话给列什科维奇，试探着说：这个事是这样，档案馆想买您的塔勒。他回答说，有一个，但他把它给了女儿，然后她把它给了她的朋友，然后那个朋友就去了农村……一个健谈的家伙！而这时你们正好跟我说到关于切尔文的小姑娘……你看，正如你所看到的，将事实与所有问题对比一下就足够了。"

"塔勒在她那里！"塞瓦肯定地说，"需要现在就拿过来！"

"你安静点儿，很可能她什么塔勒都没有。如果有的话，也不能伤害孩子。一切必须依法行事。"

"我们就是要给她'绿票子'来着！……"

"你先听完。她父亲昨天去考察了，她现在在朋友家住，就是在列什科维奇家。塔勒应该就在那。你们需要直接和主人谈一谈。今天你就带着秃头去村舍找这个列什科维奇一趟，随你们怎么做，想怎么做就怎么做，但是明天硬币必须在我的桌子上。"

"要是就不给呢？我知道，这些古钱学家都不正常，"塞瓦说，"每一个破戈比都爱惜得了不得。"

"答应给钱啊。这也得教你们吗？威胁他，你们是敲诈犯，而他有生意。最终如果这也不行，就拿我们的塔勒和他换。它们几乎是一样的。"

"你疯了吗？！给……他唯一的塔勒？"

"请按照命令去做。这里最主要的不是塔勒……怎么和你解释……对一个聪明人而言，只需要把它在手里攥一攥就足够了。简而言之，就这样：你们把硬币给我拿来，我会告诉你们事情的来龙去脉。"

"现在不能说吗？"

"我说得已经够多了。"

塞瓦沉默了一会儿，然后好像想起了什么：

"但是，你小心点，蜘蛛！如果你和我们耍花样……"

"你们没有我，什么都不是！"蜘蛛生气地回答道，"你们记住：如果你们要想独自去做某事，那就什么都没了！"

"好，好……我什么事都没有，这都是秃头，"塞瓦低三下四地说，"他说，蜘蛛是在'算计'我们，不给我们看白桦树皮。我们甚至还傻乎乎地去了别列津诺的地方史博物馆，没错，博物馆维修呢，还钻进过波普拉维的学校……"

"白痴，想干什么？！"

"找白桦树皮的复制品……马卡尔爷爷的孙子，我们就是在他家住的，晚上爬进了一个窗户，从柜子里掏出一个文件夹……而文件夹里，"塞瓦吐了口唾沫，"都是本地区的杰出人物传记和发黄的剪报！"

"无语！……"

意识到他们的谈话已经结束，奥柯桑娜尽量小声地扑到桌前。她坐在自己的座位上，然后想起来："我有一本书，里面有一百个这种复制品！"她迅速开始翻阅放在桌子边上的一本厚厚的书。有！真有，一大摞纸页……她抓起一张，把它藏在笔记本里。正好。门摔上了，馆长一瘸一拐地回来了。

"不让人好好工作，"他向奥柯桑娜抱怨说，"这是一个大学生，函授生，正在收集论文摘要的材料。好吧，您那怎么样了？全都记下来了吗？"

"还没有。"

"我很高兴，您对我的文章如此感兴趣。"馆长说。但是，他的声音里却没有让人感觉到太大的快乐。

奥柯桑娜坐了一会儿。估计塞瓦已经离开博物馆了，她站了起来：

"非常感谢您。"

"欢迎您再来。我敢肯定，有您这样的毅力，一定会得 5 +。"蜘蛛目送着奥柯桑娜，讽刺地说道。

第 38 节
丢失硬币

最令人难受的是,还没办法打电话通知卡佳或伊戈尔·瓦连金诺维奇。连一张普通的电话卡都没有。

一个多小时之后,当奥柯桑娜乘坐无轨电车,倒了好几次车从上城区到达苏哈列沃小区时,她看到了一辆熟悉的深蓝色奥迪正从卡佳家住的楼的一个单元门口"扬帆起航"。来晚了!卡佳肯定把藏在书架上书中间的塔勒给他们了……

伊戈尔·瓦连金诺维奇亲自开了门。他看上去很惊慌。

"奥柯桑娜,塔勒在你那吗?"

就是说,卡佳什么都没说!甚至都没有因敲诈犯而恐惧!现在奥柯桑娜燃起了成功说服伊戈尔·瓦连金诺维奇的希望。

"塔勒在卡佳那……但是,伊戈尔·瓦连金诺维奇,我全都知道了,刚才这些……来找过您,请别把塔勒给他们!"

伊戈尔·瓦连金诺维奇搂着她的肩膀,看着她的眼睛,坚定而严肃地说:

"奥柯桑娜。我尊重你父亲,并且对你像对我自己的女儿一样。因此,我认为我有权利给你提一个严肃的意见。别再去掺和这些大人的事了,也别把卡佳搅到这里面来。你同意吗?"

奥柯桑娜默默地点点头。直到这时候,她才感觉到,无论她和卡佳是多亲密的朋友,她都是在别人家。

卡佳兴高采烈地跑到门厅里,脖子上没有系围巾。看到心烦意乱的奥柯桑娜,再看了一眼父亲严肃的表情,她一切都明白了,她也沮丧起来。

"这就是,孩子们,"伊戈尔·瓦连金诺维奇说,"我要和你们说的,我现在把你们当成大人跟你们说。我很了解这些人。如果他们需要什么东西,他们就算从地里也会挖出来,不择手段……因此,我不仅要请求,而且要命令你们:抛弃头脑中关于这些珍宝的想法吧!你们自娱自乐的时候,我没有干涉你们。但是,一旦这些人开始对你们的游戏感兴趣了,那就完了,游戏就结束了。如果他们急于获得这个塔勒,则意味着这事很严重。除了塔勒你们也会找到别的事做。玩玩电脑、去院子里玩儿、去看马戏、去植物园……还可以去农村。明天我一定把你们送过去。现在呢,你们把塔勒给我。卡佳?"他转向了女儿。

她们走进了房间。卡佳在书架上挪动着书,找到了塔勒,默默地递给了父亲。

伊戈尔·瓦连金诺维奇迟疑了一下。

"你们可能认为我做得不好。"他说,"我知道:塔勒是爷爷留下的纪念……但别无出路。另外,我不会把它卖了,只是换。作为交换,他们会给我一个完全一样的。"

两个女孩儿保持着沉默。伊戈尔·瓦连金诺维奇站了一会儿就出去了。奥柯桑娜拥抱了一下她的朋友:

"卡佳,别这么难受!相信我,我没能事先通知你!我知道他们会来找你们的,但我来晚了……"

于是奥柯桑娜详细介绍了她对档案博物馆的访问,关于蜘蛛、塞瓦,还有她是如何设法从书里盗取了白桦树皮的复制品……

"最主要的,甚至不在于塔勒。"她说,"硬币一旦到了蜘蛛手里,他们就不再需要它了。"

"这是一个记忆。"卡佳小声说道。

然而,奥柯桑娜的讲述让她得到了一些安慰。

"奥柯桑诺奇卡①,你也不要因为没能提前通知我们而难受。爸爸无论怎样都会把塔勒给他们的。但是他们脸皮太厚了,尤其是秃头!他们什么都不

---

① 奥柯桑娜的昵称。

怕。他们是当着我和我妈妈的面与爸爸交谈的。当时他们还说出了一些什么姓氏。爸爸默不作声。我妈妈甚至都哭了。那个秃头还在地板上吐了一口，然后说：'想想你的生意，朋友！明天你一觉醒来可能就成了乞丐。'而塞瓦用胳膊肘推了他一下，然后温柔地说：'你别吓唬人家，让人家做自己的生意嘛。还有其他选择。如果你，伊戈尔·瓦连金诺维奇，不想把塔勒卖给我们，我们准备用完全相同的塔勒来交换。我们保证它是真的。简短说吧，到明天你还有时间考虑。如果提前考虑好了，这是我们的电话号码……'"

"电话？"奥柯桑娜听着，同时在想着自己的事，"真是太好了，你提醒了我！等一下，我马上……"

她跑到前厅，那挂着她的牛仔夹克。

从客厅里，电话就在那儿，她听到了伊戈尔·瓦连金诺维奇的声音："我同意交换，你们过来吧！"紧接着就是放下电话听筒的声音。

奥柯桑娜回来了，拳头里紧紧握着什么东西。

"后来呢？"

"后来他们就走了。而妈妈却大声地哭了起来。她对父亲说：'现在他们要什么就全都给他们！我们刚要摆脱贫困，现在又要因为一枚讨厌的硬币而失去一切吗？我自己已经过不了贫困的日子了，也不想让我的女儿受穷。'这时候父亲说：'你冷静点，我会按照你的意愿去做的。你和我的女儿都不会受穷。'妈妈这才平静了下来，擦干眼泪，还亲吻了爸爸。"

"那她现在在哪儿？"

"去美容院护理脚了，"卡佳回答并叹了口气，"要不我们也去散散步？"

"不，"奥柯桑娜说，"伊戈尔·瓦连金诺维奇刚刚给他们打了电话。他们很快就会来，带来他们的塔勒。你父亲不需要这个塔勒，我们让他把塔勒给我们就行了。"

"好的。你刚才为什么去前厅？"卡佳问。

奥柯桑娜打开了拳头。手掌里是一个有六个数字的纸条——父亲告别时留下的电话号码。

"我们陷入了困境，"奥柯桑娜说，"我们自己什么都弄不明白。"

第39节
鲍里斯·格里高利耶维奇

正如奥柯桑娜所料,"客人"很快就到了。

两个女孩也往走廊里看了看。塞瓦和秃头没有脱外套站在前厅里。看到奥柯桑娜,塞瓦像个老熟人一样俏皮地向她弯了一下腰。

"先给我看看你们的硬币,"伊戈尔·瓦连金诺维奇说,"我必须确保它是真的。"

"不用怀疑,不会有任何出入。"秃头侧身瞥了一眼两个女孩儿,然后递过来一个用纸包着的东西。

伊戈尔·瓦连金诺维奇出去了。塞瓦对奥柯桑娜眨了眨眼说:

"那会儿在切尔文二十美元不是不想要吗?现在晚了。后悔了吧?"

奥柯桑娜什么也没说。伊戈尔·瓦连金诺维奇回来了,简短地说道:

"是真的。好吧,拿着。"把自己的塔勒给了秃头。

秃头把硬币扔了起来又接住了。

"希望现在没事了吧?"伊戈尔·瓦连金诺维奇问。

"好的,别紧张。"秃头应道,"做你的生意。我们喜欢守规矩的人,不会碰他们的。"

两人连句再见都没说就消失了。

伊戈尔·瓦连金诺维奇站在那看着紧闭的门。

"去啊。"奥柯桑娜对卡佳耳语道。

她大胆地走近父亲,扯了扯他的袖子:

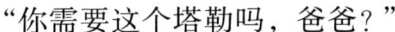

"你需要这个塔勒吗,爸爸?"

伊戈尔·瓦连金诺维奇用一种无法理解的眼神看着她。显然,他不是在想关于刚才的"客人",也没想塔勒,而是在想着自己的生意。

"什么?"他反问道,"不,我需要塔勒干什么……给,拿着吧。只是要保管好。一旦这个塔勒他们也需要怎么办?"

"不会需要的。"奥柯桑娜说。

伊戈尔·瓦连金诺维奇用手指指着她威胁说:

"奥柯桑娜,我警告过你!不要掺和这件事!"

"好的,伊戈尔·瓦连金诺维奇,"奥柯桑娜乖乖地答应了,"我可以打一个电话吗?"

"当然。只是别打太久,我还需要给一些重要的人打电话……"

奥柯桑娜看着纸条,将听筒夹在脸颊和肩膀之间,拨通了号码。

当她在电话的听筒里听出历史老师鲍里斯·格里高利耶维奇的声音时,她是何等惊讶,甚至失望!奥柯桑娜几分钟前对这六个数字还满怀着期待,现在这种神秘感突然消失了。她甚至想挂断电话。

"你说吧,奥柯桑娜!发生什么事了?"老师同时也追问道,"你在明斯克吗?"

奥柯桑娜用手盖住了听筒,并用期待的眼神看着站在她身旁的卡佳。但是天真的傻孩子卡佳能给她什么建议呢?

"什么事也没有,鲍里斯·格里高利耶维奇,"奥柯桑娜说,"虽然,不过,还是有事……我们遇到了麻烦。我们感到很困惑。"

"怎么了?"

"电话里说不清楚。"

"你从哪打的电话?"

"从卡佳·列什科维奇家里。"

"这是哪?"

"苏哈列沃。"

"那离我这很近！我住在西方小区，你们可以现在就坐车过来，也可以走着来。这里离你们那里乘公共汽车就两站，或者步行穿过森林过来。卡佳应该知道。十九号楼。"

"您家房间号是多少？"

"我在单元门口等你们，你们进不去，我们的锁是有密码的。"

第 40 节
西方小区的住宅

卡佳非常了解她所在的区。穿过像楔子一样嵌入城市建筑的森林，两个女孩儿很快就到了又宽又长的洛班卡大街。西方小区就从这里开始。

天气晴朗，已经完全转晴了。空气中弥漫着附近森林和湿草的味道。天空洁净湛蓝，太阳努力晒着柏油路上残留的雨水。

"而那边，森林背后，有一个小湖，"卡佳指着说，"要不，我们去看看？"

奥柯桑娜惊讶得甚至停了下来：

"看什么湖呀，卡佳？！人家还等着我们呢！我们现在一个塔勒也没有了，陷入了困境，什么都不知道，而你……你要知道，鲍里斯·格里高利耶维奇——这可是我们唯一弄清这个故事的机会了！"

"我就是那么一说而已，"卡佳辩解道，"一夏天都在院子里……"

"夏天还长着呢，有的是时间玩儿。你告诉我，你不会是对这事不感兴趣了吧？"奥柯桑娜问，"你跟我说实话。难道揭开塔勒、白桦树皮的秘密，找到宝藏，然后把它们换成钱没有意思吗？"

"那些东西爸爸已经有很多了啊。"朋友天真地回答说。

奥柯桑娜哼一声：

"难道钱还有多的时候吗？钱永远都不够。而且我们的情况还完全不同：这些都是我们的钱，不是任何其他人的。可以想买什么就买什么，想去哪儿就去哪儿……"

"现在我想要什么他们也会给我买的，想去哪儿也会带我去。"

"你喜欢这样吗?"

"喜欢啊，"卡佳承认，"不过也不是总喜欢。"

"看吧。自己的钱，那就完全是另一回事了，那是独立、是自由……"

"奥柯桑娜，湖的事儿我就是说说而已。我对找宝藏感兴趣，我不反对，并且会跟你一起坚持到最后。"

"还要走很远吗?"

"我们已经到了。"卡佳指了指森林旁边一幢十二层的砖楼说。

橡树、赤杨、枞树就长在单元门口。树影间可以看到一个凉亭黄色的顶部。

两个女孩走近时，从凉亭里朝她们走出来一个个子不高，穿着家居服的男人：格子衬衫，所有纽扣都系得紧紧地，两侧带白、红、白三道条纹的运动裤，膝盖上有些下垂，光脚穿着破旧的拖鞋，这就是鲍里斯·格里高利耶维奇老师。

两个女孩从来没有见过他穿这样的衣服。她们对视了一眼，差点儿没忍住笑喷出来。

鲍里斯·格里高利耶维奇知道她们为什么这么开心。他倒换着穿着破旧拖鞋的脚，尴尬地说：

"请小姐们原谅，没来得及换衣服……一接到你们的电话我就下楼了。"

两个女孩这才大声地笑了起来。小姐！长这么大还是第一次有人这么叫她们！

老师也笑了：

"看来，两位小姐的心情没有我想的那么差。请!"他用手指了指单元门。

这天之前，两个女孩只在学校见过老师，而且从没见过任何一位老师在日常生活中的样子。不论是奥柯桑娜还是卡佳都认为，老师们一定和其他人生活得不一样。所以她们现在就特别关注每一个细节。

走廊上的邮箱被烧焦了。电梯里的按钮也是黑的，被烧过了。墙壁上写满了字，其中包括一些有伤大雅的话。

鲍里斯·格里高利耶维奇猜到了他的学生们在想什么。

"我们这栋楼，和其他地方一样，"他叹了口气说，"可以教人学会任何东西，可以把人塑造成杰出的艺术家、小提琴家、数学家、宇航员、商人……但要教会一个人基本的日常文明那就做不到。这要么是生来就有，要么就是完全没有……我们到了。"

鲍里斯·格里高利耶维奇的小一居室不像住宅，更像是图书馆或者说是书库。不久前刚去过档案馆的奥柯桑娜有那么一瞬间感觉自己仿佛又被带回了那儿。一摞摞书放在狭小的——三个人就转不过身来的——前厅里，就在衣挂的下面。房间里书占据了整整一面墙，从天花板到地板。房间中间的茶几上、两把软圈椅上，还有角落里的小电视柜上，都是书……

鲍里斯·格里高利耶维奇迅速把茶几和圈椅上的书收走。

"抱歉，亲爱的小姐们，"他摊开手，"你们的电话对我来说实在太突然了，所以什么都没来得及……我这儿没有女主人，你们也看得出来！"他说，声音里透着欢快，但是他那又高又光的脑门儿上立刻出现了几条皱纹。"女主人和我离婚了，现在住得离这儿很远……总之，请坐，别客气，就像在自己家一样，我去泡点儿茶。"

听他说完这几句话，女孩儿们猜到了这个房子里缺什么——女人的手。但不管怎样，和鲍里斯·格里高利耶维奇相处，像在学校的课堂上一样轻松。

老师对自己的书摆放的位置了如指掌。从书架上拿了一本，递给了奥柯桑娜：

"给，先翻着看看。你们应该会感兴趣的。"

他打开柜子，取出了什么东西夹在腋下，走了出去。

第41节
奥柯桑娜的故事

这本厚厚的书叫《硬币讲述的是什么》。奥柯桑娜找到了"硬币和宝藏"这一节，忘情地盯着里面的文章。

"爸爸也有这本书。"卡佳漠不关心地说。

"不，等等，你听我说！"奥柯桑娜激动地大声说道，并读了起来，"'与有计划地发掘得到的考古资料不同的是，捡来的宝藏是一系列幸运的巧合的结果，所以每一位找到宝藏或者获悉发现宝藏的公民的责任，就是尽可能收集更多的硬币，保存各种器皿（或者哪怕是碎片）交给最近的公立博物馆。偷走宝藏或者哪怕只是其中数额最小的部分，不仅违反现行法律，而且对科学也会造成不可弥补的损失。'你喜欢这种说法吗？！我们做了这么多努力，冒着风险，甚至可能以生命为代价，就是为了找到黄金，然后立刻交给某个公立档案馆里足不出户的不相识的大叔吗！"

"目前为止我们还没找到什么黄金。"卡佳说。

"这是事实。"鲍里斯·格里高利耶维奇说，他走进了房间，听到了一切。

老师手里拿着一个托盘。上面的茶杯冒着热气，放着装着果酱的小碟子，还有一小堆巧克力糖果。

但是让女孩儿更惊讶的是，鲍里斯·格里高利耶维奇已经换了衣服。他穿着在学校常穿的灰色西装，甚至还没忘记系领带。这才像点儿样子！她们还以为他称她们为小姐并因为自己的外貌道歉是在开玩笑呢。

鲍里斯·格里高利耶维奇把托盘放到桌上，又出去了，回来的时候拿了一把旧的厨房用的凳子——自己坐的。

"好了，请用吧。"老师愉快地说，在桌旁坐下。

卡佳马上就开始弄果酱。

"鲍里斯·格里高利耶维奇，宝藏要交给国家是真的吗？"奥柯桑娜边问边伸手去拿巧克力。

"按照法律——是的。"老师肯定地说。他看了一眼两个女孩儿，好像在思考，要不要把这话说给她们听。他说，"还有一件事，那就是我们要想一想，我们生活在一个怎样的国家？白俄罗斯是吧？但从哪里能体现出来呢？我们统一把白俄罗斯语宣布为国家官方语言了吗？难道中学、大学里有专门教授它的课程吗？难道我们的最高领导人尊重这门语言了吗？难道我们永恒的标志——'柏康理亚'国徽和'白—红—白'国旗——是我们所谓的独立国家的象征吗？"

奥柯桑娜嘴里嚼着糖，认真地听着。卡佳慢慢地、很享受地用勺子吃着果酱。鲍里斯·格里高利耶维奇沉默了一会儿，喝了一口茶。

"或许，你们现在知道这些事情还为时过早，"他说，"尽管，另一方面，学会爱自己的国家永远都不早……就像永远都不晚一样。"

"为什么您在课堂上不给我们讲这些呢，鲍里斯·格里高利耶维奇？"奥柯桑娜问。

老师笑了笑：

"奥柯桑娜！你提了一个很具体的问题，所以我就说说自己的观点，仅此而已！所以呢，我们还得再思考一下。我们应该遵守法律，这都是对的。但是难道我们的国家做了它所承诺的一切吗？对任何一个国家而言，最重要的、最基本的就是直接或者间接地保护自己的公民，也就是爱国者。可以说，这是国家的责任。基本的逻辑就出来了：母亲更爱自己什么样的孩子？是那些爱她的、尊重她的、始终准备好保护她的……而我们得到的是什么呢？一个说白俄罗斯语、说母语的人，都被看作是异己，是敌人。而导致这种状况的正是国家的政策和立场，因此，我的回答是：以其人之道，还治其人之身！"

"明白了，"奥柯桑娜说，"就是说，如果我们……"

"既然你们明白，那就太好了，"老师没让她把话说完，"总体上来说，我更喜欢卡佳的话，首先得先找到点儿什么……好吧，亲爱的小姐们，如果我没理解错的话，你们在梦想着找到拿破仑军官的宝藏？"

"对。现在我们会把一切都告诉您。"奥柯桑娜慌忙说。

"不，等等。这是一件严肃的事情，所以要谨慎对待。让我们先弄清所有要点。你们这些寻宝者，都有谁？"

奥柯桑娜开始掰着手指头数起来：

"我、卡佳、切西、兹米特洛克、米哈希……"

"五个人。那么，给我讲之前先想一想。你们正在不知不觉地接受了第六个人。"

"那又怎么样呢？"奥柯桑娜惊讶地说，"要知道，没有您我们什么也做不成啊！"

鲍里斯·格里高利耶维奇恭敬地低下了头。

"谢谢。我要是能和自己的学生共谋一件事，那我就会是一个好老师！"他一改脸上的恭敬，笑了起来，"所以我口头向你们发誓：我将会尽己所能帮助你们，但我自己什么都不会要。现在，请讲吧。我会认真听的，然后我们再商量应该怎么办。"

奥柯桑娜喝了一小口热茶，开始了：

"鲍里斯·格里高利耶维奇，您还记得我在课堂上走到您身边，请求您让卡佳出去吗？"

"怎么不记得？"老师用嘲弄的语气确认道，"你当时都要永别了……好了，我不说话了，不说话了，不会再打断你了。"

"是这样的，当时卡佳给了我一个塔勒，一切都是从这个塔勒开始的……"

然后奥柯桑娜详细地讲了：他们是怎么和爸爸坐长途车，她丢了硬币有多害怕，还有，后来在切尔文塞瓦和秃头看见塔勒以后，怎么紧随其后，开着奥迪跟在长途车后面一直跟到波普拉维，她是怎么和切西打架的——因为塔勒，而原来切西自己也有一枚，是在纪念碑附近的菜园里捡到的……

在这之前，鲍里斯·格里高利耶维奇一直在听着女孩儿的讲述，肯定地点着头，还带着几乎看不出来的微笑。但是故事讲到这里，他突然停止了微笑。

"嗯，嗯，继续说！"

"然后爸爸给我们讲了那个法国军官的传说，之后我们组织了一个'司令部'，在临时的窝棚里，每个人都收到了一个任务。我被指派到档案馆……"

当奥柯桑娜说到自己和馆长见面时，她讲了偷听他和塞瓦的对话，鲍里斯·格里高利耶维奇又一次忍不住了：

"他就是与这样的人为伍的！……我自始至终都知道，他不会有什么好结局。"

"鲍里斯·格里高利耶维奇，您和他早就认识？"卡佳在整个谈话过程中第一次提问。

"很早吧？是的，还是上大学的时候，只是我俩不是一个年级，"老师用手指敲了敲桌子，"虽然当时我们的年龄是你们的两倍，但是也被这个塔勒的故事吸引了……"

"为什么你们断交了呢？"

"因为我明白了他需要的只是劳力。他不信任我。但说实话，我更不喜欢的是，他对母语怀有敌意，把它看作俄语的方言。而且，他学得简直令人厌恶。老师们都可怜他，毕竟他是个残废。当然，这样不对，我们同学，甚至一些老师背后都叫他蜘蛛……"

"塞瓦也这么叫他，不过是当面叫。"奥柯桑娜说。

"所以说，沦落到这种地步了，"鲍里斯·格里高利耶维奇点了点头，"好吧，继续！"

奥柯桑娜叹了口气：

"然后塞瓦和秃头就来了，卡佳的爸爸拿我们的塔勒和他们做了交换。我们很困惑，不知道该怎么办。"

第 42 节
第三枚塔勒

"这么说,他们的硬币现在在卡佳的爸爸那儿?"鲍里斯·格里高利耶维奇赶忙问。

"不,在我们这儿。"

"真的?!你们是随身带着吗?"

"是的,就是这个。"卡佳把硬币递给了老师。

鲍里斯·格里高利耶维奇猛地从凳子上跳起来,在手指间翻转着塔勒,然后走到窗前,歪着头,开始仔细地检查硬币。

"塔勒是真的,毫无疑问,"他兴奋地说,"这就是博物馆里唯一的那枚塔勒。"

"那为什么蜘蛛要把博物馆的财产当作他自己的财产处理呢?"奥柯桑娜问。

"很有可能,博物馆里现在放的是赝品,"鲍里斯·格里高利耶维奇解释说,"毫无区别:谁会想到要弄清楚玻璃展台下硬币的真伪?好吧,亲爱的姑娘们,"他高兴地说,把塔勒给了卡佳,搓了搓手,"恭喜你们!你们自己都猜不到,你们做了多么重要的事啊。总共三枚硬币都找到了!一枚在我们这儿;另一枚在这个男孩儿,切西那儿;第三枚在蜘蛛那儿!"

"说的就是啊,在蜘蛛那儿,不在我们这儿。"奥柯桑娜说,她并没有分享老师的喜悦。

"这不重要。重要的是,原则上来说这三枚硬币都存在,都被找到了。"

卡佳耸了耸肩:

"但是为什么他们……那个塞瓦和秃头,把真的给了爸爸呢?"

"这个我也不清楚。"奥柯桑娜承认说。

鲍里斯·格里高利耶维奇狡黠地将眼睛微微眯起来:

"一切都很简单。他们现在并不需要那枚硬币,就像我们很快也不需要它了一样。我们又不收藏……我现在就解释给你们听。"

老师从书架上取下一本书,翻了翻,然后从书页间抽出和奥柯桑娜自己冒险在档案馆馆长办公室拿到的一模一样的白桦树皮复制品!

"看,"鲍里斯·格里高利耶维奇把杯子推到一边,把复制品放到了桌上,"卡佳,把那枚塔勒给我……你呢,奥柯桑娜,去电视那儿找一支铅笔。谢谢。好了,亲爱的小姐们,这里重要的,不是塔勒本身,而是他们的轮廓。尤其这些用刀在塔勒上削出的小锯齿。众所周知,法国军官是一名测量工程师,于是就用这样的方法——用刀沿着硬币的边缘削成锯齿状——再按一定的比例给不熟悉的地方设定了密码,就像标出了一条通往宝藏的路线。把塔勒放到白桦树皮示意图上,路线就清楚了。没错,我们现在只有一枚硬币,"描画完之后,鲍里斯·格里高利耶维奇说,"所以另两枚我就是随意画的,在示意图上他们的排列顺序会略有不同……"

"我们怎么没猜到要勾描塔勒的轮廓呢?"卡佳抱怨地说,"它在我们这都多久了啊!"

"是啊,"老师赞同道,"只要把硬币放到白纸上,然后用铅笔描出来就可以了。但是别难过,你们以前不了解,又没有白桦树皮,所以才没猜到。"

第 43 节
新谜团

奥柯桑娜突然拍了拍手。

"我想起来了!想起来了!鲍里斯·格里高利耶维奇,请告诉我,如果手帕上弄上葵花子油污渍,它会自己蒸发掉或者消失吗?"

"我觉得不会。但是这跟那个有什么关系?"

"我在奶奶家的时候,将葵花子油滴在了塔勒上!想看看会发生什么,然后用手帕把它擦掉了,所以手帕上留下了脏油渍——塔勒的轮廓!然后,"女孩儿脸红了,但还是说完了,"然后我把手帕藏到了床垫下面。"

"然后就忘了?那简直太好了。"鲍里斯·格里高利耶维奇说。

"那就是说,现在三枚塔勒我们都有了,"卡佳说,"就剩把他们的轮廓描在白桦树皮地图上了……"

"如果奶奶没有找到手帕也没洗的话。"老师说。

奥柯桑娜惊讶地用手捂住嘴,然后说:

"应该不会找到的,我藏得很好。"

鲍里斯·格里高利耶维奇和卡佳笑了起来。

"不,亲爱的姑娘们,很可惜,就算三枚硬币我们都有了,还是没完,"老师说,"当然,现在离谜底已经近了很多了。但谜团暂时还是不少……"

"还有哪些谜团呢?"奥柯桑娜问。

"比如,'宝藏'这个词是用拉丁文写的。为什么军官不用自己的语言,法语——tresor 写呢?"

女孩儿们陷入了沉思。奥柯桑娜不确定地说:

"或许，他是良心发现吧？然后专门给俄罗斯人藏的宝藏，所以用俄语写的'宝藏'这个词，为了让他们能猜到？"

"有意思！"鲍里斯·格里高利耶维奇惊讶地看着她，"但是这不太可能。问题是，很久以前，当时我还对这个故事很着迷，我猜到了要给巴黎国家档案馆发送书面请求。你猜怎么着？很快就收到了回信；没错，是有一个曾在拿破仑军队中担任测量工程师的亨利·博克尔，他死在俄罗斯并被埋葬在了那里。不知为什么，他们所有人都总是混淆白俄罗斯和俄罗斯，"老师说，"唉，这个随他们去吧……所以，从这个人的特点来看，我坚信，他未必会良心发现。亨利·博克尔和贵族阿达姆·特鲁什卡一样放荡不羁，所以他们找到了共同语言并不奇怪。很有可能，这些罕见的塔勒收藏就是博克尔打牌时从特鲁什卡那儿赢的。"

"那又怎么样呢？"奥柯桑娜问。

"最有可能的就是——博克尔担心俄罗斯人和法国人会使用他的密码地图，所以就用拉丁文拼写了俄语单词。但是另一个难度最大的谜团是，"鲍里斯·格里高利耶维奇不知为什么看了看卡佳，"下一个。哪怕奥柯桑娜的奶奶还没找到手帕，也没有清洗，甚至假使我们有了所有三个硬币的轮廓，我们知道的也远远不够。"

老师站起身，走到书桌旁，拿出了一支有四种颜色的粗笔。推出绿色，然后在自己的图上沿着三个假定的硬币轮廓画出了一条弯曲的虚线。接着用红色从另一个方向画过来，在虚线上方打了一个问号。

"你们也看得出，虚线看起来像不像是一条小河的河床？这太合乎逻辑了。受伤的法国人在一个完全陌生的地方费力地沿着小河走着。可能，宝藏就在他身上。当时是十月，那年很冷，而降雪是从十一月底才开始。也就是说，小河还没上冻，也没被雪盖住。博克尔感觉自己每分钟都变得越来越虚弱，他只能把宝藏藏起来，以便以后再来取，——当然，他希望自己能活下去！作为地形学家，他很会判定方向。他在硬币上做出一些削痕，是按比例标出的河流的转弯处……"

"但他为什么不用刀直接在白桦树皮上划出河道呢？"奥柯桑娜打断

他说。

"我认为，博克尔还是猜到了，即便是最好的情况，他活了下来，也不会很快就回到这里。而白桦树皮并不可靠，不能永久保存，况且很容易落入他人之手。"

"那还有什么谜团呢，鲍里斯·格里高利耶维奇？"奥柯桑娜感到很惊讶，"这再简单不过了！咱们拿出别列津诺的地图——详细的、大比例尺的，在上面找到和硬币轮廓吻合的小河，确定好方向，小十字在哪儿，宝藏就在哪儿！就去挖吧。"

老师微笑地听完了女孩儿的讲述。

"不，奥柯桑娜，这完全没那么简单。我早就看过这个地方所有的地形图，而且是不同年份的。不仅波普拉维，整个别列津纳河滩都没有类似的河流。如果它真的存在过的话，那么180年间可能会干涸、消失、改变河道，就像其他这种小河流经常会出现的状况一样……"

"或许，法国人在地形图上加密的根本不是小河呢？"卡佳插话说，"而是某一条曲折的森林小径呢。"

"一切皆有可能。"老师赞同道。

"那怎么办：白桦树皮对我们完全没用了？"奥柯桑娜失望地说，"看来，是不需要它了？"

"还有就是它怎么才能发挥作用，"老师说，"如果有一个虽然很小，但是对于地形图来说最必要的东西——关联点，那就好了。"

"啊，我知道！"奥柯桑娜想起爸爸讲的故事，以及他对"关联点"这个词的解释，"这表示在白桦树皮上画出一棵树，或者一条小河，或者是一块石头……"

"是的，或者最坏的情况，能标出地理方位：南—北，东—西。没有这些关联点我们就可以随意翻转白桦树皮，一切就毫无意义。卡佳是对的，假如这根本不是一条小河呢？就算是小河，我们怎么知道它就在波普拉维附近呢？它可能是莫斯科到波普拉维之间成千上万条河流中的一条，并且无法保证它没有干涸或者改变河道。这就是法国人的狡猾之处，他的过人之处就在于：他是唯一知道这个地标——关联点的人，而要找到宝藏就需要从这个地标——关联点开始。"

"不管怎么说这都不公平，"奥柯桑娜说，"一切就在身边——三个塔勒、白桦树皮——但却什么都找不到！"

"这正是你们需要做的。"鲍里斯·格里高利耶维奇说，"需要像我从前做过的那样，走遍周围的村庄，问问老人家们：他们记不记得在别列津纳河附近消失了的小河？还要再看一遍所有的地形图，不仅是别列津纳周围的，而且要看法国人撤退时所沿着的旧斯摩棱斯克公路上所有相对知名的小村落。"

"要是您能和我们一起去就好了，鲍里斯·格里高利耶维奇，"奥柯桑娜建议，"奶奶家房子很大，有足够的地方。您知道那么多东西，可以提示我们，不然，我们自己能做什么呢？"

"奥柯桑娜，"鲍里斯·格里高利耶维奇笑了，"我想跟你坦白：即使没有你的请求我也会去波普拉维的。不久前你父亲给我打了电话，请求我尽我所能帮助你们。而且我本身也很久没去那些地方了，我想去感受一下大自然，钓钓鱼、采采蘑菇……"

"太好了！"

"您可以明天和我们一起坐车走。"卡佳说。

"不，姑娘们，我还得在城里待两天。而且，说实话，我想坐长途车，我喜欢旅行，喜欢和不相识的人交流，喜欢在车站下车，在长途车旁转悠转悠……"

送这两个欢呼雀跃的姑娘走的时候，鲍里斯·格里高利耶维奇做了最后的指示：

"你们那儿有白桦树皮的复制品，请保管好这枚塔勒。到了波普拉维，奥柯桑娜，去找你的手帕，然后描画出污渍的轮廓……等我去。波普拉维见！"

第四部分

远 足

第 44 节
在水上

片警事件发生后,小伙子们对寻宝的热情好像冷却了下来。其实也是如此:怎么找,去哪儿找那些宝藏呢?奥柯桑娜还是没来。夏天就要过去了。算了,不管了,玩还玩不够呢。

男孩们做的第一件事,就是把没人要的旧船的缝隙认真填好了。他们用铁罐头盒把黑色的建筑焦油加热,然后把它涂在船底。把干草拖到船上,上面盖了两件旧棉袄和一块篷布。没有钓竿梢的鱼竿、底钩、食物、鱼汤调料都装在米哈希的大背包里。切西甚至还没忘了带驱蚊膏。

"你妈妈没训你吗?"米哈希拉紧背包的绳子,问道。

"没有,正相反!"切西挥挥手,"她说,早就该干点儿人事儿了,而不是在村子里到处瞎逛找惊险刺激。"

他们决定明早动身。

米哈希来得有点晚了。当他因早晨的清凉而微微瑟缩着快步走近河边时,切西和兹米特洛克已经到了。水面上笼罩着一层白雾。几乎看不清船和船里的小伙伴。

米哈希用船桨把船从硬硬的、被露水打湿的河岸边推开。船尾慢慢地滑入水中,船摇晃了一下。出发!

"让我第一个来划,"切西坐在中间的小长凳上,建议说,"也能暖和暖和。"

船桨击打着河水,桨架吱吱作响。切西环顾着四周,靠着岸边划着,逆流而上。这是他们的计划:趁着还有劲儿,往河流上游乌沙河注入别列津纳河那里划。当然，逆流划船很累，但回来时会很轻松，甚至都不需要桨，坐在船尾掌着舵就行。

乘着船在河上迎接夏日里崭新的一天——太奇妙了！东方如一条狭长的带子刚刚开始泛出粉色。船桨有节奏地溅起水花，河水在窃窃私语，拍打着快速行进的船头。长满菖蒲和茂密灌木的河岸在雾中飘过。早起的鸟儿还小心地试着自己的嗓子。偶尔有大鱼会突然在岸边或河中间翻起水花。连蚊虫的嗡嗡声也无法惹怒他们，而似乎，只是给这个夏日的清晨增添了一丝和谐……

三个人的心情都如诗情画意般美好。切西划着桨，似乎忘了疲倦，面带微笑思索着什么。坐在船尾的兹米特洛克弯下身，把手伸进水里。米哈希目不转睛地看着东方泛出的粉色丝带，第一缕金色的光芒马上就会从那里喷涌而出。只有当大鱼猛扑得很近时，他才会哆嗦一下。要是现在能停下来，那简直太诱人了！要是在那儿，马蹄铁形高高的芦苇荡附近，灌木丛在水面上低垂着，架上鱼竿……

但是，他们早就约好了不停船。算了，钓鱼还有时间。等到了熟悉的半岛，他们就会找地方安顿下来。

"咱们换换吧。"米哈希忽然想起来，建议说。

"我还没累，"切西说，但是很快就让开了，"怎么还陷入沉思了？"他推了推兹米特洛克。

兹米特洛克把手从水里抽回来，在防水布上擦了擦。

"一直在思考小十字架和'宝藏'这个词呢，"他坦言道，"不知道为什么，我觉得整个谜底都在一个词里，就在嘴边，可怎么也想不起来……"

"咱俩有一个塔勒，还有白桦树皮复制品。"切西刚开始说，米哈希就冲他们喊道：

"小伙子们！我们已经约好了：不谈任何宝藏的事！我们就是去散步、游泳、休息、捕鱼。"

第45节
半 岛

他们以惊人的速度到达了目的地。当然,没有风,这也帮了大忙,河水安静,水流平稳。但太阳早已升起,雾气已经散去,蚊子消失了,鱼儿也不再嬉戏。

米哈希卷起爸爸的束腰便服军装的袖子,看了看表。

"才十一点!"他自己都吃惊了,"怎么样,我们破纪录了。"

"没什么好奇怪的。"切西靠在桨上(又轮到他了)说,"我们在成长,变得更强壮,所以划得也就越来越快。这样下去到了夏末就算是去鲍里索夫我们几个小时也能划到。"

船刹不住了,船底猛地撞到沙子上,船头扎在了低矮的河岸上。小伙子们伸着麻木的腿,开始干正事儿。

别列津纳河在这里分成两个河道。一个是活的,是主河道;另一个像迟暮的老人,是一潭又大又无生气的死水。它们中间是一个大约宽20米、长1000米的狭长的沙丘。当然,不是岛(别列津纳河上几乎没有岛),但这个地方一直吸引男孩子们。浪漫!至少可以暂时感觉自己像鲁滨逊一样,或者像经验丰富的老渔民,这些渔民做任何事都不紧不慢、十分稳重,他们知道在遥远村庄的某个地方,饥饿的家人正在等待着他们,所以哪怕伤痕累累,捕不到鱼也绝不会空手而归……

半岛的一岸——像迟暮老人的那边——高高的,长满了草。而另一岸,也就是鲁滨逊们着陆的那边——倾斜的,有干净的黄沙——是真正意义上的沙滩。

小伙子们把船拉上岸，把东西卸了下来。米哈希从背包里拿出一把军刀，四处看看。附近，就在半岛的最高处，是一个巨大的、球状的藤蔓灌木丛。米哈希走了过去。

兹米特洛克和切西也从口袋里掏出自己磨得锋利的小刀，准备帮助朋友。

"小心！"米哈希拦住他们说，"毒蛇就喜欢在这样的灌木丛里出没！"

他砍下一根长树枝，抖动着干枯的树叶，绕着灌木丛走了一圈。然后大胆地闯进了灌木丛。被军刀砍下的树枝像敌军的士兵一样，纷纷掉落下来。很快，窝棚就做好了。四周是绿色的树枝，犹如四壁；上面兹米特洛克和切西盖上了篷布。把一层厚厚的树叶铺在下面带尖的枯树枝上，把干草用棉袄兜着从船上抱下来。

"又快又好，"米哈希说，他稍稍往远处走了一点儿，欣赏着新的住所，"而且很干爽，也什么都看不见。晚上我们会用绳子把灌木围起来，没有蛇能穿过绳子爬进来。"

剩下的就是准备柴火，然后就可以吃午饭了，因为每个人都已经饥肠辘辘了。

半岛深处，密密麻麻的灌木丛中，有足够多的枯木。很快，小伙子们每个人都拖回来一大捆枯树枝。

"暂时够了，"米哈希一边生火一边说，"晚上，我们将去别列津纳河的另一面，收集真正的、敦实的劈柴。"

枯木很快就着了，噼啪作响。男孩们趴在不远处，开始吃午饭。他们面前的报纸上摆放着各种给养：萨拉（生腌肥肉）、面包、煮鸡蛋、肉饼、一节香肠、几把小葱、萝卜、盐罐儿……他们还准备了土豆，一会儿放到灰里烤。

有一段时间，大家都在安静而贪婪地填饱肚子。

"可惜，没有鱼汤。"兹米特洛克叹了口气，津津有味地吃着面包夹萨拉和绿葱叶。

"鱼汤我们也可以品尝到的，"切西安慰他说，"现在是白天，肯定不会上钩的。我吃惊的是另一件事——为什么在野外吃东西永远都觉得这么美味呢？"

"我找到你吃惊的原因了，"米哈希一边拼命吃着肉饼，一边嘟囔说，"空气清新，所以就会感觉味道完全不同。我还喜欢看电影或读书的时候——当电影或书里有吃东西的情节时吃东西。这种时候手边有什么拿起来就往肚子里填，看都不看……"

"不，没那么简单，"兹米特洛克突然说，"我在书里读过，人处于大自然中时，古老的本能就会被唤醒，对危险的感觉更敏锐。不管想不想他都会吃得很快，因为害怕被抢走。所以就觉得什么都好吃，就不会注意某些细节，比如，牙齿咬到的沙粒。"

米哈希和切西惊讶地看了他一眼。

"哲学家，"米哈希打了个哈欠说，"好了，不知道你们，我是不想吃土豆了。"他翻了个身脸朝上，张开双臂，"能这么一直躺到晚上就好了！"

"我要去游泳了，"切西说，也躺了下来，"然后去探索一下这个岛。错过这种好天气是一种罪过：既然已经好不容易来了，就应该随心所欲……"

"我也和你去。"兹米特洛克说。

但是谁也没动弹。

然后，就脱了外衣，迷迷糊糊地躺了两个小时。然后突然间，好像是听到了命令一样，三个人都一跃而起，跳进晒热了的河水中。他们游泳、比赛看谁游得快、玩"梭子鱼"游戏。扎猛子最厉害的米哈希从水底拿起一根树干，拖到岸边，开始摸来摸去，手指在棕色光滑的苔藓中摸索……然后他直起身子，得意扬扬地给朋友展示了一个生锈的鱼形金属钓钩，末端有一根断了的钓鱼线。

"扔了吧。"切西一边往岸上走，一边心不在焉地建议他说。

但米哈希一声不吭、固执地开始用沙子清理鱼形钓钩，直到把一个锈迹斑斑的小钩折断了才停下来。他一挥手，恼怒地把鱼形钓钩扔进了远处的河里。

这"啪"的一声好像让朋友们都清醒了，瞬间想起了最有趣的事——该钓鱼了。太阳已经快落到森林的树梢了，天渐渐黑了下来，所以气味也变得更浓了。总之,河水,尤其是在这温暖的夏夜,散发着的不只是气味,它散发着的似乎是某种奇特、欢快、独特的芳香气息,是森林、大海和山间的空气都无法比拟的……

切西和米哈希穿上鞋子,走进半岛深处。他们在钓竿梢上发现了几片长长的平整的柳叶。同时,兹米特洛克用木片刨开草皮,挑出蠕虫。最后,他们架好鱼竿,准备就绪,而且每个人都想自己钓自己的。

兹米特洛克挑了一个离窝棚不远的地方,在高高的老人岸上坐了下来,立刻把钓竿甩进了长满百合和三叶草的静静的河水中。米哈希摊上的是最无聊但也是最必要的活儿——捕捉小鱼做鱼饵。所以,他也没走多远。切西还是没找到一个地方坐下。一开始他站在米哈希旁边,后来和兹米特洛克坐了一会儿,最后沿着狭长沙丘的沙质河岸向下游的远处走去。那里有一些浅滩和漩涡,别列津纳的河道放宽了,水流也慢了下来。

兹米特洛克的鱼漂是绿色的,像橡树的小帽子形状的果实立在百合中间,没有任何鱼咬钩还一个劲儿往下沉。

"有了!"兹米特洛克声音不大地炫耀着,拿着渔线向米哈希展示只有手掌大小的鲈鱼。

然而,米哈希并不嫉妒他朋友的成功。他知道鱼通常在都是死水的老人河里是怎么咬钩的:只有把鱼饵死死吞下去的愚蠢的鲈鱼才会上钩,但也不是经常上钩。

米哈希不走运。咬钩的都是小鱼——连做鱼饵都不合适的鱼,也有大一点的,还有,最重要的是,从水里拉出来,活不了多久,就变成羹了……

米哈希收起鱼竿去找切西,希望在那儿,有干净沙底的浅滩上,哪怕能找到鲍鱼也好。

从转弯处一过来,首先映入他眼帘的是弯成弧形的竿梢。瞬间,随着一声哨响它挺了起来,一条又大又肥的拟鲤被抛到了岸上。大鱼在沙子上剧烈跳动着。它鼓起鳃,美丽的金红色的鱼鳍微微摆动着。

"我的天,"米哈希跑过来吹了一声口哨,"钓上来这么多鱼!"

"小点儿声,别把鱼吓跑了。已经钓到三条这样的了。"切西炫耀道。

从鱼钩上取下大鱼后,他把它放到用木片挖出的小水沟里。挂上新鲜的鱼虫,抛下鱼钩,一动不动。

米哈希弯下腰来看着小水沟。确实,在不深的泥水中,并排立着三条黑色的长长的脊背,懒洋洋的,微微摆动着。

"你是怎么钓到的?"米哈希立刻就忘记了鲍鱼,问道,"水底是什么样的啊?"

"嗯,没什么特别的……用弧形钓。"

弧形钓就是说,浮漂拉到钓竿梢的最顶端,而配重块相反,放到离鱼钩近些。当河面有强劲的水流冲上浅滩时,接着马上就会形成坑或者漩涡,这时候就好钓。这时水把渔线带到河底,鱼竿顶端的浮漂以一定角度拉动鱼线,就好像让它垂下来一样。鱼线被拉长,角度也被拉直了,好了,一抖,一拉,鱼就上钩了。

与此同时,坐在老人岸上的兹米特洛克那儿突然开始有咬钩的了,他差点儿来不及换鱼饵。刚一碰到水面,浮漂就开始抖、开始跳、下潜。如果能碰到什么值得一钓的,哪怕只有一次也很好啊,否则总是手掌大的鲈鱼和拟鲤。从鱼钩上取下又一个小鲱鱼,兹米特洛克悄悄环顾了一下四周,心里窃喜,朋友们都离他很远,什么也没看见。他把最活泼的拟鲤放到装满水的罐头瓶里:"我就说,我就专门想钓鱼饵!"

最后终于烦了,什么都不管了,收起鱼竿,把那罐活饵带到窝棚里,盖上草。天快黑了,蚊子出来了。太阳已经落到了河对岸森林的树梢上。"去找他们还是怎么办呢?"兹米特洛克担心起来。

但突然听到了说话声和脚步声,切西和米哈希回来了。切西双手把一个袋子按在肚子上。那是他系着袖子的T恤。他默默地从鱼桶里把鱼倒在窝棚附近的草地上,全是又肥又大的拟鲤,有胳膊肘那么长。

"哎呀,你们,"兹米特洛克试图悄悄地用脚把装着自己捕捞物的罐子踢到草里,"就不能叫我一声儿!"

但是米哈希看见了,弯腰抓住了罐子。

"里面是什么,鱼饵吗?你太棒了!"

这样一来兹米特洛克也就不用再辩驳了。大家都很满意。

"小伙子们,天快黑了,"米哈希朝森林那边瞥了一眼说道,太阳的圆盘已经被遮住了一半,"还有好多活儿没干呢。你们上船吧,去对岸捡些劈柴。我去下底钩。"

"或者,反过来?"切西建议。

"可以。只是别忘了,要下底钩,而且是四个,还得收拾鱼。"

"那又怎样?我喜欢。"

但是,晚上他们并没有品尝到鱼汤。

等米哈希和兹米特洛克去了河对岸再回来,等切西在岸边走来走去选好下底钩的地方,再等三个人一起把劈柴从船上抱到火堆处时,天已经完全黑了。他们每人还清洗了一条大鱼,然后切西在草地上擦拭手掌上的黏液和鳞片,说:

"唉,真烦……拟鲤还活着,咱们把它们装进网兜里,放在靠近岸边的水里,让它们活到明天吧。"

"是谁说'我太喜欢收拾鱼了?'"米哈希想提醒他,但是懒得说了。他自己也感觉累得要命。

总之,没人反驳切西。他们把活的装在网兜里的拟鲤放到了水里,末端系在藤枝上,去了内脏的放在了荨麻桶里。荨麻在这里随处可见,即使黑天也很容易采摘到。

他们一声不吭地吃着晚饭,很快,只吃了烤土豆蘸盐。然后,打着哈欠,爬进了窝棚。最后一个进去的米哈希没忘了用绳子把窝棚围起来——防蛇。

第46节
夜 晚

夜里，切西想去解手。他推开树枝钻了出去。

又冷又黑……只有几颗稀疏的六月的星星在高高的天空中微微闪烁着。篝火早就灭了。河水很近，不断地涌向岸边，哗哗作响，拍击着河岸……切西将干柴扔进篝火中，躺了下来，然后开始轻轻地吹着轻盈的、灰色的灰烬，直到有火花开始闪烁，然后欢快的火焰跳动起来。顿时，灌木丛错综复杂的轮廓从黑暗中凸显出来，越来越温暖，越来越明亮，仿佛这一夜它们也同样寒冷而孤独。

切西双手抱膝，看着火焰，想起了奥柯桑娜。她在哪儿，她怎么样了？为什么还没来？要是能和她一起坐在这夜晚的篝火旁，那该多好啊！

突然，他背后的老人河里有什么东西猛地哗啦一声，声音很大，好像有人往水里扔了一块重重的劈柴。刹那间，夜的宁静被打破了，老人河岸边的芦苇丛中过夜的野鸭扇动着翅膀，惊恐地尖叫着飞了起来。

切西被这意外吓得跳了起来。他的心怦怦直跳，脊背一阵发麻。什么东西？！又是扑通一声！鱼？不对，鱼完全不是那样跳的。河狸？还是……巨大的水蛇？

眼前立刻浮现出《动物世界》电视节目中的片段。干燥的热带大草原中间有一片非洲小沼泽，动物们聚集在那里喝水，鸟成群结队，鸭子在水面上游泳……然后，就像现在一模一样，鸭子尖叫着飞起来，但其中一只拍打着翅膀，慢了一点儿，然后就开始下沉，蟒蛇的方形大口从水里伸了出来，和动画片《毛格利》中的蟒蛇一样，长长的下巴微微动了起来。咔，咔，然后那只鸭子就好像没存在过一样。即使在电视上看到这种景象也十分可怕。

切西突然醒悟过来。我是英雄!白俄罗斯哪有什么蟒蛇!他还想到了奥柯桑娜!假如她也在这里怎么办?然后看到他被吓坏了的样子?怎么做她的保护者?万一她自己也被吓到了呢?然后依偎着他?感受到他在发抖?

切西从篝火中抓出一根燃着的木头,把它举在自己前面,勇敢地朝老人河走去。照了照,开始仔细看着。很安静,哪儿都看了,什么都没有,只看见了火光在水面上的倒影。刚要转身离开,又是一声扑通!

那儿有什么东西在动,在河湾中间,不是鱼,也不是野兽,而是什么莫名其妙的……切西赶快回到篝火旁。把伙伴们叫醒?如果最后证明只是一头河狸或者就是一条大鲍鱼,他们一定会嘲笑他。去睡觉?又有点害怕,吞掉鸭子的那条水蟒就在眼前……万一这个怪物上了岸那该怎么办?不行,最好还是坐在这里守住火,柴火充足,任何动物都怕火……

他就这样一直坐到天亮,好在夏夜很短。东方亮了起来。东方的天空眼看着开始洒下清晨的粉色。鸟儿醒来了,叽叽喳喳地叫着,试着嗓音。而这个小河湾里栖息的生灵在嬉水、游泳、伤感着……一切都在同一地点,好像都是相互依存的。

"让天快点亮吧,我好叫醒小伙伴们。"切西一边听着一边想。

米哈希从窝棚里探出头,然后睡眼惺忪地打着哈欠,钻出来走向篝火,搓了搓手掌。

"你太棒了,想到了要把火点着。"他用刚睡醒低沉而又嘶哑的嗓音说,然后清了清嗓子。

"要是没有这火,我们,可能,都已经不在这世上了。"切西简短地讲述了自己夜里遭遇的恐惧。

"这只是你这么感觉,"米哈希在火堆旁用脚踏着拍子,朝他转过身来,时而一侧的身子朝着他,时而另一侧,"有点凉,我跟你说!夜里声音总是给人感觉更大、更刺耳。我有一次……"

"感觉?"切西打断了他,"那你就一分钟别吱声,你自己就会听到。"
"怎么样?"当河湾里又传来了扑通一声的时候,他低声问道。

"真的……"

突然，从河里传来船桨架发出的咯吱咯吱的声音。有人正从上游划船过来。男孩们互相看了看，然后跑到河边，跑到灌木丛，小船就系在那里。

"渔民？"切西疑惑地看着朋友。

"还能是谁。上帝保佑可千万别停靠在这儿啊，"米哈希蹲下来，开始仔细看着清晨河流上笼罩的一团团浓雾，"我们开辟了这么棒的地方！他们肯定会把我们赶走的……"

"我们为什么要让给他们？"切西疑惑地说，"河这么大。"

"他们一看见篝火就一定会过来的。估计他们已经闻到烟味儿了。"

米哈希没说错。船已经非常近了。通过桨架的吱吱声，男孩们可以确定，船现在正在横跨过河流，朝着半岛的方向划过来。

当距离河岸还有四米左右的时候，小船从雾中显现出来，然后船头一下扎进岸边潮湿的沙子里。划船的人背对着孩子们坐着，举起桨，站起身，转了过来……

还没等认出是谁，孩子们就闻到了熟悉的、在清晨显得尤其冲的、熄灭了的烟草味。熟悉的咳嗽声……马卡尔爷爷！他竟然找到了这里，跟踪了他们！

马卡尔爷爷整理了一下肩上的棉袄，他那不变的防水油布靴子吧唧吧唧踩着水，走上了岸，这才发现了孩子们。起初他很警觉，然后走近了一些，仔细看了看。

"啊，少先队员啊！"认出来了，他高兴地说，"我还想呢，是谁这一大早就在我的地盘上生起了火。来，小伙子们，帮我把船拉高点儿。"他命令道。

男孩儿们一动没动。

第 47 节
马卡尔爷爷

马卡尔爷爷自己把船拉高了一些。要么他真的没有生气，要么就是装的，反正他脸上没有生气的样子。相反，这些小伙伴感觉，他的脸上似乎还打上了犯了什么错误的印记……

"你们在干什么，还在寻找金子吗？"马卡尔爷爷突然问，"还是来远足？来野外钓鱼？"

他再一次没有得到回应。

"好吧，好吧……我得去暖和暖和。"爷爷自言自语地走向火堆，在满是露水的岸边留下了沉重的靴子踩出的脚印。

男孩们别无选择，只能跟着他。这个让人感觉不到轻松的客人带来了……除了新的不快乐，他们什么都没等来。

马卡尔爷爷在火边坐下，扔了一些干木头，吹了吹。火焰顿时着了起来。马卡尔爷爷从火里抓起一根末端红红的细树枝，点燃了一个烟头。

"你们还造了一个窝棚。"他用树枝指了指灌木搭起的窝棚。

"怎么，不行吗？"切西没有忍住沉默，"我们又不是在您的菜园里。这条河也好，河岸也好，您暂时还没有买下来啊。"

"我们现在是假期，可以做我们喜欢做的任何事情。"米哈希傲慢地说。

"你们在说什么，说什么！"老头儿向他们挥了挥手，"我什么都没说，我是对自己说的！你们尽情地玩儿吧——钓鱼、游泳、寻找那些金子……只是别干坏事就好。"

男孩子们惊讶地交换了个眼色。这一切都是什么意思？似乎是有些道理……不，这一切又都很可疑。

米哈希说：

"谢谢您的允许。但这和金子有什么关系？"

"是不是您自己在找金子啊？"切西讽刺地加了一句。

马卡尔爷爷笑了笑，嘴里吐出了一团浓烟：

"哎，什么金子？要是这里有金子，早就被挖出来了！我，似乎，了解这些地方的每一棵树、每条小路、河里的每一个漩涡，可是长这么大哪怕找到过随便什么硬币呢。而就算我找到了，我要那些金子干什么呢？难道镶金牙吗？"于是他用手指把嘴唇向后扯了一下，其实只是给小伙伴们看了看他那些被烟草和龋齿腐蚀的变黑的牙齿。

"那您干吗老说金子、金子的？"米哈希粗鲁地说。

马卡尔爷爷还是没生气：

"我只是想起来了。昨天加娜老太太的孙女来了，现在我又看到了你们，我就想起了她父亲说起过法国人、金子……还记得在'烟熏'旁边吗？他还对我，一个老人，你们想想，已经是爷爷了，一顿骂。凭什么？"

"奥柯桑娜来了？！"切西喊道，"什么时候？"

"昨天晚上。而且还不是一个人，和好朋友一起来的。是开车把她们送来的。而我正巧当时就在加娜老太太家。给她送鱼去了……"

"怎么样？她怎么样？"

"是鱼吗？"马卡尔爷爷狡猾地问道。

"什么鱼啊？奥柯桑娜！"

"哦。她问你们在哪儿。我回答说你们可能出远门了。我说，我看到他们早上划船走的。"

"您什么都会看到，"米哈希嘟囔道，"不管该不该看……"

现在他生气地看着他俩：既包括切西，也包括马卡尔爷爷。但切西什么都没发现。听到这个消息，他欣喜若狂，对马卡尔爷爷的所有怨愤，显然都烟消云散了。

第48节
小 偷

兹米特洛克从窝棚里爬了出来。他把手掌遮在额头上,看了看眼前驱散了雾气正在升起的太阳。不仅可以看清附近的灌木丛,而且可以看到河对岸森林中的一棵棵树木。

"过来,来客人了!"切西叫道,"我们这就煮鱼汤。"

米哈希哼了一声。兹米特洛克走过来,眯起近视的眼睛,认出了马卡尔爷爷。他僵住了。

"这就是……客人吗?"

米哈希一本正经地回答道:

"鞑靼人似乎对这个谚语很生气:'不速之客比鞑靼人更坏',并给当局写了一封信。当局回信说:'我们同意你们的观点,谚语的确很令人气愤。最好改成这样——不速之客比鞑靼人更好'。"

马卡尔爷爷哈哈大笑起来,以至于呛了一口烟。

"可是,你干吗说这个?"切西对米哈希说,"别听他的,马卡尔爷爷。"

"孩子们,我这就要走了,不会打扰你们……暖和过来了,谢谢。"马卡尔爷爷把手放在膝盖上,轻松地站了起来。

"您找我们就是为了告诉我们奥柯桑娜来了?"米哈希还在不停地追问。

"我根本没找你们。我是看到了火,就划过来了。还有就是……"

马卡尔爷爷清了清嗓子,抬头看着这些小朋友。他说得坚决而又严肃,仿佛眼前都是大人一般:

"既然我们都在这,我想忏悔一下,请求你们的原谅。就是那个'电视'

的事……你们是无辜的。"

如果在这个晴朗的早晨天空中打起响雷或下起倾盆大雨，那么，对于这些小朋友来说，可能也没有那么惊讶。

"我找到了小偷，就是鲇鱼。"

"鲇鱼？！"

"这么大个的，"马卡尔爷爷将双手伸向两侧，"像甲板那么大。鱼鳃被渔网缠住了，它挣断了绳子，带着'电视'游走了。我看见了，它游不快，一会儿潜到水底，一会儿又浮出水面。我就从独木桥那里开始追它。它无法从'电视'中挣脱出来，被紧紧地缠住了……"

切西突然拍了拍自己的额头，不知是拍死了一只蚊子，还是他想起了什么。

"现在明白了，"他说，"就是它，您说的小偷，"他指着水里，"扑腾了一整夜。"

"你不是在开玩笑吧？！"

"我还以为，是不是河狸或者梭子鱼在捕杀鸭子……"

关于蟒蛇切西什么都没说。

马卡尔爷爷吓得迅速跑到了岸边，小朋友们跟在他身后。

水面上的雾气已经完全散去了。河面平整如镜。

"游走了。"切西内疚地看了马卡尔爷爷一眼。

"嘘，我看见它了。"

然而，男孩们无论怎么看，还是什么都没发现。

"那不是吗？"马卡尔爷爷用弯曲的长手指指了指，"在靠近藤蔓丛生的另一侧河岸那里……你们在这别动。也许还会需要你们的帮助。"

老头儿小心翼翼地将船放入水中，坐在前面，用一只桨熟练而迅速地将其滑入水中。小船悄无声息地穿过三叶草，靠近了对岸。小伙伴们屏住了呼吸，盯着小船。

突然，在马卡尔爷爷刚刚指过的藤蔓丛附近，出现了一个小漩涡。有一个又大又白的东西一闪而过，然后又安静了。

"哇！"切西惊呼，"鲇鱼！……"

马卡尔爷爷小心地放下桨，挪到船尾，开始在座椅下面找什么东西。等他直起身子，手里已经拿着一把枪。马卡尔爷爷跪着将脸颊贴在枪托上，瞄了许久……一声枪响，枪管里冒出了浓烟，枪声在林间回荡。野鸭从水面拍打着翅膀惊叫着飞了起来。在鲇鱼刚才出现的地方，河水由于铅弹的射击冒出了泡沫。

"打中了！"当烟雾散去时，马卡尔爷爷喊道，并用枪朝小伙伴们挥舞着，"过来吧！"

小伙伴们朝小船冲了过去。

鲇鱼黄色的肚皮朝上漂浮着。它还活着，靠近头部的鳍和宽宽的尾巴还在摆动。日本"电视"渔网勒进了残缺的鱼鳃，是它断送了自由自在遨游的鲇鱼。在被血染成褐色的水里，在鲇鱼附近，愚蠢的欧鲌鱼在嘎巴着嘴大饱口福。

"对不起了，河流的主人。"老头儿的语气中带着几分不真实的喜悦。显然，他也和小伙伴们一样，心里不太舒服——他来到这里，夺走了一个生命。"反正你也活不下来，你吃不饱……来，帮帮忙，小伙子们！"马卡尔爷爷命令道。

鲇鱼被拉上了船。切西小心地抚摸着它光滑的皮肤，抚摸着鱼被铅弹打得千疮百孔的扁平的头部，孔里还在渗着血。鲇鱼用圆圆的蓝眼睛冷漠地看着众人。兹米特洛克弯下腰，摸了摸它长长的须子。鲇鱼突然打了个哈欠，拖着尾巴无力地撞着船底。兹米特洛克惊慌地拿开了他的手。

大家都笑了。

"它是怎么想到要把这个拖在自己身上的？"米哈希问，指的是"电视"。

他大胆地把鱼翻到了侧面，把裂开的鱼鳃从网里拽了出来。"电视"完好无损，底部有一个坠子，顶部有一个浮标。米哈希把它交给了马卡尔爷爷。

"一直拖着……"老人愤怒地把"电视"扔到了船头，"它沉也沉不下去，浮也浮不上来，总是会钩到水里的树木，最后筋疲力尽……"

"您要把它弄到哪里去？"切西问道。

"把它运到村里去,分给想要的人……不能把鱼肉浪费了,既然已经这样了。虽然它已经老了,不好吃,但怎么也是新鲜的鱼……"

鲇鱼被拖到船尾,马卡尔爷爷给它盖上了一块篷布。不知为什么只有这时候,当小伙伴们看不见鱼的时候,他们才感到轻松一点。

"大概已经七点了,"马卡尔爷爷看了一眼太阳,"该垫吧一口了。我有面包和小洋葱,把萨拉在火上烤一下……"

"萨拉!"切西说,"我们有很多鱼,全是拟鲤。"

"是吗?好样的。我总是夸奖你们——都是聪明的小伙子,真正的男子汉,不像我的小矮个儿,对什么事情都不感兴趣:河流、鱼、踢足球……回去我就把他送回城里,让他找他母亲去!"

第49节
鱼 汤

他们把小船靠岸并系好后,马上就分好了工——谁来做什么。马卡尔爷爷心甘情愿地承担了最乏味、最无趣的事情——收拾拟鲤。他在水边蹲下来,还在称赞小伙伴们和他们的捕获物,然后立即把鱼的内脏掏出来又在河水中冲洗干净。鱼鳞从锋利的刀下飞出来。切西和兹米特尔也在旁边蹲下来削土豆。米哈希把一个塑料袋放进口袋,去检查底钩了。

"我去吧,"切西喊道,"是我放的!你找不到!"

"我会找到的。"米哈希头也不回地答道。

有件事让他坐立不安。他想哪怕是一个人待一小会儿,所以他自恃年长和是伙伴中的主要人物,自己指定自己去检查底钩。

他沿着河岸不慌不忙地挪动着,仔细地凝视着,尽量不错过切西的标记,同时在脑海里复原着今天早上发生的事情。马卡尔的到来……请求他们原谅……奥柯桑娜和朋友一起来的消息……鲇鱼被杀……这些事件似乎都是有联系的,像链条上的一环又一环,所有事件可以用一个词来表达,这个词就在嘴边,可却想不起来……而且这个词非常重要!谁说的来着?切西?马卡尔爷爷?马卡尔爷爷都说什么了?金子、法国人、我要忏悔……追鲇鱼……不是,不是!……

第一只底钩的棍子就插在昨天他们钓拟鲤那个地方的沙子里。钓鱼的热情占了上风。马上就顾不上那个重要的词了。米哈希拔出棍子,朝自己这边拉着。空的吗?怎么可能,这么好的地方……是不是狗鱼吃掉了底钩主绳?他开始把绳子绕在小木板上,突然牵引绳绷紧了,开始从他的手里往外拽。

啊哈，有啊，一条小狗鱼！还很小，但狡猾，它游到了河岸的最边上，所以一开始感觉牵引绳好像是被扯断了……

从不远处的另外三个底钩上，米哈希从每个钩上取下了一条不小的带条纹的鲈鱼。在岸上，它们鼓起鳍，驼着的背上的刺恶狠狠地竖了起来。

米哈希回来时，火堆上已经挂着一个水桶。所有的鱼都去了鳞、掏了内脏、清洗干净，放在旁边的荨麻上。

"这么厉害，"马卡尔爷爷对米哈希的捕获物感到很惊讶，"真是好样的！"

大家一起把鲈鱼和小狗鱼也清理干净了。

"土豆快煮熟了，就放这些调料，"老头儿把盐、胡椒、月桂叶、莳萝和香菜籽撒入煮着的土豆里，"我们先放拟鲤，然后，和它配个对儿把鲈鱼放进去。最后，为了味道好，放小狗鱼。三合一鱼汤！……"

"三合一的煮法完全不同，"切西不同意，"我见过，也吃过。"

"煮法各不相同。也可以像我们这样做……我品尝过好多次这种汤，味道都一样。你们有碗吗？"

"没有。"

"没关系，我们就从桶里吃。直接从桶里吃更好……"

他剪下四根直的树枝，剥下上面的树皮条子，用它们把勺子绑在树枝上。

鱼汤煮好了。切西和兹米特洛克用木棍把水桶抬到河边，把它放在潮湿的沙子上，让它冷却，然后又拿了回来。

大家围着水桶坐下。水桶里散发出香气，闻着这气味人就会忘记世上的一切……马卡尔爷爷的"长把勺子"哪儿都够得着。的确，是有点长，要想把勺子放到嘴里，就必须用两只手倒换一遍树枝。但饥肠辘辘的小伙伴们，喝着如此美味的鱼汤，已经无暇顾及其他的各种细节了。

一开始大家都一声不吭地吃着。只能听到抽鼻子的声音和勺子碰在桶上的声音。然后就开始从鱼汤中挑选最好的、看起来最美味的鱼肉。最后没吃多少的马卡尔爷爷开始从树枝上解下勺子。

"非常感谢，非常感谢……"他大声地打了个嗝，"小伙子们！和你们在一起真好……而我的那个小矮个儿什么都不需要。"他又想起了自己的孙子。

他掏出了一支阿斯特拉，用炭火点着了，拔了一把草，擦掉靴子上的鱼肉块儿。兹米特洛克不知为什么也不喝了，先是看了看马卡尔爷爷，然后又看了看靴子，就好像从未见过一样。他的脸上掠过一丝狡黠的微笑。

"马卡尔爷爷，"他说，"那您已经不再把我们当小偷了？"

"上帝与你们同在，小伙子们！再也不会了——相信我——我再也不会怀疑你们了。"

米哈希顺着兹米特洛克的目光，什么都明白了，也加入了游戏：

"但是片警恰恰相反，还在想着我们！"

"我什么都没和他说过。"马卡尔爷爷很惊讶。

"他认为爬进学校的是我们。"

"啊—啊，这个……那么，如果你们爬了，那也是因为你们年轻。我自己，还记得，在你们这个年龄……"

"我们哪都没有爬过，"米哈希打断说，他和朋友们对视了一眼：说还是不说？"但爬进去的那个人现在就在我们中间。"他说。

第 50 节
一个词

老头儿呛了一口烟。

"你们怎么……是说我呢吗?"他一边咳嗽一边问,"我……去学校?小朋友们,对学校来说,我老了已经,我都忘了学校是怎么写的了。"他开着玩笑说,但玩笑开得不太成功。

"我们看见您靴子踩出的脚印了,"切西看着旁边小声说,"在门廊上的抹布下面。那天夜里下了一场倾盆大雨,而门廊是在雨搭下面,您的脚印过了一夜还是留下了。"

"但我为什么要做这件事呢?!去那走的人多了!"

"只有您的靴子是这个号码。而且我们很熟悉您的脚印……"

"不,小伙子们,等等。"马卡尔爷爷变得严肃起来,"我一辈子都没拿过别人一根钉子。咱们得把这事弄清楚。是的,的确是下雨了,我记得很清楚……那天地质学家在我家过的夜,在草堆上……停,一切都清楚了!现在我想起来了。是他们干的,地质学家!到了晚上,我起夜要去院子里,找了半天,但没找到靴子。光脚出去的,回来的时候,我还记得,在盆里洗了脚,在雨水里……"

"那您都没听见有人进屋拿走了靴子?"米哈希问道。

"我本来睡觉就跟死人似的,而且那天我累了一天了……"

"是库尔特吧!"切西惊呼道,"不可能没有他,因为学校的锁头是完整的,而且窗户很窄,只有他能爬进去。靴子也是他拿出去的。为了不把脚弄湿,其中一个地质学家和他一起去了学校并且……"

老头儿愧疚地眨了眨眼睛。

"没错……我睡得稀里糊涂的时候听到他进屋了……哎呀哎呀，他们还把小家伙也拉进去了！不管他怎么样，但他肯定不是小偷……"

"怎么不是小偷？"米哈希没有忍住，"是谁把我们的摇轮和刀子从窝棚里偷走的？他还说，你们把'电视'还回来，我就把……还给你们……"

"哎呀哎呀哎呀，"马卡尔爷爷一直在点头，"多亏你们告诉我……但是，你们别难受了，小伙子们，我会弄清楚的！我会和地质学家弄清楚，问清楚他们到底是什么地质学家。跟沃瓦我也会问个明白，我会让他好好尝尝皮带的滋味。他会还给你们的！……"

"他可不会还。"兹米特洛克插话说。

"如果他不还，那我就付钱给你们，别难受了！我把我自己的摇轮给你们，刀我付钱。"

米哈希想起了马卡尔爷爷崭新的摇轮。他还是那天在柴棚里看到的，他在那里躺了半宿，听"地质学家"说话。马卡尔爷爷甚至都猜不到……他们谁都不是圣人。

"我们什么都不需要，马卡尔爷爷，"他说，"刀是坏的，刀刃出不来了，而摇轮里的线轴卡住了……您干吗要付钱？您最好给我们讲讲您是怎么盯住鲇鱼的。"他请求这件事，是为了转移一下话题。

可马卡尔爷爷没听到，他还在想着他们说的话。他背已经驼了，老了。米哈希不得不重复一遍。

"哦，鲇鱼啊？"老头心不在焉而又不情愿地开始讲述，"不经意盯上的……我当时在上游划着船，在靠近独木桥的地方我突然听到了啪啪啪，啪啪啪。我一看，原来是一条鲇鱼，拖着'电视'被水草缠住了，在那挣扎。渔网已经勒进了鳃里，缠得它挣不开。我靠近了一些，结果它拍打着尾巴，然后带着'电视'钻到了水的下面。但我已经看出来它逃不掉了，于是我就划了过去……"

"等等！"米哈希皱了皱眉头，"您再说一遍，马卡尔爷爷，您是在哪里看到它的？"

"在那些老独木桥那，我们也叫克拉德。我们来的时候曾经路过那里……"

"整个早晨!"米哈希惊呼,"我整整一个早晨都没想起来!猜不出来!对了,独木桥!我们叫克拉德!"

一向严肃的他,突然把头埋进草丛里,像甲虫一样绕着圈跑了起来。

爷爷和孩子们什么都没懂,看着他,不知道他们是该笑他还是替他担心。

"哎呀,我们这几个傻瓜!"米哈希站起来,上气不接下气,眼睛闪烁着喜悦说,"真是谢谢您,马卡尔爷爷!"他抓起老头儿的手,开始虔诚地摇起来。

"你怎么了,米莎[①]?"他真的吓坏了。

"我吗?我一切都非常好,简直太好了!简直太 OK 了……您是说那里有独木桥,也就是说,有跨越别列津纳河的小桥?"

"对啊。"

"您曾经见过那些小桥吗?这些小桥现在在哪里?"他向马卡尔爷爷提了好几个问题。

"躺在河底。你们等下不是还要划船回去嘛,到时你们用船桨在靠近岸边的地方试试。"

"那它们是用什么做的,这些独木桥?"

"用橡树。橡树像铁一样坚硬。"

"它们在那里躺了很久了吗?"

"呃—呃,谁能说清楚呢?我自己像你们这么大的时候,就听老人们这样称呼那个地方,上面当时就什么独木桥都没有了。看得出,很久很久以前,别列津纳河就已经在那个地方了,于是就把它拦上了,以便过河。把橡树横跨河流放在了上面,因此就有了'克拉德'(独木桥)的说法。"

"请问,马卡尔爷爷,那附近没有小溪或小河流吗?"

"什么都没有。可能曾经有一条小溪,但在我的记忆里,一直都是干的,即使下大雨也是如此。那里有沙丘,有松树,还有更远的森林那边就是田地,播种小麦、玉米、土豆……"

[①] 米哈希的小名。

第51节
关于母语的益处

马卡尔爷爷要和大家告别了。

"你们还要在这里待很久吗?"他问,"如果我看到你们父母,有什么需要转告的吗?"

"告诉他们别担心,"米哈希回答,张着大嘴笑着,"今天午饭前或晚上,我们就回波普拉维了。"

马卡尔爷爷的船还没等转过河湾,喜不自禁的米哈希就命令切西道:

"你拿到塔勒和桦树皮复制品了,快拿过来!"

"米哈希,"切西担忧地看着朋友,"请解释一下你怎么了?"

"快点拿来吧,现在你也会和我一样高兴的。"

切西朝窝棚冲过去,拿了过来。

"首先请你们回答,"米哈希开始很庄严地说道,"'宝藏'用白俄罗斯语怎么说?"

他们想了想。兹米特洛克抬头仰望着天空,甚至还在自己的额头上轻轻拍了一下,表示他本来知道,可是忘记了。切西先想起来了:

"Скарб。"

"那这里写的是什么?"

他们朝白桦树皮弯下了腰。

"怎么样呢?"切西还是没弄明白,"这上面写着 CLAD——КЛАД。你是想说,一百八十年前法国军官应该用白俄罗斯语写 SKAPБ 吗?"他轻蔑地笑着说。

"笑你也白笑——这就是我想说的。这个词不能从俄语或法语翻译过来,而是从白俄罗斯语。КЛАД——我们白俄罗斯语根本不是什么宝藏,只是小桥或独木桥。法国人听见了当地人怎么称呼那个地方,就在桦树皮上划了出来,只是用的是拉丁字母。明白吗?这样就有了这个文字游戏,正因如此,人们这么久都找不到金子,因为没人能想到怎么会是这样,两百多年前,一个欧洲的法国人会用当地方言,而且是用白俄罗斯词语来为自己的桦树皮地图设了一个密码!"

兹米特洛克默默地握了握米哈希的手。

"你真棒!"他说得很简单,但从他的声音里却能感觉到米哈希在他眼里的威信提升了很多。

但切西似乎并没感到惊讶或高兴。

"这还需要证明。"他嘟囔着说,盯着桦树皮的复制品。其实他只是嫉妒而已。他自己,也是农村人,白俄罗斯人,怎么就没在米哈希之前猜到呢!那样的话,奥柯桑娜可能就会对他刮目相看了……

米哈希好像仍然陶醉在自己的新发现里。他没有回答切西的话。

"你们还记得,我去了城里,给奥柯桑娜打过电话吗?知道吧,我曾经走到一个男孩和一个女孩面前,他们大约就是我们这个年龄,我问地方史博物馆在哪里?当然,我是用俄语问的。而他们是用纯正的白俄罗斯语回答我的!你们想象一下,他们可是城里人!"

"我知道有这样的,"兹米特洛克证实说,"他们上的都是白俄罗斯中学。"

"我一直打算建议你们做的就是这个——只讲母语。我自己也开始学了……我和你们说话的时候,脑海中一直在翻译,看用纯正的白俄罗斯语怎么说……"

"好,"切西打断了他的话,"如果相信你说的,КЛАД实际上就是独木桥,那么一切就会变得更加混乱。我们曾经认为,哪里有小十字架,哪里就有黄金。而现在呢?结果,КЛАД并不是什么珍宝?"

"什么珍宝都没有,"米哈希自信地回答道,"要想找这些珍宝,可以去其他任何地方，而不是在小十字架所在的地方。难道你们还不明白吗？小十字架——这不是终点，而是起点。你还记得奥柯桑娜的父亲说过，地形图上必须有一个关联点——地标吗？小十字架和'КЛАД'这个词——独木桥——就是关联点。而每个人都弄错方向了，不是从开头寻找，而是从末尾。"

"狡猾的法国人！"兹米特洛克摇了摇头，"他选的关联点是可靠的！比如说，如果地标是一棵树，那它可以被砍掉；如果是一块石头，它可能被移到某个地方……而这些橡树一直躺在水里，在一个地方躺了这么多年，而且他们什么变化都没有——它们可能还变得更结实了。"

"河里的橡树也可以被拖出来，"切西反对说，"它们幸存下来只是一个幸运的巧合……但即使像你们说的那样，我还是不明白——这有什么值得高兴的？好，就算我们知道了关联点，然后呢？"

"我们把塔勒贴在桦树皮上，勾勒出轮廓，就可以看见法国人移动的路线，"米哈希回答，"在最后一个塔勒的轮廓结束的地方，就藏着珍宝。"

"可是我们有这些塔勒吗？你确定奥柯桑娜弄到了第三枚塔勒吗？我们甚至都不知道，她自己的塔勒带来了没有！"

"她如果没弄到，也没关系，"兹米特洛克说，"完全不用塔勒也能猜出路线。法国人葬在哪里？在我们这里，在波普拉维。从独木桥到波普拉维大约八到十千米，那黄金就藏在这片区域的某个地方。"

"我也这么认为。"米哈希点了点头。

"可是法国人可以从这些独木桥去往任意四个方向！"切西没有认输，他无论如何也无法释怀被别人抢先揭开了谜底，"他可以在距离波普拉维20千米的任何地方藏匿宝藏，甚至在这里，在这个半岛上，或者在河对岸的森林里。然后他在桦树皮上给这个地方设一个密码，然后转过一百八十度，去了波普拉维，快死了的时候才在那里被发现！"

"也有可能。"米哈希表示赞同。显然，与其说他相信切西的说法，还不如说他想给他说话的权利，"那么大家都有什么建议？我们回波普拉维问问奥柯桑娜弄到了什么，把一切都告诉她？还是我们去克拉德（独木桥）然后自己去寻找？"

"当然是自己！"切西立刻说道。

兹米特洛克保持着沉默，表明他无所谓，只要和朋友在一起就行。

启程前的准备工作没有用很长时间。他们从窝棚里拉出篷布，将棉袄扔进船里，把火堆用泥土盖住，没有忘记装着凉鱼汤的水桶——加热一下可以当午餐……

"再见，我们亲爱的小天地！感谢你的一切！"大家在船上坐着的时候，米哈希一边思索，一边转向半岛。切西用桨把船推离了岸边。

第 52 节
气 愤

与此同时，只穿着泳衣的奥柯桑娜和卡佳坐在窝棚（在橡树和赤杨的树枝里）旁边的一个高高的长满草的小丘上，晒着太阳，朝水里扔着石头。这里的草地上石头很多。夏日的微风不时从草甸上吹来暖暖的热浪，带着花香，沿岸的柳叶沙沙作响，河水泛起了涟漪。夕阳西下，轻而易举地冲破了天空中连绵飘荡的白云。

"你没后悔来了吧？"奥柯桑娜问道。

"你说什么呢？这里这么棒，我都没想到！……"

"当然了。这可不是你要去的埃及。"

奥柯桑娜自己心情也很好。她兑现了自己承诺的一切，甚至更多。她那里有一些文章的摘录，这些摘录证明了宝藏无疑是存在的。有一份桦树皮复制品，有一个"切尔文熟人"的塔勒。昨天，卡佳的父亲一把他们送到村子来，她就立刻冲到凉台上的沙发上。那块皱巴巴的手帕还在垫子下放着。葵花子油渍还是湿的。两个女孩儿把手帕放在纸上，小心地，每隔一毫米沿着污渍的轮廓反复刺出小孔。然后他们把这些小孔连接起来，就得到了硬币一比一的轮廓。

最重要的是：多亏了鲍里斯·格里高利耶维奇，她们现在知道如何处理这些塔勒和桦树皮了。只需要从切西那里拿来第三枚硬币，然后就……

奥柯桑娜跳起来，开始认真听。

"好像有人划船过来了。也许是我们的小伙子们？"

正是，一条小船出现在河湾那边。

"不，这是马卡尔爷爷。"奥柯桑娜失望地说，然后又躺下了。

小船划到正好和女孩们晒太阳的悬崖齐平。马卡尔爷爷看见了她们，高兴地喊道：

"啊，在等人吗？我知道你们等的小伙子们在哪里！"

"您知道？"奥柯桑娜精神了，"他们在哪儿？什么时候回来？"

"嚯，他们跑得很远，都过了克拉德了！他们还在岛上搭了一个完整的营地，钓了好多鱼，正煮鱼汤呢……他们说，晚上回来！"

"那他们知道我们来了吗？"

"知道，我告诉他们了。"

船划远了，马卡尔爷爷往下游小桥那边划去了，那里有一个村庄码头。

"你们要是愿意，就和我一起走！"马卡尔爷爷临走时喊道，"我给你们看看，我运回来了一条什么样的鲇鱼！"

"我们去吧，奥柯桑娜？我从未见过鲇鱼。"

"那有什么看头儿……鱼就是鱼呗。"

奥克萨娜没有掩饰内心的气愤。她还以为，他们会在这里焦急地等着她们的到来。她还向卡佳吹嘘，她们在这里会受到怎样的欢迎呢。

"好吧，随他们便吧，没有他们我们也没问题。如果他们不感兴趣，我们就自己去找宝物。鲍里斯·格里高利耶维奇今天就来，我们就开始找。我们几乎什么都有，但他们除了切西的塔勒一无所有。现在我们晒晒太阳，游游泳，然后去找覆盆子……"

但不管怎样，两个女孩儿不知为什么还是开始感到无聊了。

第53节
警　告

在码头，马卡尔爷爷把船上的链子系在柳树干上，用锁头将其锁上，洗了靴子，把沉重的船桨扛在肩上。房子虽不是很远，但路是上坡，而且很累了，走得很费劲。需要回家去拿一辆旧婴儿车改成的手推车，然后马上回来，把鲇鱼推回去。

马卡尔爷爷环顾了一下四周：孙子在没在附近？需要他的时候，他永远都不会出现……扛船桨时对库尔特的愤怒本来已经平息了，这又再一次被激起。这个玩意像谁呢？而且他还学会了偷东西！好吧，他今天得尝尝皮带的滋味了！必须告诉片警，不要碰这几个小伙子。

穿过菜园走到房子跟前，马卡尔爷爷以犀利的目光远远地看到，门口停着一辆带挎斗的摩托车。是片警的摩托车！所以，说得真对：想谁来谁。

片警站在院子里，他面前站着库尔特，片警抓着他的肩膀。另一只手上，拿着一个蓝色的文件夹，因潮湿和日晒已经变了形。片警挥了挥文件夹，问道：

"你说你不知道？那谁知道？"

库尔特沉默着，只是用鼻子哼着。

"这是什么意思？"马卡尔爷爷焦急地问道，跑进院子里，把船桨靠在墙上。

片警转过身，放开了库尔特：

"啊，渔夫啊！你终于回来了。你最好照看好你的孙子，而不是白天黑夜在河边游荡！"

"这是什么意思？"老头儿被吓得也顾不上开玩笑了。

"就是这个意思。看见这个文件夹了吗？"

"嗯，我看见了。"

"它就躺在沟里来着，在那边，就在你家旁边！"

"所以呢？"马卡尔爷爷什么也没听懂，"这里很少有什么东西……"

"这个文件夹最近从学校柜子——博物馆丢了。看见上面的题词——'我们的著名同胞'了吗？它是怎么出现在你家附近的呢？"

"我不知道。"

"可是我知道。你孙子爬进了学校。夜里。而且他不是一个人，而是和某个成年人一起。"

马卡尔爷爷擦了擦额头上的汗。他不敢抬眼看片警。

"也许不是他吧？你们又没有抓住……"

"我没爬……"有了撑腰的库尔特呜咽着说。

"那这个文件夹怎么会在你家附近？"

"别人扔的。"库尔特嘟囔着。

"别瞎编了！"片警提高了嗓门说，"你最好离开这，去溜达溜达。我需要和你爷爷谈谈。"

"去吧，沃瓦，你去把手推车从房檐下面拿出来，看看轮子有没有掉……"

库尔特走了，转过村舍的屋角就停了下来，开始仔细听。但是片警和他爷爷去了街上的摩托车那儿。

"难道这个文件夹很重要吗？"马卡尔爷爷将手指伸进了又脏又旧的纸板里。

"有什么重要的，废纸，但是有人垂涎三尺。"片警侧身坐在摩托车座椅上，"我，马卡尔爷爷，与其说是对文件夹感兴趣，还不如说是对你的客人感兴趣。你的房客。我已经盯了他们很长时间了。他们来这里找什么？他们为什么到处爬？"

"鬼知道……也许在找黄金？"马卡尔爷爷开了句玩笑，"他们会来的，你自己问。"

然而，片警并不欣赏这些玩笑。

"黄金，你说？"他把一个薄袋子从背后甩到自己的膝盖上，打开袋子，拿出一张纸和一支笔，"他们姓什么，你的这些房客？"

"你这是要干什么，你要做笔录吗？"马卡尔爷爷问道。

"做什么笔录，就是记一下，自己看的。"

"那我们就什么都不用说了。"

"这是为什么？"

"就这样吧。我自己会处理好的，和我孙子，还有房客，不用做笔录。可是我要说，没抓住，就不是小偷。"

"那你自己看着办吧，马卡尔爷爷！"片警把包合上了，他抓住了"油门儿"的车把，"万一有什么事，你只能怪自己了。我警告你！我不喜欢你的这伙儿人。"

第54节
见 面

傍晚时分，小伙子们划船回到了村子。

在此之前，他们很轻松地找到了沉底橡树——独木桥，上了岸，将小船藏在了灌木丛里，然后就开始分头行动，希望能找到旧河道或至少是以前道路的痕迹。结果是徒劳而返。正如马卡尔爷爷以前说的，这个地方干燥，地势又高。的确，有路，但不是以前的，而是新的：森林里的羊肠小道，沿着这些小路人们赶牲口去饮水。兹米特洛克在河流附近找；切西走进森林深处；米哈希走的是直线——垂直于河流，很快就发现自己已经在一片广阔的田野上，还有一座小山，长着黑麦，橡树仿佛一个个小岛散落在田野里……

但大家的心情并没有因为失败而受影响。第二天早上，三个朋友已经站在奥柯桑娜奶奶家的房前。

"你去叫。"迫不及待的切西向米哈希建议道。

"不合适，她家有个陌生的卡佳……"

米哈希把手指放进嘴里，吹了一声刺耳的口哨。

"你们想干什么？吓我一跳！"菜园里传来奥柯桑娜奶奶的声音，"她们还在睡觉呢！"

但是她们在凉台上听到了。还没睡醒的奥柯桑娜光着脚走到了门廊上：

"干吗吹口哨，跟夜莺似的？我们已经等了你们两天了，你们就不能等十分钟吗？去河边窝棚吧，我们现在就洗洗脸，吃点早餐，然后就过去。"说完就躲进了凉台。

"她这是怎么了？"米哈希很惊讶。

"她还不知道，我们不只是玩儿了。"切西高兴地说，"我要是她，我也会这样……走吧，什么都别说了！"

他一路飞奔，嘴也没停过。第一个冲到歪脖子赤杨跟前，一头扎进了树叶里。

"哇！"窝棚里传出他的声音，"好惊喜啊！快爬上来！"

米哈希和后面的兹米特洛克都爬进了窝棚。切西手里拿着一把猎刀和一个摇轮。

"是库尔特送回来的！我可以想象出马卡尔爷爷是怎么和他'谈好'的。"

小伙子们兴奋、快乐、不断打断着对方，他们开始幻想，想象着祖孙之间对话时的言语和表情，而行动上马卡尔爷爷是如何兑现"让他尝尝皮带的滋味"的承诺的……没有人可怜库尔特。切西不时把树枝分开，看着从村子通向河边的路。

"她们来了！"他最终告诉大家，并用手梳理着自己不听话的头旋儿。

男孩子们都下去了。

"我们告诉她们关于克拉德的事吗？"兹米特洛克问。

"不，我们先听听，看看她们都做了什么。"米哈希回答说。

奥柯桑娜从远处就开始了：

"我们以为他们一直在等着我们，在长途车站守着呢。结果他们自己划船远足去了！……认识一下吧，这是卡佳。"走近的时候，她把卡佳轻轻推到了前面，然后说。

小伙子们都做了自我介绍：每个人只是说了自己的名字。他们立刻喜欢上了漂亮、谦虚的卡佳，她穿着黄色短裙，非常适合她；甚至没有人想起他们在这次见面之前的想法，大家都曾经大声地说："一个叫卡佳的……多余的竞争者！"

奥柯桑娜突然大笑起来。

"我们刚刚还看到了一个画面！马卡尔爷爷拖着一个巨大的袋子，牵着库尔特的手。他们去了长途车站。库尔特用拳头擦着眼睛。然后，我和卡佳就跟在他们后面，我们很想看看他们会怎么告别。"

"那他们到底怎么告别的?"切西笑着问,"得到爷爷的告别礼物了吗?挨揍,我的意思是?"

"不,正好相反,拥抱了他,亲吻了他,然后让他上了长途车……"

"是的,我们因为这个库尔特可是吃了苦头儿啊……"米哈希叹了口气,"那时你还没走呢……"

米哈希一开始不太情愿,然后饶有兴致地把一切都从头到尾讲了一遍:库尔特是如何找到窝棚的,他如何读了日记,偷走了猎刀和一个摇轮,他,米哈希,是如何爬进柴棚,无意中听到地质学家说的话,然后他如何去城里,去了博物馆,在那里再次遇到了塞瓦和秃头,那天夜里"著名同胞"文件夹从学校柜子里怎么被盗的,片警怎么进行了调查实验……

切西也不断地插话,打断米哈希,试图补充些什么。最后米哈希生气了,不再说话,于是切西就开始一个人讲。切西和兹米特洛克去找老教师的那一幕让女孩们特别开心,还有兹米特洛克问老教师说:"这个伊琳娜·列奥尼多夫娜是谁,您一直说的这个?"

切西还简要介绍了这次远足,关于鲇鱼,关于马卡尔爷爷是如何射杀鲇鱼的……当然,他一句也没提关于"克拉德"的事。因为第一个猜到的不是他切西,而是米哈希。

"这才有了后来的事情:马卡尔爷爷说——我会把库尔特送回城里,送回他妈妈那去——然后他就这么做了!"

"好吧,朋友们,你们这儿,原来,也是一大堆事啊!"

"那你呢,奥柯桑娜?"米哈希问道,"现在该你讲了。"

"马上,"女孩答道并朝道路的方向回了一下头,"等一等鲍里斯·格里高利耶维奇吧,他马上就该到了,到时候我再讲。"

"什么?!"三人齐声惊呼道。

第55节
之前故事续

"我们等一等鲍里斯·格里高利耶维奇,"奥柯桑娜平静地重复道,"我们的历史老师。"

"啊,"切西猜到了,"妈妈和我讲过。有一个叔叔乘晚班车来了,住在离伊琳娜·列奥尼多夫娜家不远的村子边上的村舍里。"

"什么叔叔,什么老师?!"米哈希心惊胆战起来,"奥柯桑娜,还要有多少人?我们每个人至少都做了点什么!例如,卡佳给了你一个塔勒,你就开始做这个事,切西找到了第二枚硬币,我猜到了……好吧,稍后再介绍。可是你的这个鲍里斯·格里高利耶维奇,他做了什么?"

"那我呢?"兹米特洛克小声问道。

"这里有你什么事?"

"我也什么都没做。"

"没错,米哈希,"切西也加入了谈话,"我们这就扯远了。"

"可是这和兹米特洛克有什么关系?我指的是大人!不能有他们!"

"你们听我说。我和卡佳听见了你们说的话,让我也说几句。你们是不是只对如何分配我们尚未找到的宝藏感兴趣?因为你们还不知道鲍里斯·格里高利耶维奇是如何帮助我们的!没有他,我们什么也找不到……"

"我们会找到的!"

"米哈希,你先别说话,让她把话说完。"切西请求道。

奥柯桑娜虽然有点憋气,但还是继续说了。

很快,小伙子们就全都知道了:关于她去档案博物馆,关于蜘蛛及其文章，关于塞瓦，关于卡佳的父亲如何受到威胁，他被迫交换塔勒，然后鲍里斯·格里高利耶维奇解释说，这里关键不在于塔勒，而是在于这些塔勒轮廓的形状……

"于是我想起了在波普拉维我把葵花子油滴在了塔勒上，然后用手帕擦掉了，就在手帕上留下了污渍。我和卡佳在一张纸上用针把那个污渍刺了下来，就在这，你们看！"奥柯桑娜得意扬扬地从她的口袋里掏出一个塔勒，然后是一个由纸板制成的带缺口的圆圈和一张对折了两下的桦树皮复制品。"现在我们什么都有了。切西，把你的硬币拿过来。"

切西给了她。令奥柯桑娜惊讶的是，男孩们对她的故事和这些有价值的东西表现出一些难以理解的冷漠。她感觉，米哈希轻蔑地笑了笑。看他听她说话的表情，似乎这一切他早就知道。

"那接下来呢，奥柯桑娜？"他问道，笑得已经露出了牙，"你要怎么用这些塔勒，还有就是把它们用在哪儿？"

"这就是重点，"女孩叹了口气，"没有关联点！我们现在需要的是这个区域的详细地图……"

"关联点是有的！"切西说，"米哈希，要不，别逗她们了，告诉她们吧。"

米哈希和兹米特洛克当然都猜到了，只是假装什么也没注意到。但现在米哈希忍不住了：

"你需要离奥柯桑娜远点。你们在一起的时候，你连自己都忘了。"

切西脸通红，光张着嘴，说不出话来。还是奥柯桑娜救了他。

"鲍里斯·格里高利耶维奇来了。"她指了指路的那边。

小伙子们开始饶有兴致地看着走近他们的这个人。一个上了年纪的男人，夹克，鸭舌帽，旧紧身裤，脚上穿着胶靴，手里拿着一根鱼竿……他看起来一点也不像来别墅度假的，就像是一个普通的乡下人。

"这是你们的老师吗？"米哈希轻声问道，因为鲍里斯·格里高利耶维奇已经很近了，可以听到他们说话了。

"那你希望他穿什么衣服?"奥柯桑娜回答,"人家是去钓鱼。"

老师把鱼竿放在柳树下,走了过来。

"下午好,让我们认识一下,"并摘下了鸭舌帽,"只是不要说出自己的名字,我试着猜一下。"

第56节
米哈希的和解

原来他知道他们的名字。他立刻猜到了兹米特洛克,把切西和米哈希搞混了。不管怎样,米哈希喜欢鲍里斯·格里高利耶维奇,因为在认识之前先摘下了帽子。总之,这是一个城里人,一个明斯克的老师,第一个帮助他们的人……

很快,鲍里斯·格里高利耶维奇以他淳朴的举止和智慧的言辞彻底消除了他的抵触。

"我知道你们在寻找宝藏。"老师坐在草地上说。大家也围成半圆坐下。"而且我毫不怀疑你们能找到。你们已经做了很多,我理解你们的喜悦、你们的骄傲、你们渴望成为第一和唯一。至于我……我希望两个女孩已经和你们讲过了关于我的情况?"

"是的。"奥柯桑娜点了点头。

"所以你们可能很想知道,我是否会干涉你们的事情,更重要的是,我是否会提出要求和你们去分享无疑只属于你们的东西?这样吧,我的朋友们,"老师把手掌放在胸前,"我保证:我来波普拉维只是度假!如果你们需要我的帮助,你们可以随时轻松找到我。如果你们觉得自己可以处理,我保证,我无论如何都不会干涉你们的事情。所以咱们先明确一下:你们需要我吗?"

大家面面相觑,都沉默了。

"当然,需要!"奥柯桑娜说,"您看,鲍里斯·格里高利耶维奇,我们有……什么都有:三个塔勒和一份桦树皮复制品!"

老师小心翼翼地用手指夹着一个纸板圈儿,笑了起来:

"就是说，奶奶还没来得及把手帕洗了？那，恭喜你们！我承认，我都没想到……太棒了，我的朋友们！我们就算还不了解最重要的事情——关联点，那也没什么可怕的……"

"我们知道，"米哈希终于忍不住了。"小十字架和'CLAD'这个词就是关联点，"他说，故意慢慢地把这些词拉长了，"КЛАД 就是普通的独木桥，横跨别列津纳河的一座小桥。老人们现在仍然把那个地方称为克拉德。"

鲍里斯·格里高利耶维奇突然跳了起来。他从头上摘下帽子，又重新戴上。拿起一张带桦树皮副本的纸，用颤抖的手指展开，开始仔细观察。然后他抬头看着米哈希。而这一切都是在沉默中进行的。

"所以你们才说你们什么都知道！"奥柯桑娜拍了拍手，"啊，你们太了不起了！"

"那你们知道这些独木桥在哪里吗？"老师小声问道。

"知道。离这里八到十千米，沿着河流往上。"米哈希说，他的表情看起来像个胜利者。

"这是乌沙附近……是的，那里有过法国人，没错……你们继续讲吧！"鲍里斯·格里高利耶维奇好像想起了什么，"那些树木本身留下来了吗？"

"它们又能怎么样，就在河底躺着呗，"切西漫不经心地说，"如果你在靠近岸边的水里用船桨敲敲，就会发出听起来像撞击铁一样的声音……这声音就来自橡木。"

"那你们研究过那个地方吗？也许那附近……"

"有旧河道？"米哈希讽刺地接了过来，"没有。我们到处都攀爬过了，那里很干燥，都是山丘。"

"然而，然而，"鲍里斯·格里高利耶维奇重复道，"怎么就没猜到呢？！努力了那么多年……这就是不相信母语的……"

突然，他走上前，抱住了米哈希。

"亲爱的，你们知道你们发现什么了吗！是的，是的，我没开玩笑！"

他松开了米哈希，转过身去，默不作声地站着。然后掏出手帕，快速擦了擦眼角。又转过身来，开始轻声、愧疚地开口说，仿佛在为自己的弱点道歉：

"这就是科学。对我和每个人来说……原来，母语的力量如此强大，只要你对它感恩、忠诚、爱和信任，它就会给你回报。多神奇！你给它爱，母语可能就会回报你黄金，我说的不是比喻，是真的黄金！"

第57节
老师的说法

"您是说可能吗？"奥柯桑娜注意到。

"是的，我的朋友们。为了以后不失望，让我们提前为这个可能做好心理准备：宝藏可能找不到。这只是一种可能！"看到孩子们兴奋的样子，老师大声说道，"然而，让我们分析一下，而且，逻辑本身表明……让我们再回到那个遥远的年代，那年的十一月。被包围在鲍里索夫、克鲁波克和托洛钦一带的法国人出乎意料地反击俄军并开始突围，虽然三万人之中，最后剩下不过十人而已。'我们的'军官受了伤，很可能是故意落在后边，想投降做俘虏，但迷路了。当时下着雪、道路泥泞，由于饥饿和伤病而筋疲力尽……你们明白我的意思了吧？"

"我们明白，"切西说，"这样的人在雪地里拿不动沉重的金子。"

"完全正确。"

"如果他不是一个人，而是有一个小支队呢？"奥柯桑娜反驳说。

"不太可能。与任何人分享都不在他的计划之中。"

"那我就不明白了，"米哈希耸耸肩，"那之前他是怎么携带黄金的？怎么，他的战友什么都没看到，不知道吗？"

"他们没有看到，也不知道，因为他受伤时身上并没有宝物，"老师回答说，"宝物之前就藏在另一个地方了，军官很可能只有一张带有那个地方的标记的详细地图。很多法国人撤退时就是这么做的，他们把战利品藏在各个地方，并在地图上做了标记，希望能早日再回到那里。即便是在鲍里索夫四面被围，拿破仑都没有想过自己可能会输掉这场战争，士兵们当然相信他们的天才皇帝……所以，军官迷路以后，感觉自己由于受伤越来越没有力气，也被冻僵了。他很害怕，趁着还有记忆，决定把带有宝藏标记的地图藏起来。他只记得被当地人称之为河上的狭窄的小桥……其余的你们都已经知道了。"

"那我们就先找到地图，然后按照地图找宝藏，"奥柯桑娜回答说，"这样甚至会更有意思！"

"如果那张地图早就化作尘土了呢？"兹米特洛克插话说。

"几乎不可能。我们的法国人是一个聪明、狡猾和贪婪的人，所以我相信他会保护好这张地图，并用一种可以长久保存的方式把它藏起来，"鲍里斯·格里高利耶维奇说，"这很简单：在绘制地图的纸上涂上热蜡并放入某个容器里——瓷瓶、陶罐，这些容器的孔也用蜡或树脂封上。通过这样的密闭保存，纸就不会损坏。我认为法国人临终时就是这样随身携带着这张地图的。"

"但您说这只是一种可能，"米哈希提醒说，"也许法国人藏在我们这里的不是地图，而是宝藏本身呢？"

"当然，当然，"老师立刻表示同意，"这种可能也有。可是，还是让我们看看现在能得出什么结论吧。"

出乎所有人的意料，他从胸前的口袋里掏出一支笔，蹲了下来。他把塔勒和纸板圈按在带有桦树皮复制品的纸上，像多米诺骨牌一样把它们往前推，直到硬币上的凹口一个一个紧贴在一起。

"有了！"老师惊呼道。

他用笔在塔勒的外轮廓上绕了一圈，就得到了一条从小十字架开始向上和向右延伸的蜿蜒曲线。在曲线结束的地方，鲍里斯·格里高利耶维奇点了一个粗点并把它加重了。

"应该就在这附近某个地方寻找。遗憾的是，比例太小了，但现在也是能猜测到一些东西的。我觉得从小十字架到这个点的曲线长度大概是一千米半到两千米。怎么样，小伙子们，你们是本地人：它大致可以通往哪里？"

"田野里，橡树那里。"兹米特洛克说。

"不，田野我去过了，"米哈希不同意，"曲线往右拐，所以应该去树林里找。"

"肯定不在树林里！"切西坚决地说，"如果比例很小，那么这条线可能沿着别列津纳河延伸。"

老师笑了。

"明白了。"每个人都说不是自己去过的地方！

"有什么好猜的，"奥柯桑娜说，"现在，既然我们什么都知道了，剩下的就是搜索方圆两千米内的区域了。这就是我们现在需要做的事！"

第58节
奥柯桑娜的诡计

男孩们和卡佳都支持奥柯桑娜。鲍里斯·格里高利耶维奇不知为什么默默地抬起头看着天空。它干净，发白，没有一点点乌云。与此同时，即使是现在，早上，空气也闷热得像蒸笼。从河畔的草地飘来香草和鲜花的气味，今天似乎闻起来更浓了。周围传来响亮的吱吱的叫声，原来是蚱蜢已经蜂拥而至，而鸟儿却相反，浅唱低吟，似乎有些不情愿。

"要下雨了，"老师说，用手帕擦了擦额头，"晚上，要不就是在午饭时。"

"收音机报过了。"米哈希证实说，还没有猜到鲍里斯·格里高利耶维奇意在何为。

"在明斯克，我住在一个新小区，"老师继续说道，好像与天气没有任何关系，"卡佳和奥柯桑娜去过我那里，她们知道。以前那个地方有一片小树林，有一条小溪流过……小树林被砍了，小溪也弄没了，往地下挖了管道，一切都被沥青和混凝土填满了。还能怎么样呢，大自然的主人！大自然不是寺庙，而是一个作坊！但有趣的是：一下起倾盆大雨，甚至雨稍稍大点，人行道石板下面靠近我们单元口的地方就开始有水渗出来。但不是到处都有，而是在一定的地方，弯弯曲曲地。显然，在地下深处的某个地方，有一个泉眼完整地保存了下来，现在还在一股一股地往外冒，还想顺着自己曾经的涓涓细流的线路继续流淌。或者也许根本就没有泉眼，只是雨水正在寻找以前的河道……现在理解了吗？"

"这有什么好理解的？"机智的切西说道，"一下大雨，雨水就会告诉我们哪里是小河的河床，法国人就是沿着那里走的，就都清楚了。"

"这简直就是成功在望！"老师微笑了一下，"但你们肯定地说那里很高，所以我就不确定，雨下得最大的时候，雨水在那里是否能存住。"

"那里一侧的河岸是低洼沼泽，"米哈希说，"另一侧朝向田野，确切地说，是陡峭的沙岸。"

"那太好了。下雨时，小溪就会从陡峭的河岸流入河流，所以你们得仔细看看。"

"鲍里斯·格里高利耶维奇，"奥柯桑娜怀疑地看着老师，"您这么说，好像您不准备和我们一起。"

"我承诺过不打扰你们。你们自己把一切都破解了，几乎不需要我的帮助……自己把这个故事最终破解你们会觉得更有意思。"

小伙子们默默地相互看着对方。他们同意老师的观点，这个说法完全适合他们。而且这个鲍里斯·格里高利耶维奇很聪明，简直就是读懂了他们的心思！

"那么我和卡佳也不能去了，"奥柯桑娜叹了口气，"奶奶不会让的。"

女孩想的是对的。切西立即起身：

"怎么会是这样？为什么不让？难道这很远吗？"

"为什么，为什么，"奥柯桑娜模仿他说了两遍，"你自己猜啊……她本来就骂我呢，说我总和你们在一块儿。这还是在这儿，在村子里，在大家面前呢。要是去森林，而且还是和男孩子们一起……当然，可以偷着去，但那样每个人都会倒霉。"

"不，不能偷着去，"鲍里斯·格里高利耶维奇喃喃自语道，"我还真没想到……"

"如果您，老师，要是去了，"奥柯桑娜还在坚持自己的观点，"那就是另一回事了。"

"那，怎么办，既然这样……怎么样，小伙子们，带上我吧？"

"当然，鲍里斯·格里高利耶维奇！"瞬间精神了的切西替大家回答说。

"那好吧。今天我和你奶奶说一下。看看她会不会让你去，既然是和我一起去的话？"

"会让的！谢谢您，鲍里斯·格里高利耶维奇。"

"现在给我指一下，小伙子们，哪能捞到最大的鱼吧。"

"在下雨之前，哪都可以捞到，"米哈希说，"哪方便您就在哪撒网。但是我们什么时候出发呢，鲍里斯·格里高利耶维奇？"

"我建议明天一早。就算雨下的时间不长，地面一夜也来不及风干，至少会留下一些痕迹。然后我们就尝试着在你们的山丘上找到那个低洼的地方。"

第59节
切西的秘密

米哈希和兹米特洛克带着老师去看河里的漩涡,如果幸运的话,那里可以捕到鲷鱼。切西落在了后面。

"奥柯桑娜,可以耽误你一会儿吗?"

"卡佳,你去追他们,我马上就来。"

奥柯桑娜只是一时来了兴致。一下子这么多好消息!小伙伴儿们自己破解了很多东西!而且这还不是全部。就算现在切西说他已经找到了宝藏,她甚至都不会感到惊讶。

"我知道独木桥附近的洼地在哪里,"切西环顾了一下四周,轻声说道,"昨天我们从那里上岸侦察时,在树林里我有点迷路了,偶然发现了一口井。旧的、废弃的、长满草的,就是地里的一个小坑。我折了一根木棍,把它戳进了底部,水就出来了。你能想象到吧,这样的干旱天气那都没有干涸!"

"而且你和谁都什么也没说过?"

"一旦我要是弄错了呢?如果这就是小溪曾经流出的那个泉眼还好。也可能只是有人在那里挖坑做过家酿烧酒呢。森林里这样的水井有很多。"

"明天一定要检验一下!也许下雨的时候这口井就会溢出来呢?"

"奥柯桑娜,只是我们暂时不要告诉任何人。明天我们在他们后面走,我会带你去那里。然后再叫其他人过去。"

"我同意。只是,切西,"奥柯桑娜的蓝眼睛闪了一下,"为什么这件事你告诉了我,而没有告诉其他人?"

"你猜不到吗?"

"猜不到。"

"因为我喜欢你的朋友卡佳。"切西俏皮地开玩笑说,脸一下子红了。

第五部分

宝 藏

第60节
老师的错误

鲍里斯·格里高利耶维奇老师和收音机都错了:那天没有下雨。但到了中午,薄薄的乌云开始弥漫天空,一切变得非常非常安静。傍晚时分,天色暗下来,从别列津诺郊外传来了震耳欲聋的雷声。那边的天空不时被耀眼的闪电照亮。而这里,波普拉维的上空,没有雷,也没有闪电,一滴雨也没有。

奥柯桑娜和卡佳紧贴着凉台的窗户。

"没准云层将会散去,而根本不会下雨?"卡佳问道,每次有闪电闪过,她就会颤抖。

"夜里会下的!"

奶奶害怕这样的天气,她打开通往凉台的门,叫女孩们回屋里。但她们不愿意。

"明天你们能去哪啊?如果一大早就下大雨的话?"

"奶奶,你不懂:我们就是需要下雨!现在是夏天,难道我们还能融化了吗?"

下午,鲍里斯·格里高利耶维奇如约而至,恳求奥柯桑娜的奶奶让她们去。奶奶很吃惊也很高兴,原来老师和她的儿子——奥柯桑娜的父亲是老相识。鲍里斯·格里高利耶维奇对奥柯桑娜本人的评价是这样的:"在我的历史科目上,她是最好的学生!"奶奶彻底乐开了花,因为这些话,当即就对他产生了信任并喜欢上了这个人。

"您只是要告诉我,你们准备去的地方很远吗?"

"很近，就是克拉德那，听说过吗？"

"我不是这里人，老马卡尔会知道的……"

"那里附近有一块田地，田地中间有一些橡树……"

如果鲍里斯·格里高利耶维奇知道后来发生的事，他当然不会向奥柯桑娜的奶奶解释得如此详细。他要么保持沉默，要么撒个谎——就说，他们去的完全是另一个地方……

"啊，我知道这块田地！"奶奶想起来了，"那年曾经分过秸秆，所以我去那里耙过。你们把什么东西忘在那里了吗？"

"那里的很多地方都很有趣，具有历史意义。让城里的孩子们看看。"

"难道这里近处就没有那样的地方吗？"奶奶天真地问道。

"稍稍有点差别。"老师笑着回答。

到了夜里，终于开始下雨了。没有闪电也没有雷声，下得安静而均匀，不大不小，正像人们说的，固执而又连绵不断。这样的雨可以持续几昼夜，甚至更长，而且通常比任何急而短促的倾盆大雨造成的危害更大。

早上八点左右，所有人都集合在窝棚附近。老师穿着带风帽的长风衣，高筒胶靴，惊讶地看着他的女学生和男孩们的"装备"：有的穿着没有风帽的轻便的涤纶防雨布夹克，有的穿着牛仔，有的穿着球鞋，有的是旅游鞋……仿佛并不是准备去远足，而是愉快地一起散步。

"会湿透的，我的朋友们，"老师责备地说，"去八千米，回来八……"

"哪有那么多千米，沿着河流用不了半小时我们就到了，"米哈希回答，"我们船上需要的东西都有。"

"真的啊！"

他们下到河边，小船停在芦苇丛中。原来，昨天小伙子们并没有浪费时间。切西从灌木丛中拔出四根长柳条，将一端插到专门钉在船帮上的木板下，弯曲过来，然后将另一端插到另一侧的同样的木板下。兹米特洛克把一块塑料布抛到上面，用它覆盖住了整个框架，就成了一个真正的、里面很明亮的"船舱"。

"和你们一起肯定丢不了，"老师一只脚小心翼翼地踏上了船，"船不会翻了吧?"

"不会翻的,它可以装得下一垛干草,"米哈希回答,"只是要坐着别动,不要摇晃。"

大家都坐下了。男孩们开始争论谁第一个划桨。米哈希第一个。这时,雨并没有想停下来的意思。河水在船底沉闷单调地隆隆作响;塑料布"船舱"同样在哗啦哗啦地响着……所有人都沉默了,仿佛每个人都被某种凝重、昏昏欲睡的麻木感淹没了……

很快,男孩们就交换了位置,当再次轮到米哈希时,他将船划向了岸边,船划得更安静,他盯着河底。然后举起了桨,喊道:

"好嘞,到了!"

"这么快?"老师很惊讶,从"船舱"里往外看了一眼。

米哈希用他的桨在水里翻了翻,听见撞击某种坚硬东西的声音。

"如果不是因为水浑,"切西说,从船帮翻过去并往水里看了一眼,"我们就能看见那些独木桥的树木。"

米哈希把船掉过头,朝地势高的另一岸划去。

第 61 节
地块边界附近的树桩

雨水慷慨地灌饱了河流。陡峭的、沙质的、长满松树的河岸处处都被溪流冲刷一新。这些溪流像蛇一样在黄色的沙滩上蜿蜒流淌,把松树的根部都冲了出来,有些树已经倾斜了。草皮的边缘从上方往下延展并离河水越来越近。很明显,每下一场雨,这里的河流都会从河岸夺回新的领地。

老师和孩子们抓着一些树根,斜着爬到松树底下。雨水从树上滴下来。松树下的针叶、沙子、草地都湿漉漉的。然而,在这里坚硬的地面上,连蜿蜒流淌的小溪的踪迹都看不到。

"有意思!"奥柯桑娜说,"那溪流是从哪里出来的,是从悬崖里面吗难道?"

"最有可能的是,水是在针叶林的雪面冰壳下形成的,"老师解释说,"我们需要再往森林里走。不可能,怎么也应该找到一些踪迹。"

"那往哪走呢?"切西对奥柯桑娜使了个眼色,"我们稍等一下,生堆篝火,把衣服烤干……正好也让雨再下一会儿,这样可以聚积更多的水……"

谁都没有反对。鲍里斯·格里高利耶维奇开始准备生火的地方,把潮湿的针叶耙开。其他人都分头去寻找多少干燥一些的燃料。都回来了,唯独少了奥柯桑娜和切西。卡佳第一个惊慌起来,接着是鲍里斯·格里高利耶维奇,他甚至开始喊起来,也没人回应。

"别喊了,"米哈希漫不经心地建议道,从下面点燃了干燥的树枝。"这个切西很狡猾。在这里迷路是不可能的。可能,那会儿他就发现了一些东西,只是没有告诉我们,好在奥柯桑娜面前大肆渲染。"

"昨天还信誓旦旦地说森林里什么都没有，"兹米特洛克嘲笑着说，"当然很狡猾！"

"如果是这样，那倒没什么可怕的。他们在我们之前找到宝藏，我们只会感到高兴。对吧？"

"他就是找抽，这倒是真的。"米哈希嘟囔着。

暖和过来了，也都烤干了。雨一直没停。篝火的烟贴着地面飘荡着，消失在森林里，化入灰蒙蒙的细雨。

"不，我们这样什么都等不来。"老师坚决地说，"我们得去找。"

"我们会顺便找到奥柯桑娜和切西！"卡佳表示赞同。

鲍里斯·格里高利耶维奇从一个塑料袋里取出桦树皮复制品，上面画着一条粗线，法国人大概就是沿着这条路线走的。米哈希这时跑到船上，带着一把铲子和一根又长又尖的杆子回来了。

"这个我懂！"鲍里斯·格里高利耶维奇夸奖道，"不，和你们一起，我的朋友们，谁都不会迷路，我越来越坚信了。那我们就这样。地图上的线是向南延伸的，然后有三个折线形的弯。那我们就往南走。"

他们就开始一个跟一个出发了。鲍里斯·格里高利耶维奇开路，他穿过茂密潮湿的灌木丛，握着树枝把它们推开，让孩子们先过去。很快就穿过了灌木林，稀疏的森林开始了：松树、桦树，到处都是一片一片的绿色的盐渍沼泽苔藓、越橘、野生迷迭香和蓝莓……

鲍里斯·格里高利耶维奇停下来背诵道：

到处都是潮湿的蜘蛛网，
沾到夹克和手上，
这里的树皮和缠绕的树叶里
蜘蛛藏起来躲避坏天气……

"说的和我们现在一样，甚至包括蜘蛛，颇具讽刺意味……好吧，接下来去哪，我的朋友们？这里的某个地方应该有第一个转弯。"

"您过来一下，鲍里斯·格里高利耶维奇！"传来了兹米特洛克激动的声音。在此之前，他落后于其他人，独自走到一旁。"这里有一些水坑！"

大家都冲到那里。映入眼帘的是：在蓝莓丛中，有一个长方形的水坑，上面漂着苔藓，里面盛满了黄色的雨水。再往前还有一个水坑，还有更多……

"我们找到了，找到了！毫无疑问，这就是那个河床！"老师快乐地重复着，不时地盯着自己的地图，"如果再继续不停地下雨，水坑就会积满水、溢出来、再连接起来就会形成我们地图上几乎精确的线条！你们看：这块洼地现在向东南延伸，但很快就会直通向南面！"

鲍里斯·格里高利耶维奇喜悦的心情也感染了其他人。大家几乎是跑着冲了上去。洼地还在延续。过了一两百米后，发现自己落后的鲍里斯·格里高利耶维奇叫了一声孩子们：

"我们需要拐弯了，我的朋友们！"并坚决地向右走去，进了不久前钻出来的灌木丛。

"不可能！"米哈希质疑道，"为什么要拐弯，我们脚下就是一个洼地，它就是旧河床。"

"如果我错了，我们就回来。"老师回答说。

米哈希、兹米特洛克和卡佳不情愿地返回来，又一个挨着一个跟随着老师走过去。这次他们转了很久。带水坑的洼地没有再出现。米哈希开始恳求鲍里斯·格里高利耶维奇往回走，但老师很坚决。

"这里应该有第二个拐弯，相信我！"

又开始出现低矮的灌木丛——黑果越橘、水越橘，脚下又是连成片的喜欢生长在洼地的绿色的湿苔藓……

"看见了吧，我说什么了？！"老师惊呼，"你们看！"

从这里，从这片洼地，开始出现完全相同的水坑，但已经相互连接在了一起，甚至一眼就可以看出溪流蜿蜒的轮廓；这些连接在一起的水坑里，带着泡沫的雨水似乎不是静止的，而是微微移动着，又流回了别列津纳河。

"我来过这里，看见过这些干涸的坑，"米哈希伤心地说，"怎么就没注意呢？……我以为这些是填埋的旧战壕……接下来我就知道怎么走了，马上就要到田野了……"

"不，河床应该再拐一个弯，"鲍里斯·格里高利耶维奇拦住了他，"我们还是沿着法国人的路一直走。"

现在谁也不想再争辩了，大家都无条件地相信了老师。

他们绕着走了不长时间。古老的河床整个都充满了水，变得越来越宽，并准确无误地引导着他们。但洼地和河床突然就结束了，消失得像出现一样突然。不远处，树木之间，出现了一条光线，那是田野。

"现在直接向南走，"老师高兴地说，"跟我走！"

他们走到开阔的地方，看到雨似乎已经停了。或者只是看起来停了，因为树上没有滴水。散落着像一个个小岛似的橡树的宽阔的黑麦田上，有一条被碾轧的道路穿过。老师带领孩子们沿着这条路走着。米哈希一边走一边扯下了一个麦穗，试图把麦壳剥下来。现在还早，麦穗刚从麦秆里钻出来，连浆都还没有。

老师默默地走着，全神贯注地，仿佛在心里数着步数。突然又停了下来，想了想，又转过身去。

"好像在这儿。"他用手在周围挥了挥，像是画了一个圆圈，又看了看地图，"我们的线路到此就结束了。你们看，沿路还有一条小沟渠……"

"这个地方既平坦又光滑，"米哈希环顾了一眼四周，"也可能在田地里——麦田里？"

"那就得等到秋天了，等庄稼收割了以后再挖。因为谁会允许我们拿黑麦胡闹啊？"

米哈希走向了田地的边界，这是一条将道路和田野分隔开的狭窄草地。他扔下了尖杆儿，挥起铲子往地里挖了一下，但是铲子碰到了什么东西，没挖进去。

"啊哈，等一下……这里有东西！"

米哈希抓起尖杆儿，开始往地里插。尖杆儿顶在了什么东西上。兹米特洛克同时正在用铲子铲掉草皮。

"树桩！"他宣布说，"是一个巨大的老树桩。"

"这么大啊，"米哈希用尖杆儿勾勒出一个直径非常大的凹凸不平的圆圈，其中一侧的边缘已经靠近了道路，另一侧的边缘则爬进了田地，但它的主要部分正好在中间——在这个地块边界上。

小伙伴们好奇地看着鲍里斯·格里高利耶维奇。

老师搂着卡佳的肩膀，静静地看着他们，带着安静的微笑，在米哈希看来，老师脸上的潮湿不仅是因为雨水……

"我为你们感到骄傲，"最后鲍里斯·格里高利耶维奇说，"你们找到了它。是的，我从未怀疑过你们会找到它。和这样的一群小伙子一起，怀疑是一种罪过……但是奥柯桑娜和切西在哪里呢？真可惜！可以说，这是一个历史性的时刻，但他们没有看到！"

"让他耍小聪明，"米哈希说，"有一件事，真的，很遗憾——就是他把奥柯桑娜领走了。"

第62节
同时在村里

深蓝色的奥迪,沿着镇子上湿漉漉的柏油路超速飞驰而过,拐进了一条小巷,在马卡尔爷爷的小屋前刹住了车,发出尖锐的吱吱声。

片警从村委会大楼里走到门廊上,没戴帽子,看了一眼驶过的奥迪车。

马卡尔爷爷不在家。汽车掉了个头,冲向波普拉维的另一个方向,朝明斯克来的老师度假期间住的小房子开去。老师不在,门是锁着的。

"你们说过这个小姑娘是来投奔谁的?"坐在后座的男人问道,两腿间夹着拐杖。这是蜘蛛。

"她奶奶,"开车的秃头回答,"只是我忘记了哪个房子。在村头的一个地方。"

"我记得,"塞瓦回应说,并降下了侧面的车窗,"最边上第四家。"

他们再次冲到村头,经过村委会。片警再次走到门廊上看了看他们的背影。这次他戴上了帽子,穿着一件宽大的防水披风,脖子下面系着带子。

"这里?"

塞瓦点点头,秃头停下了车。奥柯桑娜的奶奶在院子里,她走到篱笆墙边。塞瓦探出窗外,奶奶认出了马卡尔爷爷的房客们。

"你们是在找老家伙吗?他抄起船桨去河边了!"

"我自己说吧。"蜘蛛小声地对塞瓦命令道,他爬下了车,抽出拐杖,"也许,您,老奶奶,知道在哪里可以找到老师——明斯克来的鲍里斯·格里高利耶维奇吧?他昨天来的。"

蜘蛛一瘸一拐地走向篱笆墙。

"什么意思?"奶奶开始警觉了。

"我们一起工作,我们是同事,"蜘蛛主动解释说,"我们专门从明斯克来带他去参加一个重要的科学研讨会。鲍里斯·格里高利耶维奇要在研讨会上做报告。"

"可是你们怎么找到他呢?他和孩子们一起出去远足了。"

"远足?什么时候?"

"今天一大早。"

"啊,那,就是说他们没走远……我们有车,我们不会花很长时间。您说在哪里可以找到他们?"

"他们说要去田地集合,在别列津纳河对岸的乌沙附近,"奶奶大声解释道,"田地中间还有橡树,去年夏天我们在那里耙过秸秆儿……"

"怎么才能更快些到达那里?"

"怎么也不能:这里既没有桥,也没有渡轮,所有人都是划船去。你们需要去别列津诺,然后在那里从桥上过去再回来,沿着河岸到田地里。"

"我知道!"塞瓦从车里回应说,他透过半开的窗户全都听到了。

"好吧,老奶奶,谢谢!我们走了。"蜘蛛向后退着,倒进了车里。

"等等!"奶奶惊慌失措,"你们把他接走,那孩子们呢?"

"我们会把所有人都接回来,"蜘蛛安慰道,"车很大,我们都能坐下。走吧。"蜘蛛不耐烦地吩咐秃头说。

第63节 片警

奶奶还没来得及进屋,街上又有人叫了她一声。是片警,没骑摩托车。他打开院门,走进了院子。

"他们都问什么了,斯捷潘诺夫娜?"

"他们在找老师。"老太婆回答,突然有些着急了,"我说,他和孩子们一起去远足了,到乌沙附近的一块田地,他们这就飞奔去了那里……怎么回事啊?"

"怎么回事……他们都是骗子,就是这么回事。"

"我的天啊!"奶奶一甩手,脸色顿时变了,"孩子们都在那!"

"所以呢。您认识这位老师吗?您为什么让孩子跟他一起去?"

"怎么能不让她们去?他教我孙女,他还认识我儿子,他是一个善良的好人……"

"善良?我们这个时代,谁是善良人?这个善良人可能和他们都是一个团伙儿的吧。"

"仁慈的上帝啊……这些人可是整个春天都在马卡尔这转悠,你自己每天都能看到他们!你为什么不逮捕他们呢?!"

"没有事实。现在出现了。顺便说一句,既然已经想起了马卡尔,那他在哪?"

"他能在哪?在河边呗……哎呀,我的天啊!……"

她呼天抢地地冲进了屋里,系上了一条围巾,把光着的脚伸进橡胶靴子里。

再跑到院子里时，片警还没走，他点着一根烟，避着毛毛雨。

"您总得干点什么吧，您可是警察！"

"干点什么……我能帮你什么，开我的旧车追上他们这样的车吗？走吧！"

奶奶也不问去哪儿了。瘦高的片警像往常一样大步流星地走在街上，而她几乎是喘着粗气跟在后面跑。他们去了河边。

幸运的是，马卡尔爷爷还在码头，在船上捣鼓着。看见片警和加娜，愣住了，皱了皱眉头，似乎预感到他们的到来对他没什么好事。

"我警告过你吧？"片警走到他跟前，开始说。把烟蒂扔在脚下，用靴子把它踩进湿漉漉的沙子里。

马卡尔爷爷很结实，和片警个头儿一样，他直起了腰。

"别喊，"他平静地说，"也不要吓唬女人，没看她都吓坏了吗？说吧，发生了什么事？"

对片警还真的起了作用。

"发生了……你的房客都是骗子，这就是发生的事情。他们的车是偷来的。我早就怀疑了，我也没闲着，我打听了，还真的得到了证实：这就是已经被通缉半年了的那辆奥迪。"

"这和我有什么关系？车上面写着偷来的？你们，是警察，知道了这件事，你们就去抓他们，你们挣的就是这个钱。"

"我们会抓住他们的，"片警说，"我已经给别列津诺打电话了，他们那边知道，已经提前通知了所有的哨卡和交通警察，所以你的房客哪也跑不了。我们会抓住他们的，只是希望在抓住他们之前他们别再抓住什么人！他们正在寻找昨天从明斯克来的老师，而老师去远足了，而且还不是一个人，是和孩子们一起。去了乌沙附近的什么田地。下雨天都迫不及待了！需要弄清楚他的来历，是个什么老师，为什么要和你的房客同流合污，他们为什么要找他？"

"啊，上帝……我真是傻啊，相信了他！"老太婆顿时开始号叫起来。

"我说不要吓唬人！"马卡尔爷爷提高了声调，"去远足了又怎么样？他们那里一个米哈希就对一切都了如指掌!这伙人怎么能找到他们?难道他们会待在一个地方不动吗?"

"哦,会待在一个地方的,马卡尔卡①!那个老师说了,那里的很多地方,他说,都稀奇、漂亮……我问他,那这里,这里附近的地方对您就不是好地方了吗?他就又说,不,这里不一样,那里都是歇斯底里的……"

"有历史的。"片警更正道。

"他们会在田地的!我都说了。我的上帝啊!"

"这么办吧:现在我去城里,"片警从披风下伸出了右手,敲了敲表盘,把手放在了耳边,"如果你的房客在路上或在城里的桥上不被控制住,他们反正也不会很快到达田地。那里的路哪都不通,又很泥泞,他们又不熟悉,不熟悉那些地方……你明白吧,马卡尔爷爷?"

"我早就明白……"

"在他们到达那里之前,你在这里划船直接抄近路也就十五到二十分钟。所以,抄起桨走吧。而且你看!"他警告说,"他们是你的房客;如果孩子一旦,上帝保佑,发生什么事……"

"闭嘴,"马卡爷爷由于冰冷的雨水而变得发红的手指已经把桨插进了桨架里,"你别淋湿了,加娜,回家吧。不要害怕。"

轻便的小船对船主习惯了的桨和强壮的手表现得很顺从,掉头快速地沿着急流驶去,划向克拉德那里,划向那块有橡树的黑麦田。

---

① 马卡尔的昵称。

第64节
迷路了

这片森林切西只来过两次：一次是和他父亲一起，第二次是他和米哈希以及兹米特洛克钓鱼回去的路上曾经在这里"登陆"过。但那时阳光明媚，森林和现在也不一样，现在又潮湿又阴暗，虽然表上显示才上午十一点。

一开始，切西还很自信地领着奥柯桑娜进了小树林。他们穿过灌木丛，绕了几圈，走到林间的空地上，然后又来到了一些无法穿行的灌木丛。泉眼也没找到，似乎根本就没有。他们又湿又累，手上和脸上都沾上了黏糊糊的蜘蛛网，他们又走到了已经来过的一处空地。突然他们听到了小伙子们、卡佳和老师的声音，透过树影看到了红色的火光，闻到了烟的苦味……

"怎么会这样？"切西惊惶地低声说道，"我们一直在兜圈子吗？"

然后他坚定地说：

"对不起，奥柯桑娜。你去找他们吧，暖和暖和，休息休息，只是不要说我在哪里。我去森林里试试，看看自己能不能找到。"

但他没有考虑到奥柯桑娜的倔强不亚于他。

"不，我们一起去吧。我一点也不累，也不冷。"

这回切西走得很小心，认真地环顾着四周，尽量不要错过任何东西。

"我在这里折断过一根树枝……在这呢，看见了吗？现在应该有一条林间通道，然后就近在咫尺了……"

断树枝找到了，林间通道也找到了，但泉眼还是没有。要么是天气把森林变了样，要么就是切西，让他自己感到非常惭愧的是，忘记了他自己做的最主要的那个地标而迷路了。

"我走不动了，"奥柯桑娜终于承认说，"稍稍休息一下吧！"

无论内心多么沮丧，无论对自己多么恼火，切西只能屈服。

"好吧，回去找他们吧……你别坐下，再坚持一下，"他请求道，"因为如果要回去，那就需要快点。他们会不等我们就走的，然后我们还得找他们。你能不能再坚持一小会儿？"

奥柯桑娜点了点头。他们又开始走，这次已经是朝另一个方向。切西认为，那边就是河流的方向。为了让奥柯桑娜更轻松一些，切西试图避开灌木丛，带着女孩穿过或多或少干净一些的稀疏的林地，选择开阔的地方和林间的空地。可是领着她既不是来到篝火旁，也不是河岸，而是又回到了那条林间通道上，几乎就是刚才出发的那个地方。

"我今天怎么了？！"

奥柯桑娜一声不吭，靠着一棵浓密蓬松的松树的干枯树干坐下了，闭上了眼睛。切西站了一会儿，然后也坐在了她的身边。他们的肩膀碰在了一起。奥柯桑娜颤抖了一下，但她仍然坐着，甚至眼睛都没睁开。切西带着怜悯，同时带着爱意看着疲倦而安静的奥柯桑娜，从风帽下露出几绺湿漉漉的发白的头发，圆圆的脸颊上有两个小酒窝，在他看来奥柯桑娜比以往任何时候都更漂亮。

他出乎意料地快速地把手伸到了兜帽下，抚摸了一下奥柯桑娜的头。这次女孩仍只是颤抖了一下，并没有躲开。

"对不起，奥柯桑娜，自己迷路了，还把你也领丢了……我很惭愧。他们会笑……而最重要的是，我为你感到遗憾。他们可能已经找到了宝藏，但你却见不到了。"

"别瞎想了，"奥柯桑娜睁开眼睛，轻轻地挪开他的手，把头发整理了一下，"我什么都不后悔。相反，我觉得很有意思！即使现在，如果一切重来，我也会和你一起走。"

"真的吗？"

"难道我没看到你故意选择这样的路让我走得更轻松一些吗？而迷路，那又怎样？在森林里，每个人都可能迷路，因为左腿走一步距离会长一点点，这样就会绕圈。学校里给我们讲过……"

"给我们也讲过，只是没有亲身尝试过，我就没相信！"

切西所有的疲劳瞬间消失了。没了烦恼，没了羞耻，没了对自己的恼火；听了奥柯桑娜的话，阳光好像都突然从这些低沉、灰色、浓密的乌云后面迸发出来了一样。

他跳了起来：

"你是对的，没什么好难受的。我们在林间通道上，这就意味着已经不可能迷路了，它肯定会把我们带出去的！现在就往你指的方向走吧，说不定你的手幸运……你坐着，休息！"当他看到奥柯桑娜也要起来时，他很惊慌地说。

"没时间坐了……而且坐着也冷。我们走吧，例如……往那边走。"她用手指随意指了指。

她指的方向完全正确。他们还没走上两百步，就发现来到了一条熟悉的林间大路上。然而今天，似乎有人给切西用妖术招来了厄运。他停在路中间，犹豫不决地左看右看，怕弄错。

"你又不记得了吗？"奥柯桑娜同情地问道。

"这条路我倒是记得……去年夏天，我和父亲骑摩托车路过这里……我知道它穿过乌沙附近的田野，一直通向城里，通向别列津纳河的那座桥……"

"穿过田野？就是米哈希给鲍里斯·格里高利诺维奇讲的那片田野吗？"

"是的。奥柯桑娜！"切西突然喊了一声，并瞪大了眼睛看着她，"奥柯桑娜，你还记得吗，你的老师说过，按照地图，那条曲线应该通向田野？！哎呀，我们真是傻瓜……其实是，我，而不是我们。"切西马上更正道，"也许我们的人早就在那里了？"

"当然在那里，"奥柯桑娜赞同说，只是不能总站在原地，"要是不远的话，快点走吧。"

"不会很远的，也就一千米，最多一千米半……但是要知道往哪个方向走！我的脑子已经完全糊涂了。"由于绝望而蒙头蒙脑的切西承认说。

"别那么难过，没关系。沿着这条路走到尽头，随便去哪都行。"

"那如果我们最后去的不是田野，而是河边呢？"

"咱们这样来，"奥柯桑娜建议说，"你往那个方向走，我往这个方向走。没准河流或田地都很近。我们在林间通道上坐着的时候，也不知道这条路就在两百米之外啊。"

切西勉强答应了。他再次感到了内疚。他们约好相互喊话保持联系，然后就分头走了。

剩下一个人，切西逐渐平静了下来。尝试着让思绪回到那个夏天和父亲一起骑摩托车路过的时候……突然脑子里有个东西转了过来，似乎恢复正常了。这是常有的，你闭着眼睛坐火车的时候，就会感觉它在往后走，然后你一睁开眼睛，脑子里有个东西猛地一转，你就看到是在往前走。

切西看到了那棵树干裂开了的歪脖子老白桦树，想起了它，他立刻就一切都明白了：田野在哪里、河流在哪里、克拉德在哪里甚至那个他们一上午一直在寻找的该死的泉眼在哪里。田野在前面，而奥柯桑娜现在正朝着河边走。

"奥柯桑娜！"他大叫了一声，朝她追了过去。

离他们分开的地方不远，路拐了个弯儿，所以看不见奥柯桑娜。而她也没有回应……

切西从拐弯儿的那边跑出来，就看到前面的路上有一辆轿车，而奥柯桑娜就站在敞开的后车门旁边。这是地质学家的车啊！他们是怎么到这里来的？！为什么奥柯桑娜要和他们说话？而她不仅说话，还弯下腰，钻进了车里……

"奥柯桑娜！"他又喊了一声。

女孩转过身，高兴地挥了挥手——意思是说，快跑过来。切西松了口气。现在一切都明白了：地质学家从城里回来，不知为什么要走这条路，他们还会穿过田野，所以奥柯桑娜让把他们捎回去。

切西走得已经很近了。突然，车子发动了。从后轮底下，飞沙走石朝他飞过来，他遮住了眼睛。当他擦完眼睛的时候，汽车早就拐过弯不见了。

第 65 节
奥柯桑娜遇险

事情是这样的。

看到熟悉的奥迪，奥柯桑娜当然感到很惊讶，但并不害怕。她从路上躲开。但没想到车在她的身边减速了，后门打开了，一个熟悉的声音叫着她的名字，于是奥柯桑娜就看见了车里的蜘蛛。

"啊，老相识啊，"他友好地微笑着说，"其他人呢？在田地里？我们在找你们。"

奥柯桑娜没有回答，更加惊讶了。蜘蛛解释说：

"我们需要找老师，鲍里斯·格里高利耶维奇，有人叫他紧急回明斯克。你奶奶告诉我们在哪里可以找到你们的。"

"同时让我们把你们带回去。"没有开车的秃头插话说。塞瓦在开车（他吹嘘自己认识路）。

"那你是说，老师在田地里？"蜘蛛问道。

"可能是吧。"奥柯桑娜耸了耸肩。

"那你为什么没和大家在一起？迷路了吗？啊，我明白了，有些秘密是不能说的……鲍里斯·格里高利耶维奇喜欢各种秘密。"蜘蛛嘻嘻笑着，挪动了一下身体，"来吧，上来吧。坐下吧，不要怕！"看见奥柯桑娜不动，他又提议道，"我们没开玩笑，你奶奶让带你们回去的。现在我们找到老师，然后就送你们回村里。"

"我们自己也能回去……"

奥柯桑娜看了一眼自己湿漉漉的运动鞋，动了动脚趾，用手擦拭了一下冰冷潮湿的前额。她突然觉得好累。而在车里，显然很温暖、干爽，座椅是那么的柔软，那么舒服。或许，对于一个疲惫、寒冷的人来说，坐在这样的车里一定是一种享受。

"她只是害怕我们！"秃头嘲讽地说道，"走吧，塞瓦！"

哎呀，奥柯桑娜，奥柯桑娜，你的谨慎去哪儿了，为什么忘了简单但可靠的信条：不要和陌生人说话，不要相信他们，不要一起进入电梯或单元门，更不用说坐进他们的车里……

但这些也不完全是陌生人！蜘蛛认识她的父亲、奶奶、鲍里斯·格里高利耶维奇，塞瓦和秃头在马卡尔爷爷家住过，在明斯克他们还去过卡佳的父亲那里交换过塔勒……

"看你们说的，什么人和什么事我都不怕！"她说。

这时候有人叫她。她看到不远处的切西正急匆匆赶过来，她朝他挥了挥手。

"好吧，"她说，"我坐。只是要等等切西。"于是就钻进了车里。

"老实坐着，"蜘蛛抓住她的肩膀，对着她的脸压低嗓音说。没想到他的手像钳子一样有力。"塞瓦，过了拐弯停一下，让秃子坐到我这来帮我。"

奥柯桑娜挣扎着想喊，却被一只强有力的男人的手捂住了嘴。

第66节
最终成功

切西沿着道路匆匆忙忙地连走带跑，赶往汽车去的田地。他自己也不知道为什么要跑，他要做什么，他能怎么帮助奥柯桑娜。这些"地质学家"跑到哪里去了？他们是否以某种方式嗅到了，或者弄清楚了宝藏在哪里？他们现在去田地就是要拿走宝藏吗？要是他们在那里正好撞见所有人怎么办？老师和米哈希以及兹米特洛克（当然脆弱的卡佳不能算数）能否保护自己免受两个健壮男人的伤害呢？！

最重要的是，奥柯桑娜为什么要坐进他们的车里？她还微笑了一下，很平静……那他们为什么没有把他切西也带上呢？或者是奥柯桑娜被骗到车里而不放她出来？但他们需要她干什么？不，这里有些不对劲！……

能想到的最明智的做法就是：转回森林，跑到小船所在的河边，划到村子并叫人去帮忙。但是已经没有力气和时间了，甚至不能完全确定——如果这些"地质学家"不对他们做任何坏事，也不打算做呢？然后那些小伙伴，还有奥柯桑娜，还有老师，还有整个村子都会嘲笑他！一辈子都会嘲笑他是一个懦夫，一个危言耸听的人……

"你要往远走吗？"忽然，身后传来一个熟悉的老人的声音。

马卡尔爷爷从森林里走到了路上。切西不敢相信自己的眼睛，朝他扑了过去：

"马卡尔爷爷，谢天谢地你在这里！"

马卡尔爷爷健硕高大，穿着一成不变的防水油布靴子，披着长款帆布斗篷，背后背着一杆枪，一看就充满了自信。他会帮忙的，他应该会帮忙！现在一切都会好起来的!

"帮帮我,马卡尔爷爷,您的地质学家带着奥柯桑娜去了田地,而老师就在那,还有所有我们的人!……那里……嗯……可能有挖掘出来的宝藏,而地质学家们可能会拿走,他们非常想要……"

切西明白自己有点乱了。对他来说幸运的是,马卡尔爷爷什么都没细问,甚至,似乎也不是很惊慌,好像他对这样的消息早有准备。他只是挑了挑鼻梁上浓密的眉毛:

"还是掉以轻心了,片警说得对……这些家伙,地质学家过去多久了?"

"不长时间。也许没什么可怕的,因为奥柯桑娜是自己坐进车里的,但是……不管怎样,我们还是赶快去田地吧!路上我再给你讲。"

"等等,我知道一条穿过森林的近路。"

在路上,他瞄了切西一眼,同情地说道:

"你全身都湿了,还在发抖,可别病了啊。"

"没事!"

切西浑身颤抖根本就不是因为寒冷。

第 67 节
田野上

米哈希和兹米特洛克互相替换，轮流在挖一个树桩，清理了边缘的土，树桩又粗又平，像一张桌子，感觉眼看着升起了一些，从地里长高了十厘米。米哈希用尖杆儿戳了戳。

"看见他们是怎么锯的了吧？转圈，一面一面地，用手工锯锯的。"

"你什么都知道。"兹米特洛克嫉妒地说。

"你认为我从来没和我父亲锯过吗？所以我知道：如果用手锯，树桩是平的，而用汽油锯，就不一定锯成什么样了！"

米哈希内心希望鲍里斯·格里高利耶维奇能称赞他的观察力，支持他一下。但是老师没有听孩子们说话。虽然他没有拿铲子干活，但似乎他也不比小伙伴们轻松。看他们在树桩旁忙活着，老师时不时地用本来就湿漉漉的手帕去擦拭额头。

"我的朋友们，我们今天太幸运了，我简直不敢相信，"他兴奋地说，"然而，如果失望等待着我们，那我们还是会很难受……我一直在想：一旦法国人没有把地图埋在地下，而是把它藏在这棵橡树的某个空洞里呢？而树干早就没了……"

"如果我是法国人，我也不会往地底下挖。"卡佳说。在此之前，她一直静静地站在一旁，皱着眉头，但没有因为下雨或寒冷而抱怨。

"那样的话，砍树的人肯定会把所有的树洞都翻遍了，"兹米特洛克不同意，"而且他们还会找到那张地图。这简直太有意思了——翻树洞。如果地图当时被找到，这件事大家就都会知道，而且它会在博物馆里，也会写进书里。"

"合乎逻辑!"鲍里斯·格里高利耶维奇笑了起来,"而且一般树洞都在低处,靠近地面,并通向地下。所以也许就不用我们挖了。但我们有什么必要猜呢?马上一切就都知道了。继续吧,米哈希,上帝保佑……"

米哈希小心地,一点一点地,在树桩的根的旁边,开始刺入地面,试图把锋利的尖杆儿整个都插进地里。老师和卡佳默默注视着他,兹米特洛克提议说:

"别急……小心点……离树桩远点,你为什么都贴上了……"

"不要对学者指手画脚。树根碍事,可恶……"

"检查一下树根下面。"

突然,米哈希的手僵住了。他蹲下,抬头看着鲍里斯·格里高利耶维奇,惊讶地说:

"在这里,鲍里斯·格里高利耶维奇,真的,在这里!"

"小心,一定要小心,亲爱的,"老师变得更加激动了,"器皿可能是陶的,取出时要小心,一毫米一毫米地,以免损坏!"

米哈希迅速扒开松软的、满是碎渣和各种垃圾的泥土。他用手指抓起了什么东西,摇晃了一下,让它更容易出来……从腐烂的树根下面,最后看见了一个细脖儿的小容器,它仿佛终于要告别这片让它度过了漫长时间的土地了。

"花瓶!"

米哈希把花瓶递给了老师,自己仍然蹲着,开始用手在洞里往深处摸索,用尖杆儿探测着。他希望这只是一个开始,而这里,树桩下面,还会有很多各式各样的珍宝。

鲍里斯·格里高利耶维奇走到田地的边界上,拔出一束草,小心地除去了容器上的泥土。

"哇!"兹米特洛克倒吸一口凉气。

卡佳的眼中也闪烁着钦佩的目光。她伸出手,用指甲轻轻敲击着花瓶。要么是听错了,要么就是花瓶真的突然发出了声音——一种隐约能听见的,清脆而干净的响声，仿佛从遥远的过去在向现在的主人传达着问候……

米哈希走过来，用手在裤子上擦了擦。

"再什么都没有了。"他也震惊地愣住了。

似乎周围的一切都因这个人类双手创造的美丽而变得明亮了。花瓶发着蓝色的柔和光芒，蓝色中闪烁着金色的小星星。一个普通但很可爱的椭圆形容器，颈部很细，向上加宽。但在这种简单的形状和朴实无华的色彩中，却有一种神秘甚至是宏伟的感觉，就像习以为常的天空一样神秘而恢宏，在晴朗的一天之后，它开始变成蓝色，并被金色的星星染上色彩。这个花瓶是谁做的？它曾经装饰过谁的房间？哪些手曾经触摸过它，里面曾经插过什么样的花朵？……

第68节
相 遇

"米哈希,把尖杆儿给我,"当每个人都在欣赏这个发现的时候,老师说,"一切都和我们想象的一样,脖颈上涂满了蜡。里面应该有藏宝图。"

他把花瓶倒过来,小心翼翼地抠掉黑色的脆蜡。摇晃了一下花瓶,又敲了敲。从瓶子嘴儿里露出黄纸的边缘。兹米特洛克抓住了,抽了出来。

"你们看,上面也覆盖着蜡!完好无损,只是很滑。"然后交给了老师。

老师轻轻地把卷着的纸展开。确实,它在这样的真空下的确保护得很完美。除了有点翘棱,看起来像羊皮纸。

"纸上是什么,鲍里斯·格里高利耶维奇?"米哈希扭头看着老师,"哦,这就是我理解的藏宝图,和现在画的完全一样!"他惊呼道。

"字迹模糊了……什么也看不清。而且还是法语……"

"那又怎么样?但是您看,鲍里斯·格里高利耶维奇:这是河,看到了吗?这里是一片森林,这里是某个村庄……即使不会法语也能猜到!"

"我们只靠一个词就找到了树桩。"卡佳说。

"就是!"

"不,咱们先别急……我们暂时把它藏起来……下雨呢,我担心纸会被弄湿,就模糊看不清了。"鲍里斯·格里高利耶维奇没有抬头看任何人,将羊皮纸卷成卷,把它放回花瓶里,然后把花瓶塞进了背包。

"好了,我的朋友们,该回去了,"他把背包甩到肩上,"到家我给你们解释。"

米哈希和卡佳交换了一个眼神。他们什么都没懂。发生了什么事?!为

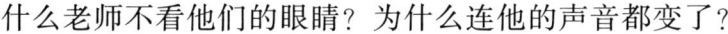

什么老师不看他们的眼睛？为什么连他的声音都变了？

可只有兹米特洛克一个人对老师奇怪的行为无动于衷。他转过身，看了看路。

"你们看，车！"他惊呼道，"从森林里出来了，正往这里走……"

"这是……地质学家的车，"远视的米哈希认了出来，他惊慌失措，"见鬼，他们来这里干什么？"

"和我们一样。"兹米特洛克轻蔑地笑了笑。

"那我们还站着干吗？"米哈希抓起尖杆儿、铲子，把它们扔进远处的大麦田里，"快跑，穿过田地！"

"已经晚了，他们看见我们了。他们正在朝我们飞奔……他们也会看到挖出来的树桩，马上就会猜到……"

兹米特洛克从路上退到田地的边界，卡佳也是。

现在只有鲍里斯·格里高利耶维奇什么都没明白：

"小伙伴们，你们怎么了？我们怕谁？我是老师，我们正在进行地方史远足……"

"您怎么也得把背包藏起来，鲍里斯·格里高利耶维奇！给我，我……"米哈希抓住了背包上的背带，但车已经很近了，他把手拿开了。不知怎么马上冷静了下来，走到了兹米特洛克和卡佳的身边。

车停在他们身边。塞瓦立刻跳了出来，跑到挖出来的树桩边，看到树根下面有个洞，蹲了下来：

"还是找到了哈！挖出来了！怎么样，小鬼们！"接着就哈哈大笑起来。

蜘蛛也拄着拐杖从车里爬了出来，迅速地关上了身后的车门。

"你？！"鲍里斯·格里高利耶维奇目瞪口呆。由于车窗玻璃漆黑，根本看不清车上的人，所以老同学的出现让老师大吃一惊。

然而下一刻，鲍里斯·格里高利耶维奇回过了神来。

"哇！"他嘲讽地说道，"我们能有一百年没见了，就是为了能在距离明斯克两百千米的泥泞中、在道路中间、在某个田野上相遇吧！"

"为了见老朋友，干什么都可以，"蜘蛛用相同的语调回答说，"无惧风雨和路途遥远啊。"他拄着拐杖，蹒跚着走到树桩跟前，咂了咂舌。"你上车！"他命令塞瓦说，又朝鲍里斯·格里高利耶维奇说，"怎么，鲍里斯，连手都不握吗？"他责备地说。

老师不情愿地走近他。他们互相打了个招呼。

"你这是专门为了这个从明斯克来的？"鲍里斯·格里高利耶维奇对着挖出来的树桩点了点头。

"我可是说了，我想见你！回忆回忆青春岁月……"

"别胡闹了。"

"是的，青春岁月，青春岁月……鲍里斯，你还记得我们那会儿多年轻吗？多执着！喜欢各种传说，还寻找什么宝藏……而且，正如我所见，并非徒劳！"蜘蛛对鲍里斯·格里高利耶维奇眨了眨眼，"我拜访朋友来得还挺是时候，刚刚好……我对此嗅觉很灵敏。珍贵的东西不少吧？"他郑重其事地询问道，"或者只有一张藏宝图，正如你我所曾经假设过的？"

"这里什么都没有。"

"看得出来，看得出来，洞很小，这意味着只有一张藏宝图。"

老师回头看了看孩子们。看得出，他因为说谎而感到很害羞，哪怕是对蜘蛛这种人。但他还是重复了一遍：

"什么都没有。这是一个传说，只是一个美丽的想象。"

"小姑娘到我的博物馆来过，花了好几个小时又是询问又是记录和这个传说相关的一切。寻找第二枚塔勒。你突然从明斯克消失了，我了解到你在波普拉维。这些家伙还到处钻、嗅探、追踪……然后你们就突然在同一时间出现在同一个地方。因为一个空想是不是忙活得有点过分了？你不觉得吗？"

老师沉默了一会儿，然后问道：

"你怎么知道我在波普拉维？哦，对，你的间谍向你报告的。"他朝塞瓦那边点了点头，塞瓦靠在引擎盖上，皮夹克的领子立了起来，耐心地等待着。

"为什么是间谍？都是普通人，我的朋友。他们也和我一样有权分享。你不能不同意，鲍里斯，我们都有权拥有这个宝藏。你必须和我们分享。"

"树桩下面什么也没有。"老师坚定地说,"如果有,那么一切——你听到了吗?——一切都只属于孩子们!但没有。"

"没有就没有吧,能有什么办法,"蜘蛛表示同意,"但无论如何你们都是英雄!这是应该的:你们找到了这个地方,并以某种方式弄清楚了!我很羡慕你们。而你我浪费了那么多时间,努力了那么多年,至少也得讲一讲怎么解开的这个谜吧?"

"不是我,是他们揭开的谜底,"鲍里斯·格里高利耶维奇指着孩子们,"而奥秘何在……恐怕你不会明白。要做到这一点,你至少需要爱这片土地,而这片土地对于你来说,从前一直是,包括现在也仍然是很陌生的。"

"说得完全正确!"蜘蛛插话了,"对我似乎是,有亲人的地方,就有故乡。我已经厌倦了这里,亲爱的鲍里斯,我已经没有力气了!至少在我生命的尽头,我想喘一口自由的空气,像人一样活一活。"

"你是准备走吗?"

"连出国的护照都随身携带着,"蜘蛛拍了拍他的口袋,"我甚至辞掉了工作,卖掉了房子。全都准备好了。"

"好吧,那你会从这里就走吗?明斯克都不回了吗?"

"我从这块田地直接就走了。回明斯克干什么,谁在那里等我?我所有的东西都在安全的地方,离这里很远。一点点美元、邮票、黄金、圣像画、一打鹅卵石……但这些东西还是太少了,太少了!所以就迫不及待地来拜访老朋友了,那可说不好,一旦他帮忙呢?"

"蜘蛛,结束你们的空谈会吧!"塞瓦插话说道,"时间紧迫!"

"听见了吗?那地图到底在哪?"蜘蛛的声音里突然没有了讽刺的意味,"在背包里吗?现在我们就检查一下。"他抓着胳膊下的拐杖,伸手去拿背包。

鲍里斯·格里高利耶维奇踉跄地退了一步:

"你清醒清醒!你要干什么?!你要在孩子们面前抢东西吗?!"

"啊,那就是说,还是有东西可抢啊?"蜘蛛咽了一口唾沫,毫无善意地眯起了眼睛,"不要害怕,我们不会强行抢走的。你自己拿出来。你还不知

道我们为你准备了什么惊喜。"

塞瓦从引擎盖离开，右手探入怀中，快步朝他们走去。

"怎么样，老朋友们，聊完你们的寓言故事了吗？"他烦躁地说道，"老师，你想好了哈，你在误我们的事！"

"有人在我们之前就找到了地图……背包里什么都没有。"鲍里斯·格里高利耶维奇木讷地回答。

"你们的小姑娘可是在我们车里，你明白吗？把地图交出来，我们就放了那个女孩，我们就结束了，你再也见不到我们了。如果你再磨叽，我们上了车，你也还是见不到我们，但你也见不到小姑娘了。"

老师脸色像墙一样苍白。突然，他朝车冲过去。塞瓦挡住了他的去路，把手从怀里掏了出来。刀锋一闪。卡佳尖叫起来，用手掌捂住脸，靠在兹米特洛克身上。

"别动！"塞瓦命令老师说，"你以为我们是想和你开玩笑？"

"你们让我看看……她。"老师请求道。

"秃头！"

后门开了。奥柯桑娜在座位上挣扎着。秃头紧紧抓着她的夹克领子。奥柯桑娜的双手被反绑在身后，嘴巴上缠着绷带，所以她没有喊叫。

"你们快好了吧？"秃头嘟囔着说，"还在那咬呢，这个瘟神，想把绷带蹭下来……"

"你们都不是人！"奄奄一息的鲍里斯·格里高利耶维奇紧紧抓住自己的心脏部位，"等等，我这就……心脏舒服一点了……我什么都给你们……你们在做什么，在想什么……难道有什么宝物值得你们这样……"

"你这个笨蛋！"蜘蛛轻蔑地说，"显然，你是不看报纸，也不看电视。人命不值钱！一个人失踪了，就无影无踪地没了，最近甚至找都没人找了。"

"你们会被找到的！会抓住你们的！"

"为什么抓我们？现在我们拿了地图，放了小姑娘，就没事了。警察会说：'那个女孩不是还好好活着吗？那再见吧！'另外，还没等你们离开这片田地，我们就已经在另一个国家的领土上了，在俄罗斯母亲的怀抱了，从这里经过鲍里索夫就一个小时的车程。在那里，我们把所有东西该涂的涂，该粘的粘，证件都合乎要求，明天你可能要在整个欧洲'+'①寻找我们了。不过也没人会找我们，我再说一遍，'因为没有犯罪记录'，正如我的律师朋友常说的。"

"你忘了一件重要的事，"塞瓦玩着刀子提醒说，"需要把金子拿上，地图上标明了它的位置，而地图还没给我们。"

"他们会给我们的！等他好点儿，心脏舒服点儿，他们就会把所有的东西都给我们的。"

鲍里斯·格里高利耶维奇从肩上放下背包，开始解绳子。他的手在颤抖。塞瓦推开他，自己开始解。湿漉漉的、绑得很紧的绳子怎么也解不开。塞瓦一边骂，一边用锋利的刀划开了绳结。

"你悄悄回头，"兹米特洛克对米哈希小声说道，"你看见田野里有人过来了吗？"

"我早就看见他们了！"远视眼的米哈希大声说道。

---

① 欧洲"+"——苏联和俄罗斯第一个非国有商业电台，于1990年4月30日首次进行广播。此处即指欧洲。

第69节
意外的援助

从车后面,一边走一边从肩膀上扯下枪,从头到脚都湿透了的马卡尔爷爷出现了。他身后切西吃力地跟着。切西立刻冲到了自己人的身边。

爷爷的表情看起来很恐怖。

"奥柯桑娜在哪儿?"

"这又是什么情况?"蜘蛛狐疑地看着塞瓦。

"这老头儿是我们的人,我们有时会在他家过夜,"塞瓦挺直了身子,抓着背包的带子,"老爷子,你想要干什么?为什么不好好在炕上坐着?"

"放开那个小姑娘,你们这些畜生!"马卡尔爷爷举起枪瞄准,和他向鲇鱼开枪时完全一样,"我的铅弹粒儿很大,我可警告你们!你们谁都别想好!"

车门开了。

"塞瓦,给他十美元,让他离开这里!"传来了秃头的声音。

马卡尔爷爷猛地转过身,刚好看到了被绑着的奥柯桑娜。塞瓦把手伸进了夹克口袋。

"给!"他拿出一张钞票递给了老人,"这里不需要你,老家伙……"

回应他的是一声枪响。一颗铅弹从塞瓦的头上呼啸而过。塞瓦"啊"了一声,然后半天才弯下了腰。

"你……怎么回事?!"

"第二枪我会压低一点的。"马卡尔爷爷说道。

蜘蛛第一个回过神来,惊恐地叫道:

"鲍里斯,你阻止住他!否则小姑娘会更惨!"

老师冲到爷爷身边，站在他和塞瓦之间，张开双臂：

"您在干什么，马上放下枪，这里有孩子！我给他们，我会把所有的东西都给他们，他们会放了奥柯桑娜的……背包在哪？"

塞瓦小心地走过来，把背包递了过去。鲍里斯·格里高利耶维奇把手伸进塞瓦划开的洞里，拿出一个花瓶：

"你们拿着吧。里面有一张地图，你们很容易就可以找到……现在，把小姑娘放了吧！"

"等等，拿过来，"蜘蛛从塞瓦手里接过花瓶，掏出羊皮纸，开始贪婪地认真看，"是的，确实……这就在旁边，在鲍里索夫附近！"

他突然开心地笑了起来：

"就是它！一切都在这里，在这张破纸上……我的天啊，终于……新的生活就要开始了，欧洲，哎呀，鲍里斯，鲍里斯！为了梦想，你什么都愿意做，对吧？什么都愿意！"

"至少要把花瓶留给孩子们吧。"老师请求道。

"花瓶？嗯，的确，这样会很公平……但是，对不起，亲爱的鲍里斯，我不能。花瓶将是博物馆里的展品。他们还会找到这样的花瓶，或者类似的，他们都是有思想的孩子……这么办吧：作为花瓶的替代，我把小姑娘给你们留下。可以吧？放开她！"他大喊了一声，然后蹒跚着走向车子。

秃头把女孩推下车。她跪倒在地上，疼得喊了一声。她的脸上已经没有了绷带。老师跑了过去，把她扶起来，解开了她手上的绳子。奥柯桑娜屏住了呼吸，看到了她的朋友、马卡尔爷爷、蜘蛛手上的花瓶和羊皮纸……全都明白了。

"不要给他们，鲍里斯·格里高利耶维奇！"

"让他们拿走吧，最重要的是，你在这。"老师亲了亲她火辣辣的脸颊，赶紧把她带到了远处。

"马卡尔爷爷，把你的枪放下吧，电影结束了！"塞瓦壮着胆子，环顾着四周，钻到了汽车的方向盘后面。

"别让我在这个地方再见到你们！"马卡尔爷爷枪口对着他，直到他上了车才放下。

"我们还需要你这个见鬼的做什么？"塞瓦咯咯地笑着说。

"拜拜了，鲍里斯！"蜘蛛还没忘了和老师告别，"等着来自巴黎的明信片吧。你可以去警察局让他们传讯我们，详细讲述关于宝藏、法国军官、有缺口的塔勒、藏宝图……只是以后如果你发现自己在疯人院里，不要怪我们！"

奥迪掉了个头，驶入麦田，然后开始飞奔在田间道路上，消失在了森林里。

突然，传来了奇怪的声音——好像有人在小声地打着嗝，同时抽着鼻子。是奥柯桑娜在哭。

"吓坏了吧？你怎么回事，我的孩子，"老师把她搂在怀里，"我难道会把你交给他们吗？那我宁愿躺在车轮子下面！"

"我……没……害怕，"奥柯桑娜抽泣着回答，"宝物……我们的宝物……全都会被他们得到，没有人会抓住他们的！"

"会抓住的，"马卡尔爷爷突然自信地说，"这帮畜生的汽车是他们偷来的，而警察是知道的。"

"就算他们真的被抓到了，我们也拿不到宝藏，警察会自己拿走的。"奥柯桑娜擦着眼泪说。

而这种小孩子幼稚的伤感的话，仿佛让所有人紧绷的神经都放松了下来……米哈希第一个笑了，看着他，切西，很快所有人都笑了起来；这是在焦虑、担忧和恐惧之后释放出的笑声。

"没什么，别担心，我的朋友们！每个人都会得到属于自己的东西。"老师神秘地说。

之前一直张着嘴听他们说话的马卡尔爷爷，看得出，他没太听懂，只有这时候他才注意到挖出来的树桩。他走过去，用脚尖抠了抠土，摇了摇头：

"哇！……我还以为这一切都是童话故事……我甚至还记得这个地方有过一棵橡树，还记得当时是怎么锯掉的。我在这片田地里跑过、割过草、耕种、播种、收割……哪怕有一次我能想到也好啊，你这个傻瓜，你的幸福就埋在这棵橡树下面！真愚昧！……"

第 70 节
没有任何结局的最后一节

一个月飞快地过去了。

鲍里斯·格里高利耶维奇该回明斯克了，兹米特洛克被父母带回了城里，后天也会有人来接卡佳了，她还要去遥远的埃及旅行。留在波普拉维的只有当地的米哈希和切西，还有奥柯桑娜了。

临别前，他们最后一次相聚在窝棚附近的悬崖上。大家都有些难过。

"鲍里斯·格里高利耶维奇，"米哈希说，"当时我就立刻猜到了这里没有宝藏。您故意不看我们的眼睛……我们浑身都湿了，也累了，但还是相信一切都不会徒劳，所以您不想让我们失望。"

"但还是不公平，"奥柯桑娜叹了口气，"我们应该是能找到宝藏的才对！"

"我也认为这不公平，"鲍里斯·格里高利耶维奇说，"但又能怎么办呢？"

切西承认：

"即使现在我也还是不明白……您给他们都讲过，鲍里斯·格里高利耶维奇，而没给我讲。"

"你那时就不应该耍花招，"米哈希转过身来，"你不应该在森林里到处跑，而是和我们在一起。"

"在法国人的地图上，一切都画得很完美，于是我，不幸的是，一眼就看明白了：宝藏——法语是 tresor——埋藏在别列津纳河与普利萨河的交汇处，在鲍里索夫附近的尤什科维奇镇。这就是所谓的'勃兰登堡宝藏'，早在1896年交通部清理和加深别列津纳河床时就被发现了；与此同时，在法国人过河的地点以及周边地区进行了搜索工作。当时有许多有价值的发现，其中有一个是用铁皮包起来的木箱，是在一个小山丘上的橡树下找到的，就是普利萨河注入别列津纳河的地方。这个地方在我们的地图上也标明了。箱子的木头腐烂了，当工人开始拉箱子的时候，箱子散了。宝石、各种首饰、戒指、金银币一下子散落得坑里坑外都是。这就是我们军官的宝藏。"

"为什么是'勃兰登堡'？"切西问道。

"所有的发现都被做了描述、包装并交给了勃兰登堡将军，他是专门为此从莫斯科到这里来的。"

"那蜘蛛怎么会上这样的当呢？"米哈希惊讶地问道，"他难道不知道勃兰登堡的发现吗？"

"当然知道。但他总是目光短浅，然后又急于求成，没时间研究，tresor这个词对他来说已经足够了。"

"可是，他们怎么会坚信，宝物就在那里等着他们呢！"兹米特洛克摇了摇头，"特别是这个蜘蛛……"

被盗的奥迪于当天就在别列津诺—鲍里索夫的公路上被扣留了。几天后，鲍里斯·格里高利耶维奇和马卡尔爷爷被警方作为证人传唤到城里。鲍里斯·格里高利耶维奇作证说，他曾与蜘蛛一起学习，此后就再也没见过面。至于塞瓦和秃头，他平生第一次见到他们（老师和马卡尔爷爷对田地的事件保持沉默，以免把孩子们卷入其中；而且，蜘蛛和他的朋友们对此也保持沉默）。马卡尔爷爷总是用简单的回答不断把调查员逼到死胡同："是的，他们在我家过过夜，他们为此付了钱。而车子是偷来的，这我怎么知道？车子上面又没有写。"所以调查员从他那里没有得到任何东西。

"我特别为花瓶感到可惜，"天真的卡佳说，"花瓶是如此漂亮、响亮的瓷瓶啊！……"

"没事，审完后花瓶会被转交给档案馆。档案馆的馆长，蜘蛛，很可能会发现自己身处完全不同的地方，而不是巴黎……"鲍里斯·格里高利耶维奇说道，声音里没有一丝恶意，相反，甚至还有一些怜悯，"现在你们可以把塔勒也转交给博物馆了。我们可以去那里游览。例如，我可以带你们班的同学去，卡佳和奥柯桑娜，你们可以给大家讲一讲，你们是如何找到这个花瓶的。"

"他们不会相信的。"卡佳怀疑了起来。

他们沉默了片刻。奥柯桑娜说：

"很可惜一切都结束了，再也没有什么可寻找的了。鲍里斯·格里高利耶维奇，我爸爸告诉过我，仅在白俄罗斯每年就会发现大约十个宝藏，还不算那些零散的硬币，这是真的吗？"

"绝对是真的。"老师确认道，然后他狡黠地眯起了眼睛，"例如，那支拿破仑部队在撤退时只能不断地卸载并隐藏他们掠夺的贵重物品。如何找到它们至少有五个版本。装着黄金的箱子似乎被埋在科夫诺的教堂里，就是现在的考纳斯，在老城堡附近；四桶黄金埋在鲍里索夫附近的森林里，在别列津纳河畔；七桶黄金埋在比亚韦斯托克附近，在靠近位于修道院和风车之间的大坝旁边……你们感觉这个故事怎么样：在奥什米亚内地区，法国人似乎在森林里埋葬了宝藏，把马蹄铁钉在树上。当人们锯运回来的木头时，锯子碰到了其中一个马蹄铁。树桩却没有找到。"

"唉！应该锯出一个圆形并按照年轮去寻找树桩！"米哈希立即来了精神。

"我的一个阿姨就住在奥什米亚内。"切西说。

"我爷爷奶奶就在格罗德诺，"卡佳说，"离奥什米亚内不远。"

"那如果这些宝物很久以前就被挖出来了呢？"奥柯桑娜惊慌地说，"令人难受的是：我们是按照所有规则进行寻找，但有人一下子就找到了！"

所有人都笑了，除了老师。

"我的朋友们，"他严肃地说，"你们找到了很多东西，也许比地球上所有的宝藏都多。你们找到了彼此间的友谊。你们感受到了自己民族最丰富的历史气息，爱上了自己的土地。你们懂得了我们的母语是什么样的宝贵财富，是无价之宝。难道这还不够，难道这不是宝藏吗？"

下面，悬崖下，像天空一样湛蓝的别列津纳河的河水还在湍急地流淌，河那边，远处绿色的森林，消散在阳光下的烟雾中。另一边的草地上是五颜六色的花草，微风送来夏日的芬芳。

这片土地在老师和孩子们的面前延展着，如此亲切、如此慷慨、如此熟悉，同时又如此神秘。

这是他们的土地。